《说苑》随想

梁国德 著

江西高校出版社
JIANGXI UNIVERSITIES AND COLLEGES PRESS

图书在版编目(CIP)数据

《说苑》随想/梁国德著. --南昌:江西高校出版社,2021.7(2022.2 重印)

ISBN 978-7-5762-1484-0

Ⅰ.①说… Ⅱ.①梁… Ⅲ.①随笔—作品集—中国—当代 Ⅳ.①I267.1

中国版本图书馆 CIP 数据核字(2021)第 111149 号

出版发行	江西高校出版社
社址	江西省南昌市洪都北大道 96 号
总编室电话	(0791)88504319
销售电话	(0791)88522516
网址	www.juacp.com
印刷	天津画中画印刷有限公司
经销	全国新华书店
开本	700mm×1000mm 1/16
印张	13
字数	210 千字
版次	2021 年 7 月第 1 版 2022 年 2 月第 2 次印刷
书号	ISBN 978-7-5762-1484-0
定价	58.00 元

赣版权登字-07-2021-753

序　言

《说苑》的作者刘向（公元前77年至公元前6年），字子政，原名更生，楚元王刘交五世孙。祖籍沛郡丰邑（今属江苏徐州），世居彭城，仕于京师长安。他与儿子刘歆均是西汉时的经学大家，对古籍的整理和保存做出了巨大的贡献。刘向为官耿直不谄，敢于直谏弹劾，曾两次下狱，称得上是直臣。其著作，部分已经散佚，流传下来的有《新序》《说苑》《列女传》《战国策》《列仙传》等。

《说苑》，又名《新苑》，共二十卷，分类记述自先秦至西汉初期的遗闻轶事，每类之前列总说，后加按语。内容以诸子言行为主，涉及个人修养、治国安邦及朝代兴废等事，通篇行文夹叙夹议，体现着儒家的修身、齐家、治国、平天下的理念，颇具哲理性。

《说苑》原有二十卷，后来部分流失，仅存五卷。直到宋代，曾巩从士大夫家里收集到散失的十五卷，重新编成书，复原为二十卷。书中记载的许多史料，在其他典籍中得到了印证。也有相当多的内容为独本，具有很大的史学价值，在《百子全书》中归纳到儒家典籍中。

今披阅此书，受益颇深，故选择其中部分故事或言论，结合古代的历史或时事发挥之，或叙或议或译，著成此书，以期抛砖引玉，让瑰宝光芒重现，以飨读者。

是为序。

目录
Contents

01 悠悠孝思,负重而行

在孔子的弟子中,子路是一位勇武直率,具有豪侠之气的人,并且有些戆直粗鲁,孔夫子都怕他三分。子路最后因为见义勇为,插手卫国的家族政变而丧命。临死前发现帽绳断了,他还坚持从容结缨,正冠而死。可以说,他是史上正冠而死的第一人,具有贵族情怀,至死不渝。而子路的孝道精神,增辉日月。

儒门事亲,子路曾经说过这样的话:"背着很重的包袱远行的人,会根据需要随时随地地歇息,而不在乎休憩的地方是否合适。家里贫困而又有老人需要赡养的人,是不会考虑俸禄的多寡而出任官职的。当初我侍奉双亲时,经常吃野菜充饥,为父母从百里之外专程将米背回来。后来父母去世了,我南下楚国做官,其时相随的车就有上百辆,随带的粟米有万钟之多。吃饭时,折叠几重地毯而坐,装食物的鼎一字排开,生活够优越的了。但当时,我再想吃野菜、为父母背米,再也不可能了。已经用绳索穿腮吊起来的鱼,不长蛆虫的日子还能挨多久呢?双亲的寿命,有如白驹过隙。草木想生长,但霜露却不来滋润;孝子欲养,但双亲已经不等待我了。"孔子听后感叹道:"仲由侍奉双亲,真可谓是生前尽力,死后尽思啊。"这说的就是"树欲静而风不止,子欲养而亲不待"。悠悠此心,天何言哉!

孔子的弟子中,有一对是父子关系,那就是曾皙与曾参。曾皙,也就是曾点。他人生最大的亮点,估计就是那次与子路、冉有、公西华侍坐时各言其志的表现。当时夫子要求他们几个谈谈自己的人生志向,子路他们的回答,或是从政,或是当礼祭师。孔子听后都不满意。曾皙当时正陶醉在鼓瑟声中。听到孔子问他,他便停了下来,淡然地说道:"我的志趣跟他们三个都不相同。"孔子便说:"这有什么关系呢,彼此各言其志罢了。"于是曾皙便说出他的理想:暮春三月,穿上春天的衣服,约上五六个成年人,六七个童子,一起在沂水沐浴,然后在舞雩台上吹吹风,唱着歌儿回家去。这是一幅极其优美、极具诗情画意的暮春沐浴行吟图,也是自古以来一直为世人所追求的理想人生境界。孔子听了很动容,连声赞叹:“我赞同曾点的理念。”

由此可见,曾皙也是一位志趣高雅、不同凡俗之士。但在另一件事也就是他暴揍儿子曾参的故事中,他的表现却又让我们大跌眼镜。

曾参比孔子小 46 岁,由父亲引荐到夫子门下,是孔子晚年的得意门生。他是孔子学说的主要传人,被后世尊为“宗圣”。“四书”中的《大学章句》和“十三经”中的《孝经》,便是他的著作。孔子的孙子孔伋(子思),正是曾参的学生,而子思又传道给孟子。所以曾参上承夫子之道,下开思孟学派,对儒学的传承发展起承上启下的重要作用。《大学章句》中的修齐、治平的政治观,省身、慎独的修养观,以及《孝经》中以孝为本的孝道观,对中国传统政治与文化的影响极为深远。后世将他与孔子、孟子、颜回、子思比肩,尊称为“五大圣人”。在曲阜孔庙祭祀孔子的大成殿里,他和“复圣”颜回、“述圣”孔伋、“亚圣”孟轲一起被称为“四配”,和“至圣”孔子一起享受祭祀。

按理说,有曾参这样优秀的儿子,自己本身也算是志趣高雅之士,曾皙给人的印象应该是一副温文尔雅、谦谦君子的模样才对。但偶然的一次锄瓜草的农活,却彻底颠覆了曾皙的形象。有一次,曾皙父子在田里一起锄瓜草,曾参一不小心将一根瓜苗锄断了。在今天的我们看来,这是一个很小的失误,最多提醒儿子小心点儿锄罢了。但曾皙的反应出乎常人的意料:他勃然大怒,抡起一根大木杖向曾参的背脊砸了过去。曾参一个趔趄,便仆在地上,任由他爹狂揍,到后来都昏死过去了。曾参是个大孝子,他对老爹的杖罚是如何反应的呢?过了好长时间,他总算苏醒过来。他猛地从地上爬起来,走到父亲面前跪着禀告道:“刚才不肖儿子得罪了父亲大人,父亲大人用大力教训我,没有因此受伤吧?”曾参退下来之后,坐在幽静的地方鼓琴唱歌,故意让父亲听闻歌声,让父亲知道他没有因挨揍而受内伤。

曾子自以为自己的表现将孝道精神发挥得非常到位了。没想到孔子听闻这件事后,非常生气,对门人说道:“曾参如果来了,你们不要给这小子开门。”曾子吃了闭门羹,却怎么也想不通。他觉得自己没有什么过错,便让人专门向孔子谢罪,请教过失。孔子便将历史上另一位大孝子舜帝的故事搬了出来,狠狠地教育曾子一番。

对于大舜，中国人都不陌生。他生于平民之家，是尧帝经过长期考察，一手将他提拔上来的。尧帝还将两个女儿许配给他，最终将君位禅让给他。大舜生性纯孝，是个大圣人。但他的老爹瞽叟就糟糕了，说是人渣的极品都不为过。至于瞽叟是瞎了一只眼还是双目失明，这个在历史记载中不是很明确。但其为人极度偏心，偏爱小儿子象，而象本身也是个二世祖式的废物。这父子俩成天绞尽脑汁地算计如何将大舜整死。大舜上屋修葺屋顶，他们就抽梯放火烧屋。那时候的屋子都是木材加茅草盖的，一把火能烧个精光。大舜打井，他们见井挖得差不多深了，就在上面下石填土，将井里的大舜给活埋了……所以说大舜是不是瞽叟亲生的，都值得怀疑。但大舜受命于天，他的命不是一般人能夺去的。虽然瞽叟与弟弟这样对他，但他毫无怨恨。他对父亲还是孝顺得不得了。每当瞽叟叫唤他时，他总会在旁边恭候着听使唤。瞽叟生起歹心想杀他时，却怎么也找不着他。瞽叟如果用小棍子揍他，他就老老实实地跪在跟前让他揍。如果瞽叟用的是大杖，他便逃跑躲起来，以避开瞽叟的毒打。大舜就是这样一个大孝子，在二十四孝中，他居于首位。

孔子将大舜搬出来，教训曾子："你看看人家大舜，再反观一下你自己的行为。你以为老老实实待在那里，任凭父亲往死里揍，便是孝道了。你这分明是以杀身的代价陷父亲于不义啊。天下还有比这更大的不孝吗？难道你不是天子的子民？杀天子的子民，是什么样的罪过呢？"

孔子的批评无疑是对的。但我们要说的是，瞽叟这样的父亲，脾气暴躁，所以他害子的行为，我们是可以理解的。但作为孔子的高足，曾皙是一个饱读诗书的儒雅之士，一个明道理、识大体的人，却因为一根瓜苗震怒，转眼间变成了一个狼爸，差点儿将一个圣人般的儿子活活打死了。这是人性之恶，还是文化之恶？依我看，这是后者的错。传统文化中的三纲——君为臣纲，夫为妻纲，父为子纲，要求做臣子、妻子、儿子的，分别对国君、夫君、父亲绝对服从。即使被服从方犯一点儿过失，服从方也完全可以让对方付出生命的代价。这种残酷的礼教制度是极其冷血的，它不但扭曲了人性，甚至将父子、夫妻之间本有的那丝温情完全剥离掉，剩下的只是冷冰冰的伦理道德与义务。遵循"纲"的对象，绝无独立精神与人权自由可言。在当今社会的伦理中，夫纲、父纲已经很淡薄了，但君纲的遗毒仍然存在。国体变了，政体也变了，但领导的特权，无论在哪个阶层、哪个行业，都依然存在。

孔子与众弟子周游列国，有一次突然听见前方不远处隐隐有哭泣之声，听起来极其悲切。孔子便对弟子说道："快赶马车，快赶马车！那个哭声太特别了，我们去看看是怎么回事。"孔子领弟子走上前去，只见一个老男人蹲在路边，怀抱着镰刀与带索，呜里哇啦地哭得很是难看。抓着镰刀、带索割不到草也不至于如此吧？孔子看得一头雾水，连忙下车上前关切地询问究竟。孔子问："先生哭得如此悲伤，莫非家里有丧事？"那人叫丘吾子，他抹了一把眼泪，红着眼说道："非也！是因为我有三大过失啊。"孔子好奇地问："您有哪三大过失，能说来听听吗？"丘吾子说："我自小就好学多问，离乡背井周游天下以求学，但回来后父母双亡，这是第一大过失；后来我在朝做了官，但侍奉的国君骄奢淫逸，我劝谏也没起什么作用，这是第二大过失；开始时朋友与我的交情是非常深厚的，后来却绝交了，这是第三大过失。正所谓'树欲静而风不止，子欲养而亲不待'，逝去的岁月再也不会回来了，离别的父母再也不会重逢了。生无可恋，让我们就此告别吧。"丘吾子说罢，当场自刎而死。孔子听罢非常感慨，转头对众弟子说："你们好好给我记牢了，丘吾子的遭遇足以让我们引以为戒。"追随的众弟子也感慨万千，有十三个人当场告别孔子，回家侍养父母去了。

生前不养亲，死后祭孤坟。自欺欺人，有什么用呢？父母在，人生尚有来处；父母去，人生只剩归途。哲人之言，古今都是一样的。孝道只会行得不够及时，但无论什么时候行孝都不过时。

02 晋平公与师旷

春秋的霸主,自然首推齐桓公、晋文公。自晋文公之后,晋国与楚国展开了长达八十余年的争霸战。其间有三次著名的战役,分别是晋文公与楚子玉的城濮之战,此战确立了晋文公的霸主地位;第二次是晋国的荀林父与楚庄王展开的邲之战,楚庄王一洗城濮之辱,取代晋国登上霸主的地位;第三次是晋悼公与楚共王展开的鄢陵之战,晋国生擒了楚王之子公子茷。更为讽刺的是,楚共王此役虽然起用了史上著名的弓箭手养由基,但最后自己还是被晋军射成了独眼龙,最终一败涂地。战后晋悼公重新称霸。但杀敌一千,自损八百,此时的晋国对中原的控制也逐渐力不从心了。

晋悼公死后,儿子彪继位,就是我们要说的晋平公。晋平公的行为举止跟唐玄宗很相似,开始时励精图治,一度恢复了晋国的中兴局面。但晚节不保,之后他大兴土木,不务政事,政权旁落六卿之手,从而埋下了赵、魏、韩三家分晋的伏笔。

晋平公即位不久,即乘其父之余威,与楚国展开了晋楚争霸的最后一战——湛阪之战。这次战争一直捣入楚国的腹地,楚军从此一蹶不振,之后再无能力与晋国抗衡,双方从此休养生息,百姓一度免受战乱之苦。

师旷是晋国的乐官,他是中国古代极为伟大的乐师。史传记载,师旷鼓琴,通乎神明,能感动天地。当他弹琴时,马儿会停止吃草,仰起头侧耳倾听;觅食的鸟儿会停止飞翔,翘首迷醉,不觉失落口中的食物。其音律造诣极高,一直到今天,他仍是被后人敬仰的泰山北斗。如果说贝多芬是个耳聋的音乐天才,那师旷便是个眼盲的音乐天才。他的眼睛是如何瞎的?一种说法是他是天生的聋人,另一种说法是他嫌眼睛分了他学琴的心,用艾草将自己的双眼熏盲(一说用针刺)。师旷不但音律造诣高超,而且道德高尚,禀性刚烈,正道直行。他娴于辞令,却从不趋炎附势,是一位刚正不阿的乐师。而同时期的另一位音乐奇才——卫国的乐师师涓则截然不同,师涓喜欢靡靡的亡国之音。

晋平公称霸后，喜欢大兴土木。在王宫落成后举行庆典，卫灵公赶忙带着师涓一行前来拍马屁、献殷勤。途中，他们一行来到濮水边休息。时值初夏，卫灵公在月光下欣赏夜景，忽然听到一曲极为新奇的琴乐，于是连忙召唤师涓，要他将这奇妙的音乐记录下来。师涓是音乐大师，这个自然不是什么难事。他静坐河边，调息抚琴，聆听乐声，很快便将琴谱打出来了。

卫灵公一行来到了晋国。宴席上，卫灵公为了展示他的"宝藏"，便命师涓即席演奏在濮水边听到的那首乐曲。

师涓于是使出看家本领，将那首曲子演绎出来。师涓手指起落，琴声如绵绵不断的雨丝，如怨如诉，一下便将听众的愁肠都搜刮出来了。

陪席上的师旷，起初面带微笑，用心倾听，脸色却渐渐严肃起来。师涓琴曲弹了一半，师旷却再也忍不住了。他猛地站起来，一把按住师涓的手，断然喝道："快停下！这是亡国之音啊！弹不得啊！"

两国国君被这突如其来的举动震住了，师涓更是不知所措，一脸尴尬。晋平公连忙站起来打圆场，责问师旷："这曲子很好听嘛，你怎么说它是亡国之音呢？"

师旷凛然说道："这首乐曲是当年商朝的乐师师延为暴君纣王所作的靡靡之音。后来无道的商纣被周武王所灭，师延懊悔地抱琴投入濮水自尽。所以这首曲子一定是在濮水边听来的。这是一首丧曲，人君听了，国家会衰落。"

真是一石击起千层浪，这番话让在场的人惊诧不已。但晋平公可能是听腻了师旷的王者之音，他对这首靡靡之音产生了浓厚的兴趣，于是不顾师旷的阻拦，非要师涓继续弹下去。

师涓弹完了那首乐曲，晋平公便问师旷这是什么曲调。师旷答是《清商》。晋平公问，这是不是最悲凉的曲调呢？师旷说《清徵》比这更悲凉。晋平公便要求师旷弹《清徵》。师旷说，人君要达到至德的境界，才配听《清徵》。而晋平公还没资格。晋平公可不管这个，非要师旷弹奏。君命难违，师旷便弹起了《清徵》。音符响起，一群玄鹤从南方冉冉飞来，引颈和鸣，展翅起舞。

继而鹤鸣与琴声融为一体,在天际久久回荡。

在座的宾客都惊喜异常,晋平公非常激动,亲自提壶为师旷斟酒,并问道:"世上大概没有比《清徵》更悲怆的乐曲了吧?"师旷说,这个还远远比不上《清角》。

晋平公一听喜不自胜,要求师旷再奏一曲《清角》。师旷连连摇头,说这是当年黄帝在西泰山上会集众鬼神而作的,不能轻易弹奏,否则会招来灾祸。晋平公不信,非要师旷弹。师旷不得已,便勉强从命,弹起了《清角》。

当一连串玄妙的音符从师旷指间流出时,西北方向原本晴朗的天空突然乌云翻滚,狂风暴雨应声而至,呼啸的狂风掀翻了宫廷的房瓦,撕碎了室内的帷幔,各种祭祀的重器碎了一地。满堂宾客吓得屁滚尿流,魂不附体。晋平公此时抱头鼠窜,趴在廊柱下,大叫"快停下"。师旷应声停手,顿时风止雨歇,云开雾散。此时师涓大开眼界,不得不服,上前握住师旷的手说:"你的技艺真可谓惊天地、泣鬼神啊!"自从奏了这首乐曲,晋国大旱三年,赤地千里,晋平公也因此染病。这便是史上关于乐神师旷的记载,真是神乎其神。

晋平公一次和师旷讨论如何才能做好国君的问题,师旷说:"一位好的国君,应该清静无为,胸怀博爱之心,热衷于任用贤人,同时广开言路,对国内的方方面面都明察秋毫;不会沉溺于流俗,也不会被左右的人蒙蔽;有自己的超然远见及主张,考察臣子的政绩并驾驭他们。这是一个国君应该具备的素质。"从师旷的这番言论,可见他的政治主张是道家清静无为的黄老之学。无疑,这与他高超的琴技是相契合的。中国历代以来的政治主流意识是外儒内法,道家的无为而治也是有的,而且有的应用得很成功,譬如汉文帝就是一例。汉朝建立之初,因为经历了秦朝的暴政以及楚汉之争,偌大一个国家可谓是苟延残喘,民不聊生,百废待举。汉文帝采用道家的无为而治的政策,让老百姓休养生息,安心生产。其子景帝奉行其道,两代帝王因此积累了大量的财富,开辟了史上有名的文景之治,为后来汉武帝开疆拓土打下了坚实的物质基础。

师旷天生好学,也许是他的行为感化了晋平公。有一次,晋平公感慨地说:"寡人已经年届七十,垂垂老矣,再想学习,也来不及了。"师旷正色道:"不是这样。为什么不点蜡烛呢?”晋平公说:“你这不是笑话我吗? 哪有做臣子的这样跟国君开玩笑?”师旷郑重地回答道:“我一介盲臣,又怎敢戏弄君主呢? 我听说,少年好学有如初升的太阳,中年好学有如正午的太阳,晚年好学就好像点蜡烛一样明亮。点上蜡烛和暗中摸索行走,哪个更好呢?”晋平公听罢连连点头。所谓“活到老,学到老”,一个人如果停止了学习,生命其实已经完结,只是一具活的尸体而已。

师旷性情耿直,敢犯君颜也是出了名的。有一次,晋平公和臣子们在一起喝酒。喝得高兴时,晋平公开始忘乎所以,得意地说:“哈哈! 这世上真是没有比做国君更快乐的事了! 他的话压根儿就没有人敢违背!”当时师旷正在旁边侍坐,听了晋平公的话后,突然一手抓起瑶琴朝晋平公撞去。晋平公大吃一惊,连忙跳起身躲到一旁。结果师旷的琴撞到了墙壁,当场废了。可见师旷是动了真格的,并不是装模作样。

晋平公非常惊讶,便问道:“太师,你这是在撞谁呀?”

师旷故意答道:“刚才有个小人在胡说八道,因此我气得要撞他。”

晋平公说:“刚才说话的不是我吗?”

师旷说:“哟,这可不是做国君的人应说的话啊!”

周围的臣子见师旷如此放肆,大逆不道,冒犯圣君,都要求修理他。晋平公却摆手说道:“放了他吧,我要以此为戒。”由此可见,不但师旷有魏征犯颜之风范,而且晋平公也有唐太宗的纳谏胸襟。

无独有偶,魏文侯也有一位像师旷一样的乐师,名叫师经。有一次,师经鼓琴,魏文侯起舞。跳得兴起时,魏文侯踌躇满志地吟唱道:“我的话无人敢违抗。”旁边的师经突然“嘎”的一声停了手,抓起瑶琴便向魏文侯撞过去,魏文侯急闪,瑶琴只撞中了皇冠的玉串,玉串散了一地。魏文侯气得两眼直冒火,气呼呼地喝问左右:“臣子撞国君,犯的是什么罪?”左右说道:“罪当烹。”于是左右便将师经捆起来,拖下堂去,看样子是准备把他扔进油锅。只见师经毫无惧色地对魏文侯说道:“可以让我说一句话再死吗?”魏文侯说道:“好,你说吧。”师经说道:“过去尧、舜做国君的时候,唯恐自己的话说出来后,下面的人都一致同意,毫无异议;而桀纣做国君的时候,却恨不得把别人的嘴封起来，生怕下面的人对他的话有不同的意见。所以我撞的是桀纣，而不是撞君上您。”魏文侯一听，顿时醒悟，急忙对手下说道：“赶快放了他！这是寡人的过错。你们将琴悬于城门上，作为寡人错误的凭证，皇冠的玉串也不要修补了，好让它时刻警示我。”

晋文公与师旷，魏文侯与师经，两组最佳拍档玩的可以说是琴曲中的高山流水、阳春白雪，真乃千古绝唱也。

03　先王的时代

今人对于人类的社会形态,喜欢套用马克思的分类模式,将秦朝之后的郡县制社会称为封建社会,将之前的诸侯分封制社会称为奴隶社会。按照西方人的标准,所谓奴隶社会的奴隶,说白了就是一群会说人话的牲口,无报酬、无条件地为主人干活。他们是奴隶主的财产,是可以自由买卖、生杀予夺的。在奴隶主眼里,奴隶跟牛马并无二致,更谈不上人身自由。中国先秦社会真是这样的吗?我们不妨读下《诗经》。《国风》中描绘的那些青年男女自由恋爱的场景,比现代人还要温馨和浪漫。这是所谓的奴隶有资格享受的福利吗?真正的奴隶生活是什么样子,现代人无法亲眼见到,但《斯巴达克斯》这类电影,总能给我们勾勒出一幅幅真正的奴隶生活的图画。真正说来,在中国的社会形态中,历史上从来没出现过马克思所定义的奴隶社会,为什么我们非要机械地生搬硬套呢?在漫长的历史长河中,某个时段或某个地域的统治者(如纣、桀)残暴不仁,让他的子民变成了奴隶,这种情况是有的,但不是社会的主流。

先秦时期,肇自黄帝、尧、舜,下至夏、商、周,一直被后人称为“先王之治”的时代。什么是先王之治?就是以仁政、王道治天下的历史。先王之治的特点是什么?就是孟夫子所标榜的“民为贵,社稷次之,君为轻”。按这个标准定义的社会,有可能是奴隶制社会吗?在尧、舜时期,最具代表性的刑罚是象刑。什么是象刑呢?简单地说,就是在犯人的衣服上画上不同的象征性图案以代替真正的惩罚。譬如砍头大罪,也只是让犯人穿一件无领的粗布衫意思一下就完事了。这种惩罚,在现代人看来,简直如同小孩子玩游戏。但在民风淳朴的上古时期,这种精神上的惩戒,已经足以震慑人心,让其改邪归正了。所以孔子的理念是不随便使用刑罚,对于罪人,首先是教化,死不悔改的,才被绳之以法。这也是“民为贵”的思想理念。至于秦、汉之后的封建帝制,那些连坐灭族的残酷制度,基本是商鞅的遗毒,并非出自儒家思想。

尧、舜虽然是古代的圣王，但时代久远，史料较少，其形象在我们的眼里很模糊。到周文王时，形象就非常丰满了，周文王素来被儒家推举为内圣外王的典范。周文王原是西岐一个小小的西伯侯，以仁德施于天下，笃行仁义，敬老爱少，礼贤下士，经常为了接待来客，连午饭都顾不上吃，所以四方的士人都纷纷归附他。史上有名的节士伯夷、叔齐，听闻西伯侯善待赡养老人，便从孤竹国前去投靠他（不食周粟饿死首阳，那是周武王之后的事）。此外太颠、闳夭、散宜生、鬻子、辛甲大夫等著名的人物也都投靠他。其他诸侯国，无论远近，都望风归附，解决不了问题时，纷纷上门找西伯侯裁决。到他临终时，西周已经发展到“天下三分，其二归周”的局面。

当时，虞与芮两个诸侯国因为边界土地的归属问题发生了纠纷，互不相让，于是一起找西伯侯裁决。虞、芮两国的国君一起来到了西周境内，眼前连续发生的一幕幕场景，让他们惊呆了：刚入边境，就见西岐的百姓在纷纷推让士大夫的职位；来到都城后，又见众大夫们在纷纷推让公卿的职位。这两位国君彻底被这种礼让之风感染，不禁感叹道：“百姓推让士大夫，士大夫推让公卿。如此看来，国君岂不是要推让天下而不居？”退而反观自己的德行，为了几尺土地争得脸红耳赤，也太丢人了吧。两位国君十分惭愧，都不好意思见西伯侯了，双方于是掉头回去，将原来争执不下的土地作为公用的闲田。孔子听闻这件事，连声赞叹道：“文王之道真是伟大呀，简直无以复加了。他的教化都不需要自己主动去布道，便将别人改变了。行无为之道而成就一切事业，只用尊敬、谨慎、谦恭这类德行，便将虞、芮两国的事摆平了。”

大抵圣王之治，除了爱民如子、广施恩泽，还要讲究信用，言出必行。周武王死得早，成王继位时还是个小孩，因此其叔周公旦以摄政王的角色辅助他。有一天，周成王与他的胞弟叔虞一起闲居，玩得兴起，便摘下一片梧桐叶子，削成了圭玉的样子送给叔虞，说：“我把这个分封给你了。”叔虞听后乐坏了，便将此事告诉了叔叔周公旦。周公旦对周成王说：“听说天子您分封叔虞了，是吧？”周成王说：“我只是跟他开下玩笑而已，又不是真的。”周公旦正色道：“我听说，天子无戏言。他一说话，史官就记录下来，乐人就吟诵，士人就颂扬。这怎么可以开玩笑呢！”于是周成王将唐地封给了叔虞。据说金文中“桐”“唐”二字非常相近，所以剪桐分封就成了剪唐分封，当时叫唐虞，也就是后来的晋国。由此可见周公旦何其英明，既让成王明白了天子注重言辞的重要性，又成全了成王的爱弟大义。

先王的仁政，还体现在悲天悯人、引咎罪己的情怀上。大禹有一次出行，偶然看见了一个犯人，连忙下车上前关切地问长问短，一边询问，一边哭泣。左右侍从见国君这个样子，都觉得不可思议，便向大禹请问道："大凡犯罪的人，都是因为不遵纪守法，才落得这样的下场。君王为什么如此悲痛呢？"大禹叹道："当初尧、舜的百姓，都以尧、舜之心为心。而今寡人当了国君，百姓都以他们自己的心为心，这正是我悲痛的原因。"言下之意是，尧、舜深得人心，而他却没有。所以《尚书》有言："百姓有过，在予一人。"意思是说，老百姓有罪，都是我作为国君一个人的过错，是我没有将他们教育好。这就是"先王"时代的君王风范。汉武帝穷兵黩武，耗尽了文帝和景帝积累下来的财富。到了晚年，他开始反省自己的过失，专门下了一道罪己的"轮台诏"，这是何等宽广的胸襟！

时到末世，即使是志大才疏、江山都葬送在自己手里的崇祯皇帝，在煤山上吊自尽前，好歹也留下了一句话："朕死，无面目见祖宗，自去冠冕，以发覆面，任贼分尸，勿伤百姓一人。""勿伤百姓一人"，正是先王的情怀吧。凭他这句话，国人不但原谅他误国的过失，而且这句话感动了全天下，以致江南士人纷纷奋起抵抗。清军为了压制他们，开始了大面积屠城，扬州之屠、舟山之屠、海州之屠、无锡之屠……几百万人前赴后继、毫不惧死地殉国难。这何尝不是尧、舜的百姓以尧、舜之心为心呢？

说到先王"民为贵"的思想理念，不能不谈一下孟子的出生地——邹国。在春秋时代，鲁国的旁边有个小诸侯国叫郳国，又叫邹国。这个小国起初连爵位都没有，因为在齐桓公称霸的过程中，郳国的国君曹克出过很多力，所以齐桓公才奏请周天子封了郳国子爵的爵位。在公、侯、伯、子、男五爵中，子爵的地位无疑很低。郳国（邹国）虽然小，且经常受到旁边的鲁国的欺凌，但其文化影响却不小。史上习惯将他们的文化一起称为"邹鲁文化"，其排名甚至在鲁国之上。邹鲁文化，是周礼文化与商文化的延续和发展，同时融合了部分东夷土著文化而形成博大精深的文化体系。它是儒家文化的发祥地，孔子是鲁国人，而孟子是邹国人。

邾国最著名的一位国君叫邾文公，在他执政期间，他决定将国都迁到绎（今邹城东南）这个地方。迁都这样的大决策，在当时一定要占卜定吉凶之后才能最后决定。邾国史官占卜出来的结果是“利于民而不利于君”。邾文公看到这个结果后说道：“对老百姓有利即是对我有利。上天生养了这么多老百姓，又为他们树立一个国君来帮助他们。既然对老百姓有利，那寡人便一定要迁。”大臣纷纷劝谏道：“我们觉得不迁都为好，不迁都会让国君您高寿啊。”邾文公却说：“国君活着的目的就是服务百姓。人命的长短，是时间的问题。迁都对百姓有利，便是最大的吉利！”最后邾文公还是将国都迁到了绎地。孟子说：“民为贵，社稷次之，君为轻。”孟子是正宗的邹国人，在邹国出生，其“以民为本”的人文思想是有传承的。正是在这样的文化氛围中，诞生了孟子这样伟大的人物。

04　千金市骨燕昭王

无论哪个朝代，上至国家，下至企业，其兴废的决定因素无非“人才”。远古的尧帝是个求贤若渴的国君，他经常去穷乡僻壤之地寻找贤人。他手下的臣子，如舜、皋陶，都是名垂青史的大贤。周文王得太公望，汉高祖得萧何、张良、韩信三杰，刘备得诸葛亮，唐太宗得长孙无忌、魏征、房玄龄、杜如晦，朱元璋得徐达、刘伯温，等等，凡是开僵拓土的帝王，无不依赖人才而成大事。求贤若渴的例子更是不计其数，除了刘备的三顾草庐，燕昭王收罗人才的故事最为脍炙人口，为后世所津津乐道，燕昭王被视为重视人才的典范。

东周时代的燕国，地处偏僻的辽东，是周武王时召公姬奭的封地，相对中原来说，是边陲之地了。当年，召公辅助成王、康王，开创“四十年刑措不用”的“成康之治”，为周朝八百多年的统治打下了坚实的基础。他是一位了不起的大贤。他执政期间，政通人和，上至贵族，下至平民，对他都爱戴有加。他平素甚至连办公的地方都不要，习惯在一棵棠梨树下处理公务。后人为纪念他的功绩，便将此树如神物般供养、保护起来。《诗经·甘棠》就吟咏了此事：“蔽芾甘棠，勿剪勿伐，召伯所茇。蔽芾甘棠，勿剪勿败，召伯所憩。蔽芾甘棠，勿剪勿拜，召伯所说。”诗中一唱三叹，字里行间洋溢着百姓对召公醇厚的爱戴和怀念。

到了燕王哙，也就是燕昭王的父亲统治时期，国内发生了一场非常大的内乱。本来燕王哙也是一位不错的国君，但他是个理想主义者，迂腐得过了头。他非常推崇尧、舜的禅让制度，但他没有考虑到自己所处的环境——一个礼崩乐坏、人人都削尖脑袋往上钻营，甚至不惜子弑父、臣弑君而上位的时代，奢谈禅让，这不是痴人说梦吗？

燕王哙一天到晚谈论禅让制，再经别有用心的小人唆使，便效法“先王”玩起了禅让：将王位禅让给他最信任的国相子之。子之本是个野心家，得到王位后便乘机篡夺了燕国的天下。这引起了太子平的强烈不满，太子平便发动兵变，与子之抗争。旁边的齐国及中山国趁火打劫，起兵伐燕。在这内忧外患的双重打击下，燕国几乎灭国。这是历史上玩禅让玩出的天大笑话。后来迫于舆论压力，齐国及中山国不得不退兵。此时，赵国拥立在韩国做人质的公子职，专门派兵护送他回燕国。他被国人拥立为新君，是为燕昭王。燕昭王临危受命，接过了这个烂摊子。当时的燕国人，日子已相当艰难了。

燕昭王是个了不起的君主，数十年间，通过重用人才，化腐朽为神奇，让几乎被齐国灭掉的燕国迅速强大起来，反过来几乎将齐国灭了。

胸怀大志的燕昭王，目睹战后满目疮痍的燕国，他问大臣郭隗："我们燕国本来就地狭人稀，近来又被齐国侵占了八座城池，北面匈奴的大军直逼楼烦城下。寡人不才，蒙恩继承了王位，却担心社稷不保，你有什么办法扶危拯困吗？"

郭隗说："我当然有办法，但恐怕君王不肯采纳啊。"昭王一听，连忙从座席上站起来，恭敬地向郭隗请教治国之道。郭隗就不同度量的国君对人才的态度发表了自己的观点："想称帝的国君会把臣子当师长，想称王的国君会把臣子当朋友，想称霸的国君会把臣子当宾客，想亡国的国君会把臣子当仆役。如果国君向东面坐，只用眼色和口气寻求贤臣，那么得到的便是干杂活的人才；如果向南面坐，以揖让之礼寻求贤臣，便可收罗到循规蹈矩的普通人才；如果向西面以礼相待，放下架子，和颜悦色地寻求贤臣，便会收获朋友式的人才；如果向北面拱手站立，逡巡退让，以谦逊的态度寻求贤臣，那么国师式的人才便会到来。这样上可称王，下可称霸，由君上您自己抉择啊。"燕昭王说："寡人愿意按你的说法去做，可惜却找不到老师赐教。这如何是好？"郭隗说："大王如果真想这样做，臣愿意为您打开招贤纳士的贤路来。"

于是郭隗便给燕昭王讲了一个"千金市骨"的故事：从前有一位国君，想用千金买一匹千里马，花了三年时间也未能如愿。这时有位太监自告奋勇地说能办好这件事，国君便同意了。太监花了三个月时间打听到一匹千里马的消息，但当他赶到时，那匹马已经死了。于是他花了五百金把那匹死马的骨头买回来献给国君。国君见他花了那么多钱买了一堆马的骨头，不禁大怒道："我叫你买千里马，你怎么花了那么多钱买马的骨头回来？"太监便说："我这样做的目的是让天下人知道大王您是真心想出高价买千里马，马的骨头都能花五百金，何况生马呢？”这真是一个非常成功的营销广告，果然，不到一年，就有很多千里马卖家主动找上门来。

郭隗讲完故事，又对燕昭王说：“千里马好比贤士。现在大王您要不惜重金访求豪杰，您就把我当作死了的千里马，那么比我有才干，有智慧，能报齐仇的人，不久后也会自己来见您。”郭隗这招真可谓一箭双雕，既成就了燕昭王，同时又推销了自己。

燕昭王听后觉得非常有理，便拜郭隗为师，给予优厚的俸禄，并让他修筑“黄金台”，作为招纳天下贤士的地方。消息一经传播出去，天下的人才果然望风而至：周朝的苏秦、楚国的屈景、赵国的剧辛、齐国的邹衍、卫国的屈庸、魏国的乐毅，先后纷纷而来。一时间，燕国人才济济，满堂生辉。

燕昭王如何用实际行动来表示对人才的敬重呢？譬如周公，为了接待前来求见的贤士，他做到了“一沐三握，一饭三吐”。也就是说，求见的人来了，周公即使正在洗澡，也会赶忙握着湿发从澡房中快步走出来；要是正在吃饭，他便把嘴里的饭吐出来不吃了，赶忙出来接见，生怕怠慢了客人。而这种事有时一天发生好几次。他的求贤若渴、礼贤下士，达到了这种程度。

燕昭王招纳人才的诚意不亚于周公。举个例子，当时的阴阳五行家邹衍，是个名闻天下的大明星。他在齐国时已是贵宾，当他周游到魏国时，魏惠王亲临城郊去迎接他；到赵国时，平原君侧身前行来相迎，并用衣袖替他拂掉座位上的灰尘。当邹衍来到燕国，燕昭王的举动更是让人诧异，他亲自用衣袖裹着扫帚，退着身子为邹衍清扫道路，入座时主动坐在弟子的座位上，敬请邹老师传道授业。此外，他还特意为邹衍修建了一座碣石宫，供他居住讲学。所以，后来“拥彗先驱”和“碣石宫”便成了优待人才的代名词。燕昭王的做法在当时引起了轰动效应，列国的士人一时闻风归附。

燕昭王网罗人才，励精图治，前后用了二十多年时间，终于让燕国迅速强大起来。由于得到了乐毅这样的军事奇才，燕昭王因此联合强楚和三晋形成五国联军大举进攻强齐，连续拿下七十余城。偌大的齐国，除了莒和即墨二城，其余全部沦陷，齐国几乎覆灭。幸运的是，天不亡齐，关键时刻，燕昭王去世了,接任的燕惠王在太子时便与乐毅有隙。齐国的田单瞅准这个契机,利用反间计让燕惠王中途易帅。乐毅因为畏惧谗言,去了赵国。之后,田单以火牛阵大败燕军,全面复国。乐毅的遭遇,正体现了信用人才与弃废人才产生的截然不同的作用。信用人才,则异军突起;弃废人才,则功亏一篑。教训很深刻!

唐代诗人罗隐曾作诗咏燕昭王求贤的故事:

战国苍茫难重寻,此中踪迹想知音。
强停别骑山花晓,欲吊遗魂野草深。
浮世近来轻骏骨,高台何处有黄金。
思量郭隗平生事,不殉昭王是负心。

05　礼贤下士

晋国的羊舌氏中,叔向羊舌肸是历史上一位著名的人物。他与当时郑国的子产、齐国的晏子齐名。叔向博学多才,善于言辞,是位出色的外交家,政治上提倡尊贤使能,具有敏锐的政治洞察力,对诸侯国之间的政治形势能准确地预判;政治上主张教化为主,刑法为辅,与孔子的理念颇为一致。因为他为人正直,在断案时不偏袒自己的弟弟,被孔子赞誉——"古之遗直"。他有颇多言论留传后世,故熟为人知。

叔向四兄弟中,还有一位非常有影响力的人物就是羊舌赤。羊舌赤,字伯华,他的封地在铜鞮,所以后世又称他为铜鞮伯华。铜鞮是当时晋国东部的经济、政治、军事、文化中心,在晋国形成霸业的过程中有举足轻重的地位。但奇怪的是,羊舌赤在历史上并没有太多的事迹记载,也没有像他兄弟叔向一样的思想言论留传后世。最让他闪光的是孔子的一句评语。

孔子闲居时,有一天喟然叹道:"铜鞮伯华而无死,天下其有定矣。"只要他活着就能够定天下的人物,这句话的分量太重了。在那个沧海横流的东周列国时代,这样的人物都成定海神针了。所以当时子路听闻夫子这样感叹,非常不解,便启请道:"老师,您老人家对他评价如此高,我很想知道铜鞮伯华是怎样的一个人。"孔子便说:"伯华这个人啊,自幼便机敏好学;长大之后,又英勇不屈;年纪大了,体悟大道,能谦逊地甘居人下。"子路说:"自幼敏而好学是很好,长大后英勇不屈也不错;老来明悟大道,怎会甘愿在谁之下呢?"孔子说:"仲由,你这就不知道了。我听说,以众攻寡没有不克的;地位尊贵者甘在地位低贱者之下,没有得不到的。过去周公治理天下,礼贤下士七十人,难道周公不懂得治国之道吗?他只不过是想收罗人才罢了。那些明悟大道而又能礼贤下士之人是真君子呀!"

通过孔子与子路的这段对话可以发现,孔子对铜鞮伯华极其赞赏,并不是因为这个人如何才华横溢,光芒四射。他推崇的,与其说是伯华本人,不如说是“礼贤下士”这种修养和处世态度。所以孔子那句对伯华的高度评价，其实是在说，如果铜鞮伯华“礼贤下士”的作风还在士大夫中存在，那么天下就定了。否则，仅凭一个铜鞮伯华，即使他本事再大，在那个乱如麻线的春秋时代，也不能一人安天下。即使是周公旦本人复出，估计也无济于事。

东周时代那些有大作为的诸侯王，都有一个共同的特征——尊贤使能。国内一时能人云集，魏文侯算是其中很出色的一位。魏文侯一次有事从中山赶到安邑，田子方跟随太子击前去迎接。太子击下车后，快步走过去。田子方却坐在车上，屁股像黏了胶水似的，泰然不动，只是轻描淡写地对太子说：“您替我转告君上，叫他在朝歌等我。”太子见田子方对父王居然是这种态度，心里十分不高兴，便问他：“不知道是贫穷的人有资格傲慢他人呢，还是富贵的人有资格傲慢他人？”田子方便说：“当然是贫穷的人有资格傲慢他人，富贵的人怎么敢傲慢他人呢？作为国君，傲慢他人便会亡国。我从来没见过坐等亡国的国君；士大夫傲慢他人便会家族破败，我也没见过坐等亡家的族主。贫穷的人如果抑郁不得志，完全可以穿上鞋子直接走人，他到哪里得不到贫穷，还害怕失去贫穷吗？所以说贫穷的人可以傲慢他人，而富贵的人哪敢傲慢他人啊？”

富贵而骄失富贵，贫穷而骄，岂惧失贫穷？斯言诚哉！俗语云：光脚的不怕穿鞋的。这也许是对田子方这套理论最通俗的解释了。

太子击拜见魏文侯时，便将田子方的话转述给他。魏文侯听罢叹道：“如果不是因为你的缘故，我怎么有机会听到贤士的金玉良言呢？我为人处世甘在子方之下，所以我将他当作朋友一样看待。自从我将子方当作朋友，君臣的关系就更亲密了，百姓更加拥戴我了，这是我得到朋友式贤士的功劳。我想讨伐中山国，在用武方面我甘在乐羊之下，三年之后，中山国便献到了我的跟前，因此成就了我的武功。我之所以在这方面没有更大的进步，是因为还没有遇上以才智来傲慢我的人。如果遇上以才智傲慢我的贤人，难道我就不如古人吗？”

魏文侯的尊贤是分类的，将田方子、段干木奉为老师，对他们执弟子之礼。魏文侯每次在段干木跟前，都恭敬地肃立，从不敢懈怠，甚至连大气都不敢喘一下。但是对翟璜、吴起这些将相贤臣就不同了,他高居大堂,摆出一副傲慢逼人的样子跟他们说话。翟璜觉得很不爽,颇有微词。魏文侯便笑道:“你能跟段干木比吗?封官,他不肯任职;俸禄,他不肯接受。你呢,你要的官位已封到了宰相,你要的俸禄已提到了上卿级别。你已接受了我的封赏,却又要求我对你礼节周全,你也太难为我了吧?”魏文侯话里的意思是,翟璜、吴起虽然是很了不起的人才,但在德行层面,跟田子方、段干木差远了。尊师是出于重道,而权臣是要驾驭的。魏文侯的英明,由此可见一斑。

这里还有一个反省尊贤的故事,说的是晋文侯。当年晋文侯(晋文公的祖先)有一次和大臣出行,准备从车上下来,要步行入隧道。这时,众大夫宣扬起拐杖文化来,众星捧月一般,拥扶着晋文侯缓缓而下,生怕有什么闪失。但其中一位另类的臣子随会,却我行我素,并没有上前献殷勤搀扶,径直下了车。晋文侯见他这样,便不高兴了。他觉得随会根本没把他这个国君放在眼里,于是生气地问:“随会,作为人臣,却忍心将自己的国君撇在一边置之不理,这是怎样的一种罪过呢?”随会见国君问起罪来,当然不敢怠慢,连忙回答:“这是重死之罪。”晋文侯愕然道:“什么叫重死呢?”随会说:“所谓重死,就是重复地死,自己死了还不够,老婆孩子都得株连受死。”

随会这么诚恳地认错,估计晋文侯的气消得差不多了。但这时随会反将一军,他话锋一转,反问晋文侯:“君上为什么只问人臣忍心弃君之罪,而不问国君忍心抛弃、不理臣子的罪过呢?”晋文侯听得一头雾水,便问道:“那你说说,作为人君抛弃、不理臣子,他的罪过是什么呢?”随会答道:“人君抛弃、不理臣子,结果是聪明机智之士都不再为他出谋划策,能言善辩之士不再为他进言,仁德之士不再为他表率,勇猛将士不再为他捐躯报国。”

晋文侯听罢,惭愧得不得了,连忙推开众人之手,自己扶着车轼慢慢走下车,并向众大夫道歉:“寡人腰髀受损了,行动不是很方便,刚才劳烦大家了,希望众大夫不要怪罪我。”

史上谥号“文”的国君臣子,大抵是很英明的人,英明的人才配得上这个称谓。晋文侯是其中一位,他开始时虽然喜好别人拍他马屁,但从谏如流,立刻改过,心胸开阔由此可见一斑。

另一则劝人尊贤的故事也脍炙人口,是那些高处不胜寒者一服温热的良药。

齐国的将军田瞶准备领军出征,其中有一个叫张生的人,一直送他到郊外,然后跟他说道:“过去尧帝要将天下让给许由,许由不但拒绝了,还嫌他的话弄脏了耳朵,跑到溪边去洗耳。这件事将军知道吧?”田瞶说道:“是有这么一回事,我知道。”张生说:“伯夷、叔齐本来是诸侯的继承人,他们却推辞不受,并且逃跑了。这件事将军知道吧?”田瞶答道:“是有这么一回事,我知道。”张生又问:“於陵仲子将三公的爵位辞掉,而甘心给人家当用人,替别人打理园林。这件事将军知道吧?”田瞶答道:“是有这么一回事,我知道。”张生又问道:“智过离开了国君的府第,隐姓埋名,甘愿做一个普通的百姓。这件事将军知道吗?”田瞶答道:“是有这么一回事,我知道。”张生再问:“孙叔敖三次辞掉宰相的职位而从不后悔。这件事将军知道吧?”田瞶答道:“是有这么一回事,我知道。”张生说:“这五位大夫,名义上是辞职,其实是以担任那些职位为耻辱。如今将军总揽一国大权,在擂鼓手、拥旗手的助威下,披坚执锐,率领十万雄师驰骋沙场,手里掌握着生杀大权。我希望您不要踞着那五位大夫引以为耻的职位,而傲慢天下的贤人志士。”田瞶闻言连忙谢道:“今天所有同僚准备了盛大的筵席为我送行,只有先生您用圣人的道理来教育我。我一定会铭记您的教诲。”

人一旦身居高位,往往不可一世,视天下为无物,这是人的通病。其结果往往是贤路闭塞而小人道开,逐渐失明失聪,被人蒙蔽,以致酿成大错。

06　靠玩弄谷斗上位的诸侯

子路担任了卫国的蒲邑大夫，走马上任时正值春天雨季，他便立马开展蒲邑的水利工程。子路亲自与蒲邑的老百姓一起修治沟渠，以当时的生产力水平，依靠人力挖掘土方，是一项极其艰苦的体力活。子路看见老百姓饿着肚皮在拼命干活，辛苦至极，恻隐之心油然而生，于是格外施恩，直接开仓赈济，给每个工人送饭送汤。在一般人看来，子路真是个体恤百姓的官员，是非常值得赞誉的。出人意料的是，他的老师孔子听到这个消息后，马上吩咐子贡前去制止他，不让他给工人送饭吃。子路见平素温文尔雅的老师居然如此冷血，心里自然十分不高兴，于是怒气冲冲地去找孔子理论。不但他不高兴，我们见了也大惑不解。孔夫子他老人家也太不近人情了吧，子路是应该好好考问下他才行。

子路的性格，大家都知道，耿直不阿。他不玩什么旁敲侧击，经常单刀直入，有时甚至让他老师孔夫子也下不了台。有一回，孔子应召入宫私会南子。南子可不是男人，而是卫灵公的夫人。她生性淫乱，经常给卫灵公戴绿帽。这么一个淫妇，居然点名要夫子进宫去私会她，难怪子路有想法。孔子会见南子出来后，子路十分不高兴，直接给老师脸色看，弄得孔子有口难辩，情急之下竟然直接对天发誓："我如果不是不得已的话，上天就会厌弃我！上天就会厌弃我"可爱的孔夫子给学生写起了保证书，其率真的形象可真是淋漓尽致。

且说子路来到夫子跟前，快人快语地说："我见春雨将至，为避免发生水灾，所以紧急动员当地的百姓一起抢修水利，挖沟渠以疏通水道。然而工人连饭都吃不饱，哪有气力干活？所以我额外给他们每个人送饭送汤。老师您却让子贡来制止我，不让我这样做。这是什么道理呢？老师您这不是制止我行仁道吗？老师平素教诲我们要履行仁道，实际上又禁止学生行仁道。您叫学生如何接受呢？"子路振振有词，不但他觉得自己有理，我们看了也都认为他有理。孔子这回是不是被诘问得张口结舌,无言以对了呢?不是。孔子语重心长地说道:“你如果体恤工人饥饿,为什么不上报国君,让官府出面以公家的名义开仓放粮赈济他们呢?而你却以私人的名义馈赠他们。你这种假公济私的做法,没有彰显君上对百姓的恩惠,只是标榜了你个人的私德。你赶紧收手还来得及,否则你很快就会因此获罪。”子路一听,如梦初醒,对老师真是心服口服,连忙作礼拜谢而去。

孔子的答复不禁让我们由衷感叹,圣人就是圣人,对许多问题的看法比常人深远得多,能将许多营私舞弊的勾当扼杀在摇篮里。历史上有许多野心家假公济私,专门利用国家的资源去收买人心,从中捞取政治资本,以达到不可告人的目的。王莽篡汉就是一例,他开始时玩得很成功,但后来玩砸了,连自己的身家性命也搭了进去。早在战国时代,田氏成功取代吕氏而篡齐。田氏几代人通过一个谷斗,收买齐国老百姓的人心,彻底将齐国纳入自己的谷斗中,占为己有。田氏用活生生的例证,为“窃国者侯”做了一个完美的注脚。

齐国田氏的始祖田完,原本是陈国的公子,叫陈完。当时陈国发生内乱,陈完因政治避难到了齐国,齐桓公收留了他。他从此改姓田,叫田完。后来田氏在齐国逐渐壮大,到了第八世田无宇,其人孔武有力,事齐庄公,非常得宠。田无宇生有两个儿子,分别是武子开和釐子乞。釐子乞是善于收买人心、阴谋夺国的野心家,他当时的身份是齐景公的大夫。他如何收买人心呢?靠一个谷斗。向老百姓收赋税时,他用小斗收;开仓廪济民时,他用大斗放。所以当时齐国的老百姓都对田氏非常有好感。更要命的是,齐景公明明知道田氏在玩心术收买人心,却置若罔闻。晏子曾多次劝谏齐景公重视这个问题,但齐景公根本不当回事,从不过问。时间长了,举国的民心都被田氏收买了,吕氏眼看就要完蛋了。后来晏子随齐景公出使晋国,私下对晋国的贤臣叔向诉苦:“齐国的政权,最终会落入田氏手里。”世间最令人扼腕叹息的是:旁观者心清似水,迷糊的当局者偏偏听不进去。叫人爱莫能助,奈何?

釐子乞后来还干了两件事:晋国的范氏、中行氏作乱被晋国攻打时,釐子乞唆使齐景公放粮支援两个逆贼,从而让齐国构怨于晋;齐景公去世后,釐子乞图谋让与自己交好的阳生(即齐悼公)取代景公指定的继承人(景公的另一个儿子)。釐子乞因而做了宰相,总揽齐国政权,开始跻身于齐国权力的顶峰。

鳌子乞死后，田氏的势力传到了他儿子田常手里。田常继续沿用他爹的伎俩——小斗入而大斗出。田常简直是青出于蓝而胜于蓝，除了会玩大小斗，还擅长更阴毒的招数。他先杀了齐简公，然后将齐国曾经侵占的鲁、卫两国的土地归还对方，又主动向其他诸侯国抛橄榄枝搞好外交关系，对内则亲和百姓，大施恩惠。所以他的弑君大罪就这样轻描淡写地给抹过去了，根本没有人追究这件事。

田常杀了简公，再立了个傀儡国君——齐平公。他"好心"地对齐平公进谏说："施恩布德是人人都喜欢的活，而刑罚惩戒则是人人都厌恶的。所以施恩于百姓让他们皆大欢喜的事，由国君您来做；而让人厌恶的刑罚，就由我来执行。"齐平公一听，心想，这宰相对我真是太好了，于是满口答应。君臣就这样分工干了五年。五年后，齐平公彻底被架空了，齐国的政权已经全部落入田常手中。

这样又过了三代，田氏的势力传到了田常的曾孙田和手里。这时已有三家分晋的先例，时机也成熟了，田和于是废主上位。在魏文侯的帮忙下，他获得周天子的正式批文。田氏家族——这个外来的难民，前后经历了好几代人的苦心经营，终于鸠占鹊巢，堂而皇之地取代吕氏登上了齐侯的宝座。

07 叶公好龙话尊贤

宗卫在齐国担任宰相，一人之下，万人之上，过着锦衣玉食、养尊处优的生活。但泰极否来，他后来犯了错误丢了官，遭排挤，被驱逐出齐国。他只好如丧家之犬似的赶回府第，打包行李准备走人。春秋战国时代，养士之风盛行，凡是家底殷实的官僚大都养了家臣，比如孟尝、信陵、平原、春申这著名的四君子，食客通常以千计，数百数十的就数不胜数了。宗卫门下有家臣二十七人。

宗卫离开齐国前，将门下以田饶为首的那帮食客召集过来，问他们："你们当中有愿意跟我一起离开齐国，去游说诸侯求富贵的吗？"只见田饶这帮食客都趴在地上行礼，没有一个愿意跟他离开齐国。所谓树倒猢狲散，人走茶凉，人情不过如此。所以宗卫感叹道："为什么你们这些所谓的士人得到容易，却不太好用呢！"到了这份上，田饶终于将长期憋在心里的话说了出来："并不是我们这些士人不好用，是主人您根本就不会用。"宗卫问："这话怎么说？"田饶答："大人您的厨房里吃不完的肉都发臭了，门下怎么会有为了您而牺牲生命的士人呢？您门下那些士人每天的食物不足三升，但你养的那些鹅鸭却有吃不完的粟米。妻妾女妓穿着华丽的锦绣衣裳，而那些士人的居室破得不能遮风挡雨，衣服破败，千疮百孔。果园里的水果，后宫的妇女摘下来相互扔掷玩游戏，但士人连尝一口的机会都没有。那些所谓的财富，对您来说是微不足道的，但死亡对于士人来说，却是重中之重。您不将那无足轻重的财富施些许给您门下的士人，却企图让他们随时为您奉献出宝贵的生命，这难道不是一件很困难的事吗？"

宗卫听完这番话，真是羞得满面通红，连忙退后向众门客赔礼道歉，以忏悔自己的过错。

像宗卫这种叶公好龙式地对待人才的人，古来今来并不罕见。春秋时代有个小诸侯国叫鄟国，后来被鲁国兼并了，成了季孙氏季友的封邑。在此之前，曾子曾经在鄪都居住，有一次，鲁国又派兵来侵犯鄪都。作为圣贤人物的曾子，此刻却溜得比谁都快。他逃跑时前去向鄪君辞行，说："我先走了，等到鲁国侵略的军队都撤了，我再回来。请您替我看好馆舍，不要让那些猪狗禽畜窜进来，把我的房子弄脏了。"这种共富贵而不共患难的行为，一般人都无法忍受，何况逃跑了还要别人替你看家。这种要求实在有些过分，甚至有些无耻。所以当时鄪君心里很窝火，气呼呼地说："寡人平日是怎样对待先生的，大家都有目共睹。现在鲁国来侵犯，你却提前逃走，还要我替你看家，你不是在做梦吧？"

曾子走后，鲁国的军队很快就兵临城下了。鲁国人出师也不是无名的，他们在城下历数鄪国的十大罪过，而其中有九大罪过是曾子平日向鄪君劝谏过的，但鄪君始终没有采纳，以致鲁国来兴师问罪。鲁国军队撤退后，鄪君非常懊悔，连忙派人修复曾子的居室，重新延请曾子回来居住。

还有一个类似的故事。宋国的司城子罕，姓戴。据考证，他成功篡夺了子姓宋氏的天下，像田氏取齐一样，但历史上关于这方面的记载却很模糊。戴氏只维持了两代，便被齐国灭了，在史上没有掀起多少浪花，因此被后人淡忘了。当时宋国掌管天文的大臣是子韦，子罕给子韦的待遇可以说真是非比寻常，他们亲密到入则同食、出则同衣的境地。后来有一次，司城子罕遭难逃亡，但子韦没有追随他，这也是一个共富贵而不共患难的典型例子。

后来子罕的厄运过去了，回来后东山再起。他还是将子韦请了回来，跟之前一样厚待他。这时左右都看不过眼，纷纷对主人说："君上对子韦的待遇，真是不薄啊。您有难出逃，他却没有追随您。现在您回来了，还一如既往地厚待他。君上这样做，难道不觉得有愧于那些对您忠心耿耿、不离不弃的大臣吗？"

子罕叹道："我虽然待他那么好，但他的建议我一直都没采纳，所以才有了灾难。如今，我侥幸恢复如初，这都是仰仗子韦那些遗德的结果，这是我再次厚待他的原因。况且我逃亡的时候，那些对我忠心耿耿的人，在我被别人驱逐的时候，不离不弃地追随我，对我的逃亡有帮助吗？"

以上两则是很典型的叶公好龙式的尊贤故事。他们对所谓的贤士虽然礼遇有加，但对他们的建议却从不采纳。这个其实便是徒有其表的尊贤，表面上尊敬贤士，实际上却将对方当普通人看，根本没将对方的才能当回事。

子路曾经向孔子请教："治国之道应该是怎样的呢？"孔子答道："治国之道在于尊重贤人而鄙薄小人。"子路便问："那范氏、中行氏也尊重贤人鄙薄小人啊，为什么灭亡了？"

范氏、中行氏乃晋国的两家六卿，后来被智伯率领赵、魏、韩三家灭掉了。对于子路的疑问，孔子这样解析："范氏、中行氏虽然也尊贤，但只是徒有其表，他们并没有起用这些贤士为他们做事；他们虽然鄙薄小人，但没远离他们，还是让他们在身边做事。所以得到的结果是，贤士因为不受重用而心怀怨恨，小人却因为遭受鄙薄而引以为仇。一个被贤者怨恨、小人仇恨的家族，仇怨交织于前，却不想灭亡，可能吗？"

田忌是齐国的名将，曾在孙膑的协助下，一起赢得了围魏救赵的战役，后来又用减灶法，一起在马陵道斩杀了庞涓。但因为将相不和，功高震主，他遭到宰相邹忌的陷害，被迫逃亡楚国。

楚王听说田忌来投靠他，自然大喜过望，专门摆驾到郊外将田忌迎回馆舍，并虚心地请教道："楚国是万乘之国，齐国也是万乘之国，两者势均力敌，且常有吞并对方的野心，你看这个怎么对付呢？"

田忌说："这个很容易预判的。如果齐国让申孺为主帅带兵来攻，那么楚国只需发五万人马，派一位上将军领军前去对敌，擒杀对方的将军胜利而回是没有问题的。假如齐国让田居为大将，那么楚国便要发二十万人马，让上将军领军前去迎敌，彼此只能打个平手。假如齐国让眄子为大将，那么楚国即使动用倾国之兵力，大王御驾亲征，我在旁追随，相国与上将军分别为左右司马，阵容如此强大，大王也只可图存罢了。"

接着，齐国果然拜申孺为将，让他带兵攻楚。于是楚国按田忌的说法，让一位上将军带兵五万前去迎敌，果然擒杀了齐国的主师大胜而回。齐王大怒，改拜眄子为大将，让他带兵来攻打楚国。楚王不敢怠慢，依田忌的说法，倾全国兵力，御驾亲征，田忌相从，相国、上将军分别为左右司马，并增添了九乘王辇作为护驾卫队，即使这样，楚军也仅免于惨败。

楚王对这场战斗输得心服口服，回来后向田忌请教道："先生为什么能如此准确地预见到结果呢？"田忌说："申孺平素对有才的贤士恣意侮辱，对无才的人轻视不屑，所以无论有才之人还是无才之人都不为他用，他的败亡是必然的；而田居平素尊重贤士，但轻视无才的人，所以贤人能为他效力，但一般的人袖手旁观，所以贤愚不同，向背各异，实力削减了一半；眄子为人则不同，他不但尊重贤士，而且对普通人一样尊敬无偏见，所以无论贤士还是一般人，都乐意努力为他效劳。所以您跟他打起仗来，能够图存就已经不错了。”

这三位主帅对待贤愚的态度截然不同导致胜负大相径庭的故事，很形象地说明，尊贤还不够，对一般人也要亲近拉拢，团结一切可以团结的力量，才是王道。楚汉的项刘之争中，主帅的作风，又何尝不是如此呢。

08 英明与昏庸的双料国君

中国历史上的世袭国君中，大抵昏庸的多若繁星，圣明的稀如麟角。起初英明而晚节昏庸的也不在少数，如唐玄宗李隆基。当政初期昏庸，其后英明的，则更稀有。细数起来，史上大概只有两位。

第一位是楚庄王，他继承王位后，整整三年沉迷酒色，不理朝政，还放出号令："敢劝谏者杀无赦！"所以众大臣多吐吐舌，摸了摸吃饭的家伙，欲言又止。后来忠臣伍举实在按捺不住，便提着脑袋入宫准备死谏。他看见庄王左揽郑姬，手抱越女，正坐在钟鼓之间忘情地唱着歌。他惴惴不安地试探着问道："荆山有只大鸟，五彩斑斓，三年不飞不鸣，那是只什么鸟啊？"只见楚庄王胸有成竹地答道："此鸟三年不飞，一飞冲天；三年不鸣，一鸣惊人。"伍举一听，心领神会，于是不劝谏了，转身走人。

过了几个月，楚庄王并无任何悔改之意，反而变得更加淫逸。这时又有一个更不要命的提头进来死谏，这个人就是大夫苏从。楚庄王见他劝谏，作色道："难道你没听见我的号令吗？"苏从答："如果以杀身的代价，能让国君明白过来，那这也是臣子所希望的结果。"楚庄王一听心想，好家伙，真够忠心，好！我这回就听你的。于是楚庄王遣散了美女，开始临朝听政。他一上朝，一口气诛杀了几百人，又提拔了几百人，将伍举、苏从提拔上来当股肱大臣，顿时举国欢腾。

楚庄王正如他自己所说，一鸣惊人，当年就灭掉了庸国；第六年讨伐宋国，缴获了战车五百乘；第八年，伐陆浑戎，直逼洛阳，在周天子脚下举行大阅兵，后来成了一代霸主。

观楚庄王的行为举止，起初他肯定是故意装糊涂，不但能让杀身成仁的忠臣站出来，还能让奸佞在不设防的状态下自动现形，一箭双雕。

第二位是商朝的太甲。这位开始昏庸，其后英明的国君，完全是贤相伊尹"治"出来的。伊尹见太甲堕落无道，又不听劝谏，便将他放逐到成汤墓旁的桐宫,让他在那里“坐监”反省。太甲在那里坐了三年牢,终于想明白了,于是悔过自新。伊尹将他重新接回来,立为国君,太甲从此成为一代明主。在三代之前,宰相能流放国君,说明彼时的皇帝也不是那么好当的。

今天我们这里重点要说的是很特殊的一位,是将英明与昏庸合二为一的双料国君,他就是齐景公。齐国的君位按理来说是轮不到他的,偏偏他的兄长齐庄公好色惹祸,最后被重臣崔杼杀了,齐景公才有机会上位。

齐景公上位之初,完全是崔杼与庆封二位权臣的傀儡。后来,崔杼与庆封狗咬狗自残起来,齐景公经过一系列的挣扎,终于摆脱了权臣的控制,做回了真正的国君。

齐景公接过齐国这个被权臣玩得支离破碎的烂摊子。一方面,他雄心勃勃,励精图治,梦想恢复齐桓公的霸业,所以勤政纳谏,从善如流;另一方面,他追求享受,醉生梦死,成天作长夜之饮,大有人生苦短、及时行乐的昏庸特质,这种特质在晚年尤其突出。所以他有两班人马是同时起用的,治国的有晏子、田穰苴等一帮忠心耿耿的能臣,而陪他行乐的是梁丘据等一班佞臣。

有一回,齐景公在宫中夜宴,越喝越高兴,觉得一个人饮得不够痛快,便载着酒宴,乘夜色驱车直奔晏子家。晏子半夜被敲门声惊醒,不知发生了什么突发情况,连忙穿好礼服出门迎接。晏子见到齐景公后惊诧地问:“是不是诸侯入侵了?或者是国家出事了?君上为何半夜亲自赶来臣下之家呢?”景公笑道:“没什么要紧事,酒香乐美,愿与爱卿一起分享而已!”晏子正色道:“宫中自有铺席端酒送菜之人,臣下不敢参与这类事情!”景公讨了个没趣,他知道晏子刚正不阿,也不敢勉强,便对侍从说:“那我们去穰苴将军家喝酒去吧!”于是齐景公转头去了田穰苴的家。穰苴听说国君来了,急忙全副武装,站在门口恭候,见了齐景公便惊诧地问道:“是诸侯兴兵入侵吗?还是有逆臣作乱?君上为何半夜上门找我呢?”齐景公笑道:“没什么要紧事,酒香乐美,想同大司马一起分享罢了!”田穰苴听罢行礼谢道:“君上宫中自有铺席端酒送菜之人,我不敢参与这类事情!”齐景公又讨个没趣,便吩咐左右,驱车直奔大臣梁丘据家。

齐景公一行来到梁丘据家门前,这里的景象与前两家大不相同。但见大门启处灯火通明,妙乐齐作。梁丘据亲自奏乐,左手操瑟,右手提竽,大献殷勤地陪伴齐景公饮酒。齐景公喝得酩酊大醉,得意地说道:“好痛快呀！今晚我能这么尽情地饮酒。要是没有晏子、田穰苴这样的人,国家如何治理呢?要是没有梁丘据这样的人,寡人又如何寻欢作乐呢?”

齐景公说得好像很豁达。翌日,晏子与田穰苴一起上朝,劝谏道,君上不应该深夜赴臣下家中饮酒,这不是明君该做的事。这时,周边的小人正好抓住机会向齐景公进谗言:田穰苴根本不把君上放在眼里,田氏的势力将要尾大不掉。田穰苴不久便被罢黜了,最后因为不得志,郁郁而终。

其实田穰苴是田氏的旁枝,在田氏家族中没有什么地位。因为晏子的推荐,他才有机会以平民的身份被齐景公起用。他与田氏贵族根本就不是一路人,但终归还是被这个“血缘”关系给毁了。反观齐景公,晏子多次提醒他鳌子乞的“小斗入大斗出”收买人心的伎俩正在威胁吕氏的政权,他充耳不闻。但小人对田穰苴的谗言,他却全盘接受了。其昏庸可见一斑。

田穰苴是个军事奇才,曾领兵击退晋燕联军,被封为大司马,他的后代便以司马为姓。田穰苴在后世被供奉于武成王庙内,是武庙十哲之一。这样的人才,齐景公居然轻易地废弃了,真是糊涂至极。因此,齐景公并不是什么真正的明主。但话说回来,在大多数人追求人生享受、娱乐至死的今天,汉文帝这种穿布衣吃粗食,节俭得像平头百姓的国君,大抵不是现代人青睐的对象。在歌舞升平的日子里把事业做大做强的齐景公,是很多现代人追捧的偶像。

齐景公不但讲究享受,还渴望将这份享受永久地进行下去到底。他幼年登基,在位五十八年,是齐国历史上在位时间最长的国君,做了一辈子诸侯王,却依旧恋栈不去,对这宝座真是欲罢不能。他恨不得与天地同寿,一直坐到天荒地老,于是便有了牛山叹的故事。

有一回,齐景公与群臣一道上牛山玩。牛山的风景实在优美,齐景公站在山北,但见前方是都城,旁边是巍峨的泰山,那真是人间仙境啊。贪恋君位的齐景公不禁心灵触动,竟然迎风流泪,叹息道:“我的齐国好美啊,泰山好俊秀啊！假如人能与天同寿,那我将永远拥有这份美好!”旁边的佞臣艾孔、梁丘据马上附和起来:“是啊！我等贱臣承蒙君上所赐,只要能吃上两口蔬菜,几块臭馊肉,有辆驽马柴车坐,就已经贪恋不舍了。我等尚且不想死,何况君上呢!”说罢他们也不顾丑态,低头揾泪,居然呜呜咽咽地跟着抽泣起来。晏子在旁边冷眼瞅着昏君谀臣，哧哧地冷笑。齐景公见晏子这个样子，一下就犯傻了。他擦干泪水，红着眼愕然地问道："寡人今日游山，触景伤怀，感慨人生无常，艾孔、梁丘据陪寡人一道伤感涕泣，而你却独自偷笑，这是什么缘故啊？"晏子笑答："假使贤明的国君能永远守住美好的河山，那么太公、桓公便永久地享有它了；假使武勇的国君能永久守住美好的河山，那么庄公、灵公便永久地享有它了。如果上面几位国君能把它守得好好的，哪有机会轮到您上位呢？说不准您如今正披着蓑笠挥着汗雨在田间锄草呢，又哪有时间考虑生与死的问题？正因为国家的主人在不停地新旧交替，您才有机会上位。而您偏偏想永远独享它，并为此痛哭流涕，这是不仁啊。如今，不仁的国君我看见一个，而谄谀的大臣，我看见两个，所以我在这里独自偷着乐呢。"齐景公听后如梦初醒，惭愧到想钻进地洞，于是举觞自罚三杯，同时把旁边那两位佞臣一道处罚了。

齐景公最终虽然没有恢复桓公的霸业，但齐国在他手中也算是中兴了，主要还是得力于晏子这样的贤臣，所以晏子在齐景公心目中的分量是不可替代的。有一次，齐景公正在城外郊游，突然传来噩耗：晏子不幸去世了。简直是晴天霹雳，齐景公连忙换过素服，一路挥鞭对马狂抽，长驱而回。心急如焚的他几乎快疯了，竟然嫌马车跑得不够快，纵身跳下车，发力狂奔。他发现自己跑得没有马车快，于是赶紧爬上车赶路。等到赶回城中，齐景公已经完全失态了，了无国君的模样。等到了晏子府第前，齐景公扑倒在地，爬着走，一边匍匐一边哀号，趴在晏子的尸体上放声大哭："您老人家日夜责备寡人，从来不留半点儿情面。但寡人还是骄奢淫逸，放荡不羁，毫不收敛，以致构罪于天下百姓，举国对我怨声载道。如今上天降祸于齐国，不降寡人身上而嫁祸于夫子您，齐国的社稷从此危如累卵，今后齐国的百姓将依靠谁呢？"齐景公这段独白极其悲伤，足见晏子在他心中的地位，就如管仲在齐桓公心中的地位一样。

晏子去世后，又过了十七年。有一次，齐景公和众大夫一起饮酒。古人饮酒行令，并不是什么石头剪刀布，通常以射箭来助酒兴。齐景公这一次不知道是喝高了，还是年纪大了，一箭射过去，连靶都没射中，但堂上依然异口同声地喝彩，欢呼声震耳欲聋。看来拍马屁从古到今，都是受人欢迎的技术活。齐景公看见这个场景,不禁想起了刚正的晏子。他的脸色变得异常难看,他长叹一声,把弓随手一扔,独自回房去了。旁边的弦章看在眼里,赶忙尾随齐景公走了进来,齐景公叹道:“弦章啊,自我痛失晏子至今有十七个年头了,我再也没见过能指出我的过失的大臣。今天我连靶都没射中,他们竟然异口同声地喝彩叫好,哎……”弦章见状,乘机讽谏道:“这当然是众大臣的不肖,他们的才智不足以发现君上的过失,但他们又没有勇气冒犯您的尊严。但有一点,臣曾听说,国君喜欢什么样的衣服,臣子就穿什么衣服;国君喜欢吃什么食物,臣子就爱吃什么食物。譬如尺蠖这种虫子,它吃黄的东西,身体就变黄色;吃青的东西,身体就变青色。君上,您可能有喜欢被拍马屁的嗜好吧?”齐景公说:“对!今日的对话,弦章您是国君,我是臣子。”

当时正好有海鱼进贡入朝,齐景公便赐予弦章五十车鱼。弦章回家时,运鱼的车把路都堵死了,于是他拉着车夫的手说:“刚才宴会上那些叫好之徒,其实都是想得到鱼的人。以前晏子谢绝赏赐,目的是纠正国君的过失,所以国君一有错马上就被他指正了。如今这些谄谀之徒只是为了得到好处,所以国君箭射偏了,他们还一味地叫好。今天我如果因为纠君之错而接受这些鱼,就违背了晏子的道义,和这些谄谀之徒便没有区别了。”因此他谢绝了赏赐。所以有识之士都说:“弦章的廉洁,是秉承了晏子遗训啊。”

09　伯乐与千里马，孰为宰相才

伯乐与千里马的故事，影响深远，大家都知道，这里就不细表了。所谓千里马常有，而伯乐不常有，说的是识荐人才通常比人才本身更重要。

子贡有一次问孔子："当今之世，谁能算得上贤臣呢？"孔子答道："如今称得上贤臣的，我真没见过。但过去齐国有鲍叔牙，郑国有子皮，这两位称得上贤臣。"子贡满腹狐疑地问道："齐国不是有管仲，郑国不是有子产吗？"子贡的有疑问是很正常的，因为在历史上，管仲与子产是大贤相，对国家贡献很大，在留名青史，也比鲍叔牙与子皮大得多。孔子怎样回答呢？他说："端木赐呀，你只知其一，不知其二。你说是能识人荐贤者为贤呢，还是会发挥才干者为贤呢？"子贡说："当然是识人荐贤者为贤。"孔子说："这就对了，我只听说过鲍叔牙推荐过管仲，子皮推荐过子产，从来没听说过管仲和子产推荐过谁。"孔子的理念是，伯乐无疑比千里马重要得多。

魏文侯将要提拔人才当宰相，一时决定不了人选，便召见李克，问道："寡人准备聘请宰相。季成子与翟璜这两个人选，你看我该用哪一位好呢？"李克答道："我听说地位低下者不会参与地位高贵者的事情，外人不掺和家族内的事情，关系疏远的人不参与亲眷之间的事情。臣下相对于君上，是关系疏远且地位卑贱者，所以不敢掺和这件事。"魏文侯说："这是国家大事，希望先生你发表自己的见解，万勿推辞。"李克便说："这是君上您不明察的缘故，其实很容易看出来：一个人地位高贵的时候，你看他举荐了什么；当他富有的时候，你看他给予了什么；当他贫贱的时候，你看他是否洁身自爱，有所不取；当他穷困的时候，你看他是否君子固穷，有所不为。你只要这样去观察，便明白孰优孰劣。"魏文侯听罢当下明了，说道："先生可以走了，寡人的宰相人选已经定好了。"

李克从宫里出来，正好碰见翟璜，翟璜便问他："听说君侯向先生咨询宰相人选，不知道宰相之职最终落到谁的头上呢？"李克答道："季成子当宰相。"

翟璜一听，脸色都变了，气呼呼地说：“是我让先生失望了。”李克便说：“您有什么让我失望的呢？难道当初您把我举荐给君上，是为了彼此勾结谋求大官吗？君上向我咨询宰相人选的事，我只是答复他：‘这是君上您不明察的缘故，其实很容易看出来：一个人地位高贵的时候，你看他举荐了什么；当他富有的时候，你看他给予了什么；当他贫贱的时候，你看他是否洁身自爱，有所不取；当他穷困的时候，你看他是否君子固穷，有所不为。你只要这样去观察，便明白孰优孰劣。’君上听罢便叫我走了，说宰相的人选已经定了。所以我知道必定是季成子担任宰相。”

翟璜听罢更不服气，很不高兴地说：“如果这样，更应该是我担任宰相！当初西河的守将吴起是我推荐的；君上对邺郡的治理很头痛，我推荐了西门豹；君上要讨伐中山国，我推荐了乐羊；灭了中山国后，找不到合适的人镇守，我推荐了先生您；太子找不到合适的老师，我又推荐了屈侯鲋。你说我哪一点比季成子差？”

翟璜将他的功劳簿搬出来，的确能吓到许多人，但李克却反驳他：“你这些功绩都不及季成子，季成子有千钟俸禄，十分之九都用在外边，只有十分之一用在家里。因此从东方聘来了卜子夏、田子方、段干木。这三位贤士，君上将他们奉为老师。而您所推荐的那五位贤人，君上只任命他们为臣子。您怎么能跟季成子相比呢？”翟璜深思了一会儿，连忙行礼拜谢道：“我真是个浅薄的人，刚才失言了。我要好好反省一番，再好好跟您学习。”话还没说完，他就听周围的侍从说季成子已经被拜为宰相了。翟璜听后默然了一会儿，满脸通红，内心感到非常惭愧。他急忙跑回家里闭门思过，整整三个月足不出户。

有一回，田子方取渡西河，去拜访翟璜，突然发现前面有一队马车，浩浩荡荡，有八十余辆。但见那些车装着华丽的轩篷，并用黄金装饰着马络头，车上的人都坐在席子上。田子方远远望去，以为那是国君的仪仗队。狭路相逢，田子方急忙下车上前迎接，仔细一看，竟是翟璜。翟璜一见是田子方，不敢怠慢，便慌忙下车迎上前，快步走到下风口，恭敬地说道：“在下失礼了。”

田子方一见，便说：“原来是你呀！我刚才乍一看，还以为是国君呢。见到庐山真面目后，才知道原来是人臣。你的车队怎会这样奢华呢？”

翟璜答道：“这些都是君上之前的赏赐，累积了三十年，才有了今天这个规模。我刚才带着车队在郊外兜兜风，却没想到会遇上先生您。”田子方好奇地问：“你怎么会有这么多的车呢？”

翟璜答道：“我曾经举荐过吴起、西门豹、北门可、乐羊、李克五位贤良大夫，魏国因而大治。我举荐的这五位大夫，如今都已成了国家的中流砥柱，位高权重，所以我才有这样的待遇啊。”

田子方赞许道：“好样的，你要再接再厉，魏国的宰相将来肯定非你莫属。”

翟璜想起了之前李克说过的话，便答道：“君上的胞弟季成子，举荐了子夏，君上尊其为老师；举荐的段干木，君上视他如同朋友；再举荐您田子方，君上对您尊敬有加。凡是季成子所举荐的人，都是君上的老师、朋友等让君上尊敬的人。而我所举荐的，无非领俸禄的臣子，哪里轮得到我做魏国的宰相呢？”

田子方说：“我听说贤者有两种：一种本身就是贤者；而另一种是能荐举贤者的人，他也必定是个贤者。以上五位经你推荐上位的都是贤能的人，你好好努力，将来一定会成为宰相。”

田方子说得不错，翟璜后来真的担任了魏国三十余年的宰相。他这个人不但才高八斗，头脑灵活，而且能言善辩，善于巧谏。

话说有一回，魏文侯与几位大臣宴饮。他本身也有喜好别人拍他马屁的毛病，席间乘着酒兴便问道：“你们觉得我是一个什么样的国君呢？”这风一放出，马屁可就响了，仁啊智啊圣啊明啊……哧哧吱吱地响成一片。轮到任座发言，他却偏不拍马屁，反而浇了一盆冷水：“君上您算不上贤明之主。当年攻取中山国，您不将它封给弟弟，却封给了儿子，怎能算得上贤明呢？”这逆鳞一刮，魏文侯可就坐不住了，脸色晴转多云，眼看就要打雷下雨了。任座一见不对路，惊吓得跳将起来往门外夺路而逃。这时轮到翟璜发言了，只见翟璜慢条斯理地说：“君上您确实是位贤明的国君。因为我听说，只有贤明的国君，他的臣子才敢直率说话。刚才任座的话就很直率，因此可知您真是贤明之主。”魏文侯一听，顿时心花怒放，连忙将任座从外面请了回来，拜为上卿。

这就是说话的技巧。翟璜的说话艺术，真是值得我们好好揣摩学习呢。

10 大器晚成的牛倌卿相

孟子有一句广为流传的名言:“舜发于畎亩之中,傅说举于版筑之间,胶鬲举于鱼盐之中,管夷吾举于士,孙叔敖举于海,百里奚举于市。故天将降大任于斯人也……”其中的“百里奚举于市”,意思是百里奚是在市场上被举荐出来的。大概是百里奚去人才市场应聘被伯乐发现了吧?如果你有这种想法,就滑天下之大稽了。要知道,百里奚被发现的地方不是在人才市场,而是在奴隶市场,个中故事可就长了。

假途灭虢这个成语大家应该知道。话说春秋时期,虞、虢两个小国本来唇齿相依,相互抱团取暖。后来晋国想出兵伐虢,但中间隔着一个虞国,于是便用重金向虞国“借道”。昏庸贪婪的虞公不顾大臣的劝谏,竟然同意了。晋国成功借道灭掉了虢,顺手杀一个回马枪,将措手不及的虞国也一起给灭了。晋国此举便为后世创造了一个成语——假途灭虢。

在这次战役中,虞国的许多大夫都成了阶下囚,沦为晋国的战俘,其中就有百里奚。

晋国还创造了另外一个成语,叫“秦晋之好”。在晋武公与齐桓公统治的时候,秦晋两国就经常玩政治联姻,两国用“亲家”的身份相互套近乎。后来的汉朝为了摆平匈奴的骚扰,也喜欢玩汉胡联姻这招,当年的昭君出塞就是这么回事。秦穆公上位后,根基未牢,为了巴结当时强大的晋国,便向晋献公提出要做他的女婿,于是晋献公将大女儿作为筹码嫁给他。作为战俘的百里奚,便成了跨国嫁妆的搬运工,这角色其实跟那些拉嫁妆的牛马并没什么区别,说白了就是会说话的牲口罢了。

满腹锦绣的百里奚从士大夫沦为了奴隶,他当然心有不甘,于是途中瞅准机会逃之夭夭,准备溜回自己的故乡南阳。但在入境楚国时他被楚方抓捕了,楚王也没有太难为他,听说百里奚是个养牛专家,就让他做了个放牛倌,专门从事养牛的活。

秦穆公是位明主，他早已听说百里奚的才华，本来正想趁他入秦之机起用他，没想到这家伙半路开小差，竟然偷偷溜了，于是便想以重金将他从楚国那边赎回来。这时有大臣便劝他，君上你这样是要不回人的，您用重金去赎一个奴隶，楚方难道不会起疑心吗？楚王如果知道百里奚很有才华，肯定要留着自己用，怎么可能放他回来给您呢？秦穆公一听，猛然醒悟，于是只用五张黑色的公羊皮作为代价，要求楚方同意将逃犯百里奚解押回来，要狠狠治他的罪。一个奴隶算得了什么东西？于是楚方爽快地答应了。

百里奚被"解"回秦国，秦穆公喜出望外，非常恭敬地接待了他，向他虚心请教治国之道。百里奚推辞道："亡国之臣，哪里值得君上如此谦虚询问？"穆公连忙说道："虞国国君昏昧，他不能用您，以致亡了国。这不是您的责任啊。"穆公于是与百里奚促膝长谈，连续谈了三天，彼此相见恨晚，穆公立即将百里奚提拔为大夫。因为他是用五张黑羊皮换回来的，所以世称五羖大夫。那时百里奚已经七十多岁了，可谓大器晚成，真是姜太公第二了。百里奚上位，有两件事是可圈可点的，一是公孙支让贤，二是推荐了蹇叔。上卿公孙支听闻穆公聘得了大贤，便在家里提着几只鹅兴冲冲地前来向穆公庆贺："听闻君上得社稷圣臣，我大秦社稷真是有福了。"穆公当然满心欢喜，接受了他的贺礼。

第二天，公孙支便主动提出要将上卿的位置让给百里奚，并谦逊地说："秦国地处偏僻，百姓愚昧无知，这样下去国家是很危险的。我知道自己的才智不足以承担此重任，今恳请让贤。"穆公当然没有同意。公孙支又说："君上都不用努力寻觅就获得了社稷圣臣，这是君上的福禄。我见贤而让贤，这是臣下的福禄。现在君上获得福禄，而臣下却因此失去了福禄。这怎么可以呢？请君上务必同意我的请辞。"穆公还是没有答应。公孙支再次恳请道："微臣愚钝不肖却居高位，这是君上乱了治国条理。不肖又没条理，这就是我的过失啊。引进贤人，辞退不肖，这是君上英明。如今我硬占着这个位置，不但败坏了君上的品德，而且我的行为也是大逆不道的。如果这样，我会弃官逃跑。"秦穆公见他说得如此恳切，便答应了他的请求，让百里奚接替公孙支担任了上卿，公孙支改任次卿辅助他。

公孙支其实并没有像他自己说的那样不堪，在历史上也是个贤臣，对秦国做了不少贡献，是被秦穆公尊为老师的人物。他这种谦和让贤的情怀、一心为国的高风亮节，岂不让天下那些妒贤嫉能、恋栈不去之辈羞煞哉？

百里奚晚来运转，迟暮之年登上高位，但时刻不敢忘记曾经帮助过自己的好友蹇叔。于是他向秦穆公推荐了另一个老头蹇叔，他诚恳地对秦穆公道："我的才能其实远比不上老友蹇叔，只是他过于深藏不露，世人不知道他的本事而已。当初我游学求仕，被困于齐国，潦倒到街头讨饭，那时蹇叔收留了我。我因为人穷志短，饥不择食地想取仕于齐国，但蹇叔阻止了我，说现任的齐侯无知，不是个可以共事的主，我因此躲过了齐国不久便发生的那场政变灾难。于是我便到周朝，因为周天子特喜爱牛，而我本身又是个养牛专家，周天子便想起用我，但蹇叔劝我放弃，我便听了他的话，离开了周天子，又逃过了那场与周天子一起被杀的厄运；在虞国当官时，蹇叔也曾劝阻过我。我其实也知道虞君不能重用我，但日暮途穷的我终归放不下眼前那份丰厚的爵禄，便依恋不去。我两次听从蹇叔之言，都化险为夷，仅一次没听，就遭殃了。所以说蹇叔的才能远在我之上。"穆公一听，知道蹇叔也是个大才，爱才如命的他赶紧派人携厚礼去迎请，拜蹇叔为上大夫。在后来秦晋的崤之战中，秦穆公却犯糊涂了，不听百里奚与蹇叔这两位老臣的劝阻，结果吃了大亏。这个故事世人耳熟能详，此处不再细表。

百里奚是位贤相，也是道德楷模，身居高位，却爱民如子，勤勉政事。偌大年纪的他终年栉风沐雨，跋山涉水，走访民情，不辞劳苦，连车乘护卫都不要，深受国人的爱戴。他对内提倡教化，开启民智，引进周朝的官制和朝仪，改变了秦国落后的国体；对外则怀柔远人，邻邦和平共处，不兴战事，专务生产，没多久秦国便大治。

更可贵的是，他对糠糟之妻的不离不弃。嫌丈夫潦倒，弃夫改嫁，丈夫发达后又想破镜重圆的，有姜太公、朱买臣之妻。而男人发达后弃结发之妻另娶的，就更多了，譬如陈世美最是典型。而百里奚呢，可以说是好男人中的极品了。

有一次，百里奚正在相府中与宾客会宴，觥筹交错，热闹如同过年。百里奚让乐队奏起歌舞以助兴。这时相府内有个洗衣老妪听到鼓乐喧天，便走上堂来主动要求为百里奚演奏一曲，百里奚欣然同意了。只见那老妪在众目睽睽之下，落落大方，援琴抚弦而歌：

百里奚，五羊皮。忆别时，烹伏雌，炊扊扅，今日富贵忘我为。

百里奚，初娶我时五羊皮。临当别时烹乳鸡，今适富贵忘我为。

百里奚，百里奚，母已死，葬南溪。坟以瓦，覆以柴，舂黄黎，

搤伏鸡。西入秦，五羖皮，今日富贵捐我为。

但闻歌声委婉幽怨，耐人寻味。百里奚听罢大惊失色，连忙上前仔细指认，原来竟是结发老妻杜氏。原来妻子杜氏当年支持丈夫外出求发展，竟连家里唯一的老母鸡都宰了为丈夫饯行。自从丈夫出外求仕后，几十年杳无音信，贫困交加，又遇灾荒，她便携子逃荒，漫无目的地千里寻夫。母子讨饭一直讨到了秦国，打探到百里奚已经成了秦国上卿，于是便设法入相府当了用人，借此找机会相认。

此时的老夫老妻，不禁悲喜交加，抱头痛哭。这件事传开去之后，国人都为百里奚的人品所打动，秦穆公因此馈赠许多财富，以示祝贺。从此，百里奚这位极人臣而不忘糠糟之妻的故事，广为流传于后世，他成了一代道德楷模。

11 士的贵族精神与节操

只要提到“贵族”这个词，一般人马上便联想到富贵人家。钱多得用不完，财务自由的人，当然就是贵族了。其实更准确地说，这个应该叫暴发户。真正的贵族，应该具有高贵的精神内涵，叫作贵族精神，中国古代叫节操，将拥有这种节操的人叫作士，通俗地说也可叫读书人，但跟今天所谓的读书人完全是两个概念。有节操、有贵族精神的人士，才算得上真正的贵族。哪怕他穷困潦倒到像颜回一样，依然可配称贵族，因为他的节操在那里摆着。而毫无节操的富豪，虽富可敌国，其实称之为暴发户或土豪更合适些，因为他根本就没有那种贵族式的精神内涵。

贵族，一般来说，是有爵位的。西方的贵族，有骑士、男爵之类；而中国古代的贵族，除了皇室，还有公、侯、伯、子、男五类。一旦升华到贵族精神，就完全超越了爵位，与门第反倒没有必然的联系了。

中国的传统贵族精神，就是立节——能够舍生取义，杀身成仁。为了实践自己的信仰与理念，随时可以付出生命。所以王子比干可以杀身以成其忠，伯夷、叔齐可以舍身以成其廉。作为一个具有贵族精神的人，他不以卑贱贫穷为耻，而不仁不义，不忠不孝，无信、无廉、无礼，这些才是他的耻辱。当今社会，每见某某富豪或公众人物突然死于非命，人们就喜欢整出一篇篇鸡汤文来喝喝鸡汤，感叹人生除了生死，别无大事。如此感慨其实也并没什么错误，但这只是对于那些具有“蚁族精神”的普通人而言，对于具有贵族精神的人来说，却还有比生死更重要的东西，那就是节操。这就是“贵族”与“蚁族”的根本区别所在。当今世风重生死而轻节操，唯一能说明的，就是在这个信仰缺失的时代，贵族精神已经荡然无存。

楚国讨伐陈国，将陈国都城的西门烧毁了。战后楚国便让那些投降的老百姓重新修建城门，这时孔子与弟子一行正好坐马车从城门经过。只见孔子目中无人似的，木木然就过去了。率真的子路这回忍不住了，便问夫子：“依照礼节，前面有三人，是要下车的；有二人，就要扶着车轼而过。如今那么多人在城门口修缮城门，而夫子却连车轼都不扶一下就过去了，这不是失礼了吗？"

作为儒家的大宗师却如此的"失礼"，弟子都会这样质疑，不过一般弟子都不敢发问，唯有子路敢于发问罢了。只见孔子叹道："我曾听说，如果一个国家都亡了，国人却惘然不知，那就是不智；知道亡国了却不去抗争，那就是不忠；忠于国家而不奉献生命，那就是不廉。智、忠、廉三节，这些修建城门的陈国人连一项都没有，你叫我扶什么扶？"孔子言下之意，这帮了无节操的亡国奴，根本不配称人，你还要我扶车轼对他们表示恭敬吗？我们再看看蒙古灭南宋，崖山一役，十万军民一同投海殉国；清军入关大肆屠城，汉人不屈不挠地奋死抵抗……中国历史上，这些事例其实数不胜数。经过几百年的奴化，当侵略军再次在山东登陆，我们的百姓已经麻木到只会看热闹甚至堕落为侵略者的带路党。

孔子周游列国，想实现他的政治抱负，但到处碰壁。诸侯王大多对他阳奉阴违。那年夫子到了齐国，向齐景公游说了他的政治理念。齐景公也很大方，直接要将禀丘这个地方赐给孔子，作为他的封地。但孔子直接推辞了，出来便对他那帮弟子说："我听说大凡称得上君子的人，都是有功才受禄的。我如今刚向齐侯展示我的政治理念，他都还没有实施，我一点儿功劳都没有，他便将禀丘赐给我，他这个人太不了解我了。"于是孔子辞别了景公，离开了齐国。孔子曾有言："富而可求，虽执鞭之士，吾亦为之；富而不可求，从吾所好。"无功不受禄，这正是孔圣人的节操。作为一般的人，初入职时，不但不会拒绝老板给予的丰厚待遇，而且主动索取，不达到期望值还不干。这就是圣人与凡夫的区别，也是一个人有无节操的分水岭。

曾参当时的学问成就很大，许多诸侯都想请他出来做官：齐国想聘他为相，楚国想聘他为令尹，晋国想聘他为上卿。这些都是大国宰相级别的官，但他都拒绝了，他一辈子除了教学著述，就是躬耕南亩，过着很清贫的生活。有一回，鲁国国君听说曾参的衣服都千疮百孔了，便派使者送新衣服前去请曾参更换，但曾参却不接受。使者回来后，鲁君又再次派他持衣前去，曾参还是不接受。使者便对曾参说："这衣服又不是先生向别人索取的，是别人主动送的,为什么不接受呢?”曾参说:“我听说,接受了别人的施舍,就会对施主心存歉畏了,而施主普遍都是高高在上、优越感满满的。你如今送东西给我,虽然你不高高在上,但我能不心存歉畏吗?”所以曾参始终没有接受鲁侯的馈赠。孔子听闻这件事,感叹道:“曾参真是将其节操坚持得很完美啊!”

曾参的学生子思,也就是孔子的孙子,也大有廉洁风范。当年子思居住在卫国,日常穿的是用乱麻、乱棉絮织成的粗布衣,也就是所谓的缊袍,可以说仪容不整。子思半个多月内,一般只能吃上九顿饭,平均两天才吃一顿,日子过得比乞丐还要寒碜,估计都饿出胃病来了。田子方听闻这回事,便让人给子思送去一袭白狐裘,但他知道子思是个志气高洁之士,是不会随便接受别人馈赠的。于是他让使者捎去了这样的理由:“我送给别人的东西,转眼就忘记得一干二净。凡是我送出去的,就像遗失了一样。”田子方的意思很明白,我送您东西,您不需要有什么思想负担,不用记住我的好处。但子思没有接受。于是田子方又传话问他:“我衣服多得穿不完,而你却真的很需要,为什么就不要呢?”子思回答:“我听说,不合理的给予,还不如直接扔到沟壑去。我虽然贫困,但也不忍心让自己变成你扔东西的沟壑,所以我不敢接受啊。”这便是子思的节操。

田子方是魏文侯的老师,是一位很有节操的人士。他的东西,子思都不接受,更别说普通的官员了。所谓“志士不饮盗泉之水,廉者不受嗟来之食”,节操之士是不会随便接受别人的馈赠的,更别说主动去贪污受贿了。

12 节士之风

司马迁在《史记》中有这样的总结:“《春秋》之中,弑君三十六,亡国五十二,诸侯奔走,不得保其社稷者,不可胜数。”意思是说,春秋这段历史,真是乱透了,乱臣贼子粉墨登场,以下犯上杀戮国君的事件有三十六起,灭国的事件有五十二起,诸侯被大夫放逐,国君不能保住江山社稷的事例,不胜枚举。人性的丑恶,人类社会的丛林法则,在这个历史时期表现得淋漓尽致。老子有言:“大道废,有仁义;智慧出,有大伪;六亲不和,有孝慈;国家昏乱,有忠臣。”世间的事情都是相互对立的,善恶美丑、忠奸贤愚,它们是共存的。在铺天盖地的浊世洪流中,也总会有涓涓不绝的清流,为这个污浊的世界注入一份清凉剂。

如果要在中国的历史人物中找一位唐·吉诃德,那非宋襄公莫属了。宋襄公是春秋时代的诸侯,他本人是一个完美的贵族精神主义者,内修国政,以仁义治国,但好大喜功。齐桓公之后,他老想接班做春秋霸主。宋国毕竟是个小国,一个小国的国君妄想当盟主号令天下。他一生主持了两回不太像样的诸侯会盟。第二回,他成了楚国的俘虏,“盟主”直接被捉回楚国坐牢去了。后经鲁国国君出面调解后,宋襄公才被放回宋国。之后宋楚展开泓水之战,宋襄公的兄长目夷建议他趁楚军半渡泓水而击之,但宋襄公说自己领的是仁义之师,不干这种乘人之危的阴险勾当。接着楚军渡过了河,但阵脚未稳,目夷又建议他趁势出击,宋襄公又拒绝,非要等对方列好阵势再开战。结果可想而知,宋国的仁义之师被强大的楚军打得落花流水,宋襄公大腿也中了箭。虽然惨败了,但宋襄公始终认为自己这样做是对的。不管对还是错,反正后来宋襄公箭伤发病呜呼哀哉了。宋襄公的仁义之师,在历史上就是一个天大的笑话,为后人提供了一个笑柄而已。

话说回来,宋襄公固然迂腐不堪,但他与庶兄目夷之间推让君位的故事,成就了他人性光辉的一面。可以说,他的确是一位具有贵族精神,有节操的人。只不过带兵打仗这类事,不适合他干而已。

宋襄公名兹甫,是宋桓公的正室所生,是合法的继承人。另外还有个哥哥目夷,是宋桓公的旁室庶子。兹甫见父亲喜欢目夷,便主动向父亲提出要将太子之位让给目夷。宋桓公问他理由,兹甫说道:“我的舅父在卫国,非常疼爱我,如果我被立为太子,我就没机会去卫国看望舅父了,这是对母亲的背弃。而且我自己也知道能力比不上目夷。”这个理由实在太牵强。在古代,这种废长立幼或废嫡立庶的事,经常会出乱子,所以宋桓公开始并不同意,但经不住兹甫的强烈要求,后来便打算改立目夷为太子。但目夷不同意,他说:“兹甫能将国家让给我,这不是最大的仁吗?我再仁,也赶不上弟弟啊!况且废嫡立庶,也不符合制度啊。”为了躲避弟弟让贤,目夷便逃到了卫国。兹甫见庶兄这样,也跟着一起逃到了卫国。这两兄弟真是伯夷、叔齐的翻版,其行为是很值得称道的。

这样又过了三年,宋桓公得了重病,想到自己的继承人还没有着落,于是便派人召兹甫回来,说你如果不回来,为父将会就此忧郁而死,遗憾终生。兹甫见实在无法推脱,便应命返回来继承了君位,是为宋襄公。然后他将目夷召回来,加封为宰相,掌管军政大权。这就是宋襄公与他的兄弟目夷互让君位的故事。可以说,在手足相残、杀戮上位成风的春秋时代,这两兄弟让位逃跑的做法,是非常难能可贵的,他们的确是情同手足啊!

申生是春秋时晋国著名的贤太子。晋献公宠信骊姬,骊姬想让献公改立自己的儿子齐奚为君,便要谋害申生。有一回,她趁机在申生从曲沃拿来送给献公的肉中偷偷下毒,然后诬陷是申生干的。昏庸的晋献公便要下令杀申生。这时弟弟重耳便对申生说:“这肯定不是你干的,为什么不入朝申辩呢?将事情辩白清楚了,父王必然不会杀你。”申生说:“这样不行,我将自己洗白了,那骊姬就必然获罪。父王年纪已经很大了,没有骊姬在旁边照顾,他老人家会寝食不安。怎么能让父王带着悔恨而终老呢?”重耳便道:“如果不入朝分辩,那你不如赶快出逃避祸吧。”申生便说:“这样也是不应该的。逃亡虽然可以免一死,但这样会将父王的名声搞臭。彰显父王的恶名而成全我自己的美名,这种不孝之人,哪位诸侯会收留呢?入朝让宗室陷于困境,出走也是无处可逃,两者都增加我的罪恶。我听说,忠心的人不会暴逆国君,智慧的人不会重犯过错，勇敢的人不会逃避死亡。既然这样，我还是用死来了结这件事吧。”于是申生便伏剑自杀了。

申生生前的老师叫狐突，是一位非常能干的贤臣。他因见骊姬扰乱朝纲，看不过眼，多年来一直称病赋闲在家。申生自杀前夕，使人转告狐突：“父王年纪已经大了，如今国家正值多事之秋。我恳请您出来辅助国君，这样我即使受赐而死，也没什么遗憾了。”然后他向着国都方向再拜之后自刎。狐突因感太子之诚，便复出辅助晋献公。这样又过了三年，晋献公也死了。于是狐突向众大夫告辞道：“我当初受太子的诏命出来做事，如今总算完成了。与其苟且偷生于乱世，不如以死来报答太子的知遇之恩。”狐突回家后也自杀了。

狐突与申生的做法或许不明智或不值得称道，但相对于那些贪生怕死、蝇营狗苟之徒，这种超人的节操无疑是光辉的。

晋灵公残暴不仁，赵宣子看不过眼，便愤然出来劝谏。灵公觉得这样很没面子，心里特别不舒服，便偷偷指使鉏之弥做刺客，暗中刺杀赵宣子。身为一国之君，居然玩这种下三烂的手段，足见晋灵公昏庸的程度了。鉏之弥奉命在天亮前乘着夜色前往赵宣子府上去行刺。他蹑手蹑脚地窜到赵府门口，但见门是敞开着的。他偷偷往里面一瞧，见赵宣子已经穿好朝服准备上朝。因为天时尚早，赵宣子便正襟危坐，闭目养神，神态肃然。鉏之弥见了这番景象，深受震动，连忙退出来，喟然慨叹道：“赵宣子穿着朝服在自己家里，竟然像在朝堂面对国君一样，时刻不忘恭敬。这样的人，真是百姓之主啊，刺杀百姓之主，那是不忠；违背国君的命令，那是无信。既然两者必犯其一，我还是干脆以死明志吧。”于是他便一头撞死在槐树下。做刺客，也做个有节操的刺客，宁可自杀也不行刺正人君子，这一点就足以让鉏之弥千古流芳了。

齐庄公因为荒淫无度，被大臣崔杼杀了。当时邢蒯聩刚出使完晋国，在归来途中，获得这个消息，他的家仆便说：“崔杼杀了庄公，您将打算去哪里呢?”邢蒯聩说：“你快驱车赶回去，我将以死殉君难。”家仆便劝谏道：“齐庄公荒淫无道，臭名远扬，四周的诸侯国都听过。您如今居然为他而死，值得吗?”邢蒯聩说：“你说得对，可惜现在说得太迟了。如果你早些对我说，我便可以去劝谏君上，他如果不听劝，那我可以离开他，另谋出路。但现在呢，已经无法劝谏了,就这样离开他是不可以的。我听说食君之禄的人,便要为国君之事尽忠而死。我如今既然食了昏君的俸禄,又怎么可以只为明君尽忠而死呢?”于是他毅然决定驱车回国以死赴君难。他的家仆感叹道:“人家侍候的是一位昏君,尚且可以为他尽忠而死;而我有一位那么贤明的主人,又怎么可以不为他殉难呢?”于是家仆将马辔结牢之后,在车上自刎了。

周边有节操之士听闻这个故事,皆感叹道:“邢蒯聩真可以说是一位守节死义之臣。从容赴死,对于人来说,是非常不容易的。他的家仆之死虽然不合义理,但他也是位有志之士。《诗经》有云:‘夙夜匪懈,以事一人。’说的就是邢蒯聩这样的人啊。孟子说‘勇士不怕丢脑袋’,说的正是他的家仆呀。”

燕昭王派乐毅讨伐齐国,齐湣王弃国逃跑了。乐毅初入齐境,听说盖邑那个地方有位大贤叫王歜,便传下军令:“将盖邑方圆三十里团团包围住,但不能进去骚扰。”以此来表示对王歜的尊重。然后他派使者进去对王歜说:“齐国人多称誉你的贤德,现在我将拜你为将军,封邑万家。”王歜推辞,拜谢而不受。燕方又派使者放话道:“你如果不听从,那我将引领三军屠盖邑。”王歜凛然地说道:“忠臣不事二君,贞女不嫁二夫;齐王不听我的劝谏,所以我辞官归隐,到这里躬耕度日。如今国破家亡,我自己无能力挽救,现在又用兵来要挟我投敌,充当你方的将军,这不分明是教我助桀为虐吗?与其生在世上做个不义之徒,还不如受死。”于是他便在树上上吊自杀了。齐国沦陷后,那些士大夫听闻这个悲壮的故事,皆感愤道:“王歜作为一介布衣,尚且顾存大义不背齐投燕,何况我们这些在位食俸禄的士大夫呢?”于是他们一起集中到莒城,在城中找到了齐湣王的儿子田法章,拥立他为襄王。

在春秋战国那个时代,因为诸侯国多如牛毛,所以人们对于出生地的观念是淡薄的,在所谓的“祖国”为官并不是主流,而是周游列国,择主而仕,包括孔子都是这样。所以在当时的大环境下,王歜就算投燕做事,在道德上是没有人诟病的。但他选择了生为齐人,死为齐鬼,决不做燕国的臣子反过来攻打齐国,这是他的士人节操。

左儒与杜伯是好朋友,两位都在周宣王朝中做臣子。后来宣王要杀杜伯,但杜伯是无辜的。所以左儒便反复多次在周宣王面前据理力争,以明杜伯无罪,但都无济于事。周宣王最后不耐烦了,便责备左儒:“你这分明是重朋友而轻国君啊。”左儒答道：“我听说，如果国君是对的，而朋友是错的，那当然要听从君命而诛杀朋友；但如果朋友是对的，而国君是错的，那就要和朋友一起反对国君。”周宣王听罢恼羞成怒，说道：“你如果改口还可以活下去，否则你就得一道被处死。”左儒凛然答道：“我听说古代的义士不会因为害怕死亡而扭曲正义，也不会随便改变自己的理念而苟求活命，所以我明明知道这是君上的过错，仍然以死来证明杜伯是无罪的。”周宣王很是恼火，并不为之感动，最终还是杀了杜伯，左儒也为此付出了生命。

春秋时代，这种舍生取义、杀身成仁的侠士真是不可胜数。虽然说那是一个礼崩乐坏的时代，但侠义风气之盛，乃是古代罕见的。

13 太上立德

《左传》中有一句话，概括了人生有三种不朽之事："太上有立德，其次有立功，其次有立言，虽久不废，此之谓不朽。"也就是说，人生中有三件事是永垂不朽的，分别是立德、立功与立言。其中最上等的是树立德行，其次是建立功业，再次是创立学说。此三者不会随着时间的推移被废弃，所以叫作永垂不朽。在古圣先贤中，孔子以文德被尊为万世师表的素王，关羽以武德被尊为武圣。这个是世人耳熟能详的，而清代的曾国藩则是立德、立功、立言三方面做得都很完美的人。他的道德品行是标准的大儒，他扫灭了太平军为朝廷立下不朽功勋，他的《曾国藩家书》历来被世人推崇为家教的标准教材。历史上那些被尊为圣贤的人物，主要还是以道德高尚著称，功业与言论反而显得没那么重要了。也就是说，一个人的价值，最主要的还是反映在他本人的德行上，譬如颜回、伯夷、叔齐，论功业与言论，根本排不上号，却因其德行高尚，与日月争辉，而为后人敬仰，就是这个道理。

古代尧舜、文王这些圣王，之所以被后世尊为道德的典范，是因为他们爱民如子，饥者予食，寒者予衣，将百姓当自己的儿子一样养育，所以百姓视其为父母。

周武王灭了殷纣，便宣召姜太公，问道："纣王手下这帮将士如何处置才好呢？"姜太公是个狠角色，他建议道："我听说爱一个人，便会爱屋及乌；恨一个人，便连他家的墙壁、篱笆都讨厌得要推倒而后快。不如将他们全杀了，一个活口都不留。咋样？"武王连忙摇头，说："这个不行。"说罢叫姜太公出去，而宣召公进来，武王便问他："你看如何处置这些俘虏呢？"召公比太公仁慈多了，他建议道："依我看，将有罪的杀了，没罪的便赦免他们。怎么样？"但武王依旧不同意，叫他出去，然后宣周公进来，征求他的意见。周公道："我觉得应该让他们回家安居乐业，种原来的土地，一切保持原有的样子，不要因为朝代更替而改变。我们要做的，是亲近仁人。百姓如果有过错，那都是我一个人的错!”武王听罢大喜道:“这种气量真是大呀,如此天下便太平了。凡是尊重士人、君子的人,都是因为他们仁爱而有德行啊!”正因为周文王、周武王具有厚德,周朝才统治了近八百年。

齐景公虽胸怀大志,要复兴齐桓公的霸业,但他本人却是位贪图享乐的人。晏子为此经常将他往道德层面上引导,以矫正他的恶习。晏子每回和齐景公饮酒,所有酒器一定要全新的。有一次,家中的老管家对晏子说:“府上的钱财已经不够用了,不如向百姓征收一些吧。”晏子说:“不行。大凡娱乐活动,应该是上下级一起分享。所以天子与天下百姓、诸侯与境内百姓、自大夫以下的官员跟他们的幕僚,都不应该独自行乐。现在上面的官员在享受快乐,却让下面的百姓破费,这叫独自行乐。这是不行的。”

我们小时候大多有过掏鸟蛋的经历,这些无疑是童年的乐趣。如果一国之君竟然也喜欢掏鸟蛋,那他大抵是个二世祖式的昏君。齐景公就有这个爱好。景公幼年登位,他掏鸟蛋时,年纪也不大。而晏子并不是板着面孔劝谏他:“你贵为一国之君,怎么可以这样吊儿郎当呢?多没威仪!”晏子自有他的讽谏方式。

话说有一次,齐景公又爬树掏雀窝了。只见他兴致勃勃地爬上树梢,伸手便往雀窝里探,将窝里的雏雀一把抓了出来,却发现这些小家伙还非常小,全身光溜溜的,毛都没长。于是他顺手放了回去,溜下树来不玩了。晏子听闻这个消息,不等宣召,便主动入宫来找景公说话。你要知道,晏子是个刚正的大臣,景公素来对他敬畏有加。一听晏子来了,他马上像个做错了事的孩子,汗流浃背,惊惶不已,心里想这回肯定要挨批了。晏子单刀直入,问:“君上刚才干什么了?”景公满脸通红地说:“寡人刚才掏雀窝了,见幼雀太小,便放回去了。”晏子连忙跑到北面,向着景公拜了又拜,恭贺道:“君上您真是懂得圣王之道啊!”这个与意料中的剧情反差太大,景公被这突如其来的马屁拍得昏了头,满腹狐疑地说:“寡人掏雀窝,因嫌幼雀太小,便放了回去。这跟圣王之道又有什么关系呢?”晏子不愧是位能言善辩之士,便说:“掏雀窝见幼雀太小,便把它放了回去。您这是仁慈爱幼啊。君上的慈爱已经恩及禽兽了,更何况人呢?这不正是圣王之道吗?”我们看到这里,不能不由衷感叹,同样是一张嘴,怎么长在晏子脸上,就变得如此会说话呢!

有一次景公出行，看见路边有个弃儿在行乞，景公便说道："这个弃儿无家可归了吗？"晏子一见马上抓住机会讽谏道："只要国君在，怎么会无家可归呢？君上不是百姓的父母吗？让相关的官员将他养起来，这样天下人便都知道您的仁德了。"

景公有一回在养老宫殿游玩，看见一位背柴的老人面有饥色。景公怜悯他，对旁边的随从说："将这位老人交付给相关部门供养起来吧。"晏子在旁边马上进谏道："我听说，喜欢仁人而怜悯不肖，这是守护国家的根本啊；现在君上关爱老人，恩泽无微不至，这是治国的根本啊。"景公听后顿时飘飘然面带喜色，晏子又说："圣王遇见贤人便喜爱贤人，遇见不肖之徒便怜悯不肖之徒；现在我恳请将国内未得安养的老弱之人，以及鳏寡无家室的人，根据实际情况给予补助养起来。"景公连声说道："好啊！"于是齐国便老弱有所养，鳏寡有家室。

大凡两军交战，对方不战而缴械投降，纳降方一般是求之不得的。不战而屈人之兵，该是多好的事啊。晋国的中行穆子却不这样想，在一次围歼鼓城的战役中，鼓城中有人想直接献城投降，但中行穆子不同意。下面那些将士就有意见了，纷纷说道："我们出师可以不劳而获，直接就占领了城池，这等好事，为什么不接受呢？"中行穆子说："如果我们的阵营里，出现了献城投敌的人，这是我深恶痛绝的；而对方现在有人以城来投敌，我为什么要反生喜欢呢？赏赐我厌恶的行为，这是奖赏的过失。如果不赏，这便是失信了，那如何向老百姓交代呢？"过了一段时间，鼓城内的人又出来请降，中行穆子便派人去视察，但见城中的老百姓还有粮食，便不让他们投降，直到鼓城内的人粮尽断炊，已经无法继续坚持下去了，才开始攻城，不费吹灰之力便将城攻取了。整场战事，不曾杀戮一个人。

从道德的层面上说，中行穆子对献城投降者的态度无疑是仁慈的，他的行为犹如在进行着一堂世风道德教育课。但战争局势瞬息万变，除非有稳操胜券的绝对把握和足够充裕的时间，否则这种做法并不可取。

孔子当年周游到了楚国，有一位渔夫非常诚恳地向夫子献鱼，孔子却不肯接受。于是渔夫说："天气实在太热了，离市场又远，如果我拿到市场去卖早就坏了，也卖不出去。我本想直接扔掉，你是位君子，想想还不如干脆送给你。”孔子听罢连忙行礼，很高兴地接受了馈赠，同时让弟子将地面扫干净，整理出一块祭坛来，准备祭祀。弟子们觉得非常不解，便问道：“别人准备扔掉的东西，夫子却用它来祭祀，这是为什么呢？”孔子说：“我听说，那种一定要将自己多余的东西布施出去，而不肯让它白白腐败的人便是圣人。如今接受了圣人的恩赐，怎么可以不祭祀呢？”孔子郑重地接受弃鱼，无疑是在以身传教：暴殄天物是罪过！反观当今社会，生活条件好了，“朱门酒肉臭”的现象太普遍了。古人云“一粥一饭，当思来之不易”，教人务必惜福，也是这个道理。

关汉卿的《窦娥冤》里，有句台词“东海曾经孝妇冤”。这里面有个著名的典故，说的是与西汉丞相西平侯于定国的父亲相关的故事。于定国的父亲叫于公，是在东海郡内担任执法判案决狱的官吏。在他的手里从来没有发生过冤案，因此他在当地颇负盛名。凡他经手的案件，当事人都不敢隐瞒真相，老实坦白招供。东海郡人为了感激他的恩德，专门为他建造了生祠，叫于公祠。一般来说，建祠祭祀，都是人死后才有的事。如果一个人活着时便被百姓建祠祭祀，说明他在当地实在是深得人心，与活菩萨无异。

当时东海郡有一位孝妇，没有生育，丈夫很早就死了，但她坚持守寡侍奉家婆。婆媳关系自古以来是家庭伦理最头痛的难题。一般来说，丈夫健在尚且矛盾重重，一旦丈夫身故，年轻无子的寡妇大多会改嫁。所以这位孝妇就现在来说，也是个难得的贤妇，按封建时代的道德观，应该要立贞节牌坊。不过贞节牌坊应该是宋明理学后套在女人脖子上的桎梏。汉朝时，人们对所谓的贞节，并不会看得那么重，譬如曹操，他就娶了别人的老婆。言归正传，她的家婆也是个明事理、识大体的妇人，并不想耽搁这位好媳妇，非要她改嫁，并经常对邻居说：“我这位好儿媳啊，年纪轻又没儿子，为了养我而守一辈子寡，活活让我拖累了，真是我的罪过啊。”这位好心的老妇人为了不拖累儿媳，逼迫她改嫁，竟然上吊自杀了。

她这下却将儿媳害惨了，因为她女儿见母亲横死，便一口咬定母亲是被嫂子害死的，竟然状告到官府。孝妇当然不承认是她杀的，但世上有个词语，叫屈打成招。她不幸遇上个心狠手辣的糊涂县官，县官硬是用毒刑逼供定了案。该案上报州府，于公审阅了此案后，认为孝妇赡养家婆近十年，其孝行在当地广为传诵，这样的人不至于谋害家婆，这是一件冤案。但太守却不听他的推论。于公为了这起冤案据理力争了多次,都无济于事,一气之下愤然辞职以明志。最后的结果是太守草菅人命,将孝妇定死罪杀了。

这是一件极度冤屈的案件,上苍都震怒了,东海郡因此亢旱了三年,地里的庄稼都活不成了,一时间饿殍千里。后来换了一位太守上任,便到处察访民情,寻求亢旱的原因。这时于公就出来说话了,将那件冤案重新揪了出来,并说道:"孝妇无罪,前太守强行将她杀了,天下奇冤,以致发生天灾。"新上任太守弄明白个中原委,于是赶忙筹备了三牲祭品,领着全体官绅一道前往孝妇坟前祭奠谢过,当时即感动上苍,立降大雨,于是东海郡风调雨顺,当年农作物便获得大丰收,从此于公名震东海郡。

后来于公建宅子,他吩咐泥水匠:"你们将我的宅门建高大些,我一生判案,从来没有冤狱,我的后代一定会有封侯的。我预先将大门建高建大,以免将来子孙的高盖驷马车进不来。"

后来他的儿子于定国,在汉宣帝时代,从一位普通的官吏青云直上,一路被破格升任光禄大夫、廷尉,直到后来升任丞相,封西平侯,完全应了于公的预言。所以古人说,龙生龙凤生凤,老鼠生儿会打洞。这是什么原理呢?依中国的传统文化,这是祖荫积德,后代自然会飞黄腾达。如果依佛家的说法,这叫共业所感。孟子有云:"君子之泽,五世而斩。"所以不是说祖上有了阴德,后代便会一直兴旺下去,而是要一代代不断地积德行善,才有可能长盛不衰。譬如银行的存款,如果只取不存,迟早是会告罄的。所以维系一个家族兴盛的法宝,就是有良好的家训,而且能一代代传承实践下去。

孟简子曾在魏国任宰相,帮助魏国攻灭了卫国,是位有功之臣,后来获罪出走齐国。他的老朋友管仲亲自跑出城外迎接这位落难兄弟,但见对方孤身只影,便关切地问道:"兄弟在魏国当宰相灭卫国的人生巅峰时,门下有多少人呢?"孟简子道:"当时我门下供使唤的有三千多人。"管仲又问:"那现在又有几个共患难的人追随你来齐国呢?"孟简子说:"只有三个人。"管仲问:"这是为什么呢?"孟简子说:"这三个人当中,其中一人父亲死了,无钱安葬,是我帮助他安葬父亲的;另一人是母亲死了无钱安葬,是我出资替他办丧事的;还有一位,他的兄长犯事入了监狱,是我一手替他周旋才获释的。所以这三个人便一直跟着我来了。"管仲听罢,接朋友上车一道往回走,边走边感慨道:

“哎！可悲啊！我这辈子怕是孤独无助了。我既不能像春风一样温暖别人，又不能像夏雨一样滋润别人，还有谁会追随我呢？”

这个世上，锦上添花易，雪中送炭难，人情都是这样的。这不禁让人想起了孟尝君。孟尝君以养士而名闻天下，鼎盛时门下食客三千。但当他落难时，树倒猢狲散，食客一夜之间全走光了。只有冯谖一个人追随在他左右，并且拼命周旋，让主人东山再起，重新当上了齐国的宰相。而那些走散的食客听闻主人重新上位，便又纷纷地聚集回来。当时的孟尝君深感人情冷暖，气愤地对冯谖说：“这帮忘恩负义的王八蛋，我失势时他们就一溜烟地走个精光。亏得先生竭力奔走，我才有今日。他们还有什么脸面来见我呢？如果谁再来，老子就往他脸上吐口水。”冯谖笑着说：“公子何必这样呢，你难道没趁过墟吗？早上大家都从四面八方往那里挤，及至午后，都掉头不顾走光了。为什么呢？还不是冲着买卖而来吗？您现在重登相位，若将他们都赶走了，以后谁替您办事？还是待他们如初吧，这样也显得您大度。”孟尝君说：“先生的话，我还敢不听吗？”

子路未归孔子门下时，是一位非常鲁莽、好斗的人，成天提着把剑充大侠，敢情是武侠小说看多了。有一次，他又提着剑在孔子面前耀武扬威，很得意的样子。孔子便问他：“仲由，你成天提着把剑干啥呢？”子路答道：“如果遇上的是好人，当然要以礼相待；如果遇上坏人，正好用它来防卫啊。”孔子说道：“君子以忠诚为待人处世的根本，用仁义做防卫，都无须走出屋外，就足以名闻于千里之外了。面对坏人，他能用忠诚感化寇仇；面对强暴，他能用宽恕来包容对方，又何必成天拿着把剑在这里装蒜呢？”子路听罢非常惭愧，说道：“请先生允许我以最恭敬的礼节来事奉先生吧。”孔子的意思，仁义道德才是一个人最好的护身武器。

乐羊奉魏文侯之命攻打中山国，恰好他的儿子乐舒在中山国为官。中山国国君便将乐舒捆绑着吊在城头要挟乐羊，要求对方退兵。但乐羊不吃这一套，攻城更猛烈了。中山国国君一气之下，便将乐舒杀了，煮成人肉汤，送了一份给乐羊。乐羊见了儿子的肉汤，不但不悲伤，反而喝光了肉汤，以示攻城的决心。后来的故事便不用说了，中山国很快就被乐羊灭了。魏文侯虽然奖赏了乐羊，但从此一直对他持有戒心。

鲁国三桓之一的孟孙氏,某天打猎捉得一头小鹿,便交给秦西巴叫他带回去。这时那头母鹿一直追着哀鸣,秦西巴心中不忍,便将小鹿给放了。孟孙氏听闻这事很恼火,便将秦西巴赶走了。过了一年,他又将秦西巴召回来当太子的老师。帐下的侍从便问他:"秦西巴当初得罪了君上,因此被驱逐,现在又召他回来当太子的老师,这是为什么呢?"孟孙氏说道:"你们想想,一个连一头小鹿都不忍杀的人,有可能伤害我的儿子吗?"所以说"巧诈不如拙诚",乐羊食子肉有功于国,却被国君猜疑;而秦西巴得罪了主人,主人却更加信赖他,这些都是仁与不仁所导致的啊。魏文侯的猜疑其实是很正常的,你想:一个连自己亲生儿子的肉都能吃得下去的人,心是何等的残忍。从好的方面说,你可以称赞他大义灭亲。但虎毒不食子,乐羊却做出这种逆人性的行为。如果哪天他突然倒戈,会不会直接将魏文侯的肉也吃了呢?项羽在阵前说要烹太公要挟刘邦,刘邦这个老流氓却毫无顾忌,说我当初跟你是结义兄弟,我爹即是你爹,你如果将你爹烹了,别忘记分我一杯羹啊。这话从那个为了活命,逃跑时反复将亲生孩子推下车,以便让车跑得更快些的"刘跑跑"刘邦嘴里说出来,不是什么大惊小怪的稀奇事。

14 施恩与报恩

受人点滴之恩，当涌泉相报，是中国传统的道德观念。若从高层次来讲，也就是老子所言的“上德不德，是以有德”。站在施恩德者的角度来说，施人恩德却不自许自己有什么恩德，也就是施恩不图报，才是最高尚的施恩。但对于受恩德者而言，当以涌泉相报。所以在儒家文化中，君臣之间是讲究食君之禄而死君之事的。这个伦理对人世间一切事，都是适用的。佛家教人要上报四重恩，哪四重恩呢？就是父母恩、师长恩、国土恩和众生恩。父母给予人生命和养育之恩，师长给予慧命教育之恩，国土给予生存空间之恩，这三种恩我们这里不细讲，着重讲一下众生恩。众生对自己有什么恩呢？人在世上，不可能孤立存在，而是相互依赖而生存。譬如一个人的衣食住行等一切生活物资，不可能是自己包办得了的，必须依靠大家的劳动创造而获得，其间虽然有等价交换，但不能抹杀恩的存在。因为如果没有别人创造的物资，就算金银堆积如山，那也是一堆无用的废物。所以说人类就是同一条船上的人，或者说是绑在同一条绳子上的蚱蜢，彼此相依为命。

孔子就这个问题举了一个很生动的例子：说有两种动物，即蟨和蛩。蟨的生理是有缺陷的，前腿像鼠一样短小，而后腿像兔一样修长，日常行走是非常困难的。蟨对蛩非常友好，但凡获得甘草，一定会嚼烂了喂蛩，就像母亲喂婴儿一样。为什么呢？因为一旦发现有人来，蛩会第一时间背着蟨逃跑。说白了这两种动物并不是天生就喜爱对方，而是相互利用，相濡以沫，抱团取暖求生存罢了。这个就是众生恩。

贤明的国君对臣子及上司对下属的施恩，其标准与普通人也是不尽相同的。赵襄子当年被围困于晋阳，后来经过死扛并用反间计，终于反败为胜，将对手智伯收拾了。在这次战斗中功劳最大的臣子共有五人，但赵襄子只给予他们一般的奖赏，而另一位臣子高赫，在这次厄难中毫无功劳可言，赵襄子却给他最高的奖赏。这五位功臣非常有意见，说我等出生入死，用命才换来一般的奖赏，他高赫连战车都没坐过，却收获了上等奖赏，你叫我等如何心服呢？赵襄子因此说出了他的一番理论："我在这次厄难中，成了别人的瓮中之鳖。这期间只有高赫不失臣主之礼，对待我还是像往常一样恭敬。你们虽然立了大功，但都骄气逼人，当时，我在你们眼中就是一个待解救的囚徒而已。今日寡人给予高赫最高的赏赐，难道有什么不妥吗？"孔子听闻这件事，非常感慨地说："赵襄子真是善于奖赏下属啊！奖赏了一个人，却让天下之人都成了规矩的臣子，再不敢失君臣之礼了。"虽然说这是领导者驾驭下属之术，但也说明了一个道理：做人，不要在人家落难时便藐视对方，尤其是你的领导和上级，你平常敬重他也许只是迫于他的权势；而在对方落难时，你的敬重肯定是发自内心的。这叫患难见真情，同时也涉及一个人的道德修养问题。类似的奖赏故事，还有两个是比较著名的，一是汉高祖灭楚兴汉后对萧何的奖赏，二是晋文公复国后对追随者的奖赏。

西汉初期，刘邦消灭了项羽，平定天下，于是论功行赏。当时群臣彼此争功争了一年多，方案也没有定下来。高祖于是认定萧何的功劳最大，封他为酂侯，食邑也最多。于是众人哗然，都说我等披坚执锐，血战沙场，多的身经百战，少的战斗数十回，其间攻城略地，立下了多少汗马功劳。他萧何算个啥啊，一个刀笔吏，连战场都没上过，只是在大后方舞文弄墨，发表下战时评论，不就一个战地记者吗？他有啥能耐，封赏竟在我等之上，这玩的是哪一出戏啊？这时刘邦又有高论了："诸位都知道打猎吧？"大家不屑地说道："仗都打了一辈子，怎么不会打猎，这不分明小瞧人吗？"刘邦又问："你们都知道猎狗吧？"群臣说："当然知道。"刘邦便说："那你们就不懂了。打猎时，追咬野兽的是猎狗，但发现野兽踪迹的却是猎人。如今你们不外乎是一群捕捉野兽的猎狗而已；而萧何呢，他却是猎人，发现野兽踪迹，指明追猎目标的全是他。再说你们当初追随我时，最多一家两三口。而萧何呢，将全族几十号人全拉过来跟我打天下，这个你们比得上吗？"大家顿时面面相觑，再也不敢说话了。汉高祖这套理论，也就是靠脑子吃饭与靠体力吃饭的劳动价值问题，虽然也是实情，但臣子听了，心里多少会觉得憋屈。可话说回来，汉高祖当年斩蛇起义，其实力跟项羽相比，也就是蚊子跟牛比，根本没有赢的可能。萧何将全族人作为赌注押进去，这个的确不是一般人能做得到的。就这一点，他居功第一也无可厚非。更何况他长年在后方筹备粮草,以备军需,从无过失。

晋文公的故事,大家应该都知道。当年骊姬乱政,晋公子重耳流亡在外,前后颠沛流离十九年,历经人间诸种磨难,终于在花甲之年重返祖国登上君位,是为晋文公。十九年流浪生涯,对于人的一生是个什么概念,想下心里都发毛。晋文公回国后,对追随他的人进行赏赐,共分了三个等级。忠实的追随者陶叔狐,却没有受到奖赏。他满肚子的怨气,说我前后追随主公十三年,流浪列国,整个人晒黑了,手脚的老茧都厚过面皮了。如今复国,我连个三等功都没捞着,我冤啊,我背啊!是不是主公不记得我了啊?于是他故意让同僚将话传到文公那里。文公听闻便笑道:"嘻,我怎么会忘记你呢!但我的赏赐是有标准的:凡是那些品格高尚贤明,德行俱备,用大道来熏陶我,用仁德来教化我,将我的污行不断洗涤干净,昭明我的名声,成就我品格的人,我给予他上赏;而用礼来规范我的行为,出于交情而劝谏我,辅助我不让我为非作歹,经常诱导我向贤人请教的人,我给予中赏;而那些英勇的壮士,为我鞍前马后任意驱使,灾难在前则勇往直前,灾难在后则勇于断后,从而让我化险为夷,我给予下等赏赐。你难道没听说过吗?为了救人而捐躯,远没有救了对方而自己也没事来得好;追随失国的主人逃亡,也没有让主人不失国来得好;这三级赏赐之后,便轮到奖赏那些不辞劳苦、十几年对我不离不弃的人了。这帮人中,你是第一人,我怎会忘记你呢!"周内史叔舆听闻这件事,感叹道:"晋文公肯定会成为霸主!古代那些圣王,都是将道德放在首位,而出力多少只居于其次。晋文公有圣王之风啊。《诗经》云'率履不越',不就是这个意思吗?"

晋文公结束了流亡生涯,领着追随他的那帮人踏上了去晋国的归程,来到黄河边。晋文公可能觉得苦尽甘来,那些多年携带在身、破败不堪的笾豆祭器和褥垫等旧家什,从此再也用不着了,便下令通通将其抛到河里去;又可能觉得那些蓬头垢面、手足起茧、晒得如黑猪一样的追随者在队伍前面有失体面,于是便让他们跟在队伍后面。咎犯听闻这事,半夜里偷偷大哭起来。文公觉得奇怪,便问他:"我在外逃亡了足足十九年,如今苦尽甘来,总算返回祖国了,你不高兴反而哭泣,这是为什么呢?难道你不想跟我回国吗?"咎犯答道:"笾豆茵席是治理国家的器具,现在却被抛弃了;那些追随者手足起老茧，面色晒得黝黑，都是操劳过度所致，而今却被远远地甩在后面。我听说国君与士大夫隔离开了，身边便再不会有忠臣；士大夫不再交游，便交不上忠实的朋友。如今回国了，我已经在君上的离弃之列了，想起来觉得很哀伤，便情不自禁地哭起来了。”晋文公发誓道：“如果我与您不是有福同享、有难同当，便有如这滔滔江水！”他发完誓，便取出随身带的璧玉，一刀劈成两半，扔进河里。

秦穆公有一次出行野外，不小心将骏马弄丢了，于是到处去寻找。来到茂林深处，见一群猎户正围着一堆柴火烤马肉吃。穆公走上前一看，便问道：“你们怎么将我的骏马宰杀了呢？”那帮人回过神来一看，见是国君，顿时魂飞魄散，以为这次死定了。穆公又说：“我听说吃马肉如果不饮酒就会死人。”于是穆公让侍从送了几坛酒给这帮猎户。这帮人吃完肉，喝完酒，怀着惭愧之心，拜谢穆公，然后感激涕零地走了。又过了三年，晋国攻打秦国，晋军将秦穆公团团围住，眼看秦穆公就要当俘虏了。突然间杀进来一队人马，锐不可当，闯入重围将穆公救了出去。这时秦军士气大振，反扑过来，反而将晋惠公俘虏了，秦军大胜晋军而返。这支从天而降的生力军，就是三年前杀穆公骏马的那帮猎户，因为感激穆公的厚恩，所以拼死相助。这就是活生生的施恩德获福报的案例。

楚庄王有一次跟群臣大摆宴席，大家正喝得起劲，突然一阵大风刮来将所有灯烛都吹灭了。所谓花容月色美人胆，月黑风高壮士心，厅堂一片漆黑，其中一位将军竟乘着酒兴，暗中伸手去摸楚庄王的妃子。那妃子也不是吃素的，她顺手便将那色胆包天的家伙头上的帽缨摘了下来，并向楚王说：“刚才有人趁灯烛熄灭，伸手调戏臣妾。我已经将他的帽缨摘下来了。大王你赶快让人点着灯烛，将那淫贼揪出来杀了。”楚庄王毕竟是位有度量的霸主，他说：“本王和群臣饮酒，大家都喝醉了，醉酒失礼，不是什么大事，为什么要因为女人的节操而让将士受辱呢？”接着他下令：“今日大家与寡人一起饮酒，不摘下帽缨都不算尽兴。”在场的大臣都将自己的帽缨摘了下来，楚王这才叫人重新将灯烛点上，最后君臣饮到烂醉才散去。

过了三年，晋国与楚国开战。其中一位将军表现得异常勇猛，连续在五场战斗中，都拼命在前锋冲杀，顿时士气大振，最终将晋军打败。楚庄王觉得非常奇怪，便问他：“寡人德行浅薄，平时对你并没有什么特殊的厚恩，为什么你打起仗来勇猛得连命都不要了呢?"那位将军说:"我本来罪当死,当年喝醉酒乘夜色调戏了大王的妃子,而大王却宽容了我。我不敢辜负大王的恩德,所以常常希望有机会为大王肝脑涂地,用颈血溅敌人。"因为这场战争,晋国走向衰落,而楚国走向强盛。

赵宣孟在去晋国都城绛的路上,看到茂密的桑树下躺着一个人。那个人已经饿得奄奄一息,动弹不得。赵宣孟于是停下车,取食物,上前亲自嚼碎喂他,那个人反复吞咽了几次,终于可以进食了。赵宣孟便问:"你为什么饿到这个地步呢?"那人说:"我本住在绛城,回家路上断粮了,又羞于行乞,以致如此。"一个人宁愿饿死也不愿意讨饭,可见他是个有风骨节操、君子固穷式的人物。赵宣孟送给他一盒饭,两大块干肉,他连忙叩头感谢,却把食物搁在一边不肯吃。赵宣孟觉得奇怪,便询问缘故。他说:"刚才您给我吃的食物,味道真好。我家里有老母在堂,我要将您送的这些食物带回去供养她老人家。"他真是一位大孝子,有好吃的都记着给父母。赵宣孟听后很感动,便说:"你先把这些吃了,我另外再送些给你。"于是赵宣孟又送了饭食和肉给他,还给了许多钱。

赵宣孟在绛城住了三年,不幸灾祸降临了:晋灵公要杀他,在帐内埋伏了许多刀斧手,然后召请赵宣孟过来赴"鸿门宴"。赵宣孟饮着饮着觉得气氛不对,知道要倒霉了,于是中途找个借口走出了宴厅,然后夺路逃跑。晋灵公一见猎物要逃窜,怎么可能放过他,于是命令房中的刀斧手死命追杀。其中一位追得最猛,很快就赶上赵宣孟。他仔细打量了一下赵宣孟,说:"果然是您,您赶快逃跑,我来抵挡他们。"赵宣孟非常惊讶,问道:"壮士姓甚名谁,竟如此仗义?"那人答道:"您问姓名干什么,当年在桑树下快饿死的那个人就是我。"那人说罢转身便与追上来的杀手格斗起来,直到战死,赵宣孟因此得以逃脱生天。

齐国有位隐士叫北郭骚。刘备当年会的手艺他都会,比如织草鞋、编粪箕、结渔网。虽然百艺藏身,却没什么用,连老母都养不起。看到老母快饿死了,他只好厚着脸皮登门拜访晏子,恭维道:"我仰慕先生的高义,想从您这里讨些粮食养老母亲。"晏子当然不会拒绝,不但送粮食给他,还送金银。这位隐士也不是吹出来的,他只接受粮食,钱一分都不肯要。如果不是因为养亲,他真的不会放下这个架子。

过了一段时间,晏子被群僚猜忌,不利于他的谣言四起,大街小巷到处传言他要造反什么的,连一向信任他的齐景公都起了疑心。晏子一见不对头,看样子脑袋都要保不住了,三十六计走为上计,便打算逃跑。路过北郭骚的家门,他顺便进去辞行,可能是想跟晏子说,他大祸临头,要走人了,以后再也照顾不了晏子的母亲了。没想到北郭骚听完晏子诉苦,竟然无动于衷,只是冷冷地说了一句:“那你好自为之吧。”晏子走出门来,心凉透了,不禁仰天长叹:“我出逃难道不应该吗?我也太不了解所谓的士人了吧?”说罢,他骑上马,怆然往边境而去。

北郭骚见晏子走远了,便把他最要好的朋友请来,对他说:“我非常仰慕晏子的高义,曾经向他乞求粮食养过老母。我曾听说,替自己养亲的人,自己便应该替他承担灾难;现在晏子被国君猜疑,我要用自己的生命替他辩白。”北郭骚说完,整理好衣冠,让他的朋友捧着剑和竹篮跟随在他身后,一起来到宫门外。北郭骚对宫门前的守卫说:“请你们传话给齐景公,晏子乃是天下的大贤,现在离开了齐国,齐国必定因此遭受别国侵犯。与其眼睁睁看着国家沦丧,还不如提前先走一步。请将我的头颅拿去,为晏子辩白。”北郭骚说罢退几步自刎而死。

晏子的朋友用剑把北郭骚的头割了下来,放进竹篮里,提着竹篮对宫门前的卫士说:“北郭骚为国而死,我也要为北郭骚而死。”说罢,晏子的朋友退了几步,也自刎而亡。这件事传到齐景公耳朵里,吓得他从座位上蹦了起来,他赶忙跳上马车追赶晏子,一直追到边境,才追上晏子。他不停地低头认错,诚恳地要求晏子回去。晏子不得已,便重新跟随齐景公回国了。他听闻北郭骚以死为自己辩白之事,不禁感慨道:“晏婴啊晏婴,你出逃难道不应该吗?原来你真的不了解士人啊!哀哉!”

我们只要留意一下春秋那段历史便可发现,在那个时代,这种舍生取义、杀身成仁酬知己的血性行为很普遍。在那个时代,侠义之风非常浓厚,太史公司马迁在《史记》中还专门为他们立传。秦汉之后,这种风气渐渐衰落。这是为什么呢?究其原因,应是汉武帝罢黜百家、独尊儒术后,儒家理念成了社会的主流,所谓百善孝为先,“身体发肤,受之父母,不敢毁伤,孝之始也”。这些格言后来成了人们的座右铭。渐渐地,春秋时代的“刎颈”之风,逐渐式微。

15　古人的政治理念

古人的政治理念分为三等:上等是王者的政治,以教化为主,尧舜之治是代表;中等是霸者的政治,以威望震慑为主,譬如齐桓公之政;下等是用强制服从手段。儒家所倡导的为政之道,是先教化,教化不了便用威势震慑,震慑不了便强制服从,再不服从,就使用惩罚手段了。

古人的理念,刑罚是在不得已的情况下使用的。为政的,要先施行德教而后使用刑罚,崇尚礼义廉耻,内修政理,以培育良好的世风,让人耻于作奸犯科。

季孙氏向孔子请教为政之道时说:“诛杀无道的人以成就有道的人,您看怎么样?”孔子说:“您治理政事,何必用杀戮的手段呢。您只要行善,百姓就跟着行善。统治者的道德就好像风,平民百姓的道德就好像草,风从哪个方向吹来,草便跟着风向倒伏。”这个就是教化的道理。治国有两个关键,即刑罚与道德。以王道治国的人崇尚道德,刑罚如同摆设;霸道治国者,则刑罚与道德并重;而强势的国家则重用刑罚,道德只是辅助手段而已。

在人类的文明社会中,古今中外的政治都讲究道德教化与刑罚的双重治理。但具体内容却大相径庭。一般来说,除了中国的儒家文化,别的文明中,担任道德教化功能的主要是宗教,而刑罚则是政法。但汉文化领域很特殊,虽然后来佛教与道教等也被作为教化的工具,但主流一直是儒学。儒家的教化基本上无所谓的宗教外衣,如果说有,那个至高无上的教主便是“上天”。上天是个什么东西?它既不是上帝,也不是佛,而是虚无缥缈、不可捉摸又隐约存在的东西。由此派生出来的仁、义、礼、智、信等伦理道德,几千年来一直被统治者奉为圭臬。士人将其作为自我修养的道德标准,即使是外来的侵略者,也膜拜有加,宁可放弃自己原有的文化而效法之。北魏的孝文帝是其中最有代表性的一位,历史上中原的外来侵略者,最后都被他同化了。这就是儒学的魅力。

古人说：水混浊则鱼困顿，法令苛刻则民生乱，城墙高陡则必崩败，崖岸竣竦则必然坍塌。治国之道就好像绷紧的琴弦一样，大弦如果都已经绷得很紧，小弦就会断。所以说将马辔头勒得很紧的车夫，并不适合驾驭长途马车。有声音的声响，传得最远不过百里，而无声的声响则可以传遍四海。所以俸禄超过功劳的人便会招损，名过其实的人便会遭削减，实情与所做相符的人，受到老百姓便拥护，因此祸福不会无缘无故地来。

春秋时的文子，担任楚国令尹三年。在他任职期间，没有人敢入朝上访。公叔子看见这个现象，便说："你的政治严厉过头了。"文子说："朝廷政治严厉，难道也会妨碍国家的治理吗?"公叔子说："政治太严厉，下面的人都不敢说话了。下属便都成了哑巴，上面的人自然就成了聋人。聋人与哑巴是无法沟通的，那又如何治理国家呢? 顺着纹路纺织，才能织成帷幕；升斗的粮食不断堆积，才能装满仓廪；小溪流不断汇集，才能成为江海；英明的国君，听取了意见未必都付诸实施，但他不会拒绝听取下面的意见。"古人广开言路，从谏如流，便是这个意思。

鲁国有父子两人上堂打官司，父亲将儿子告上法庭。这种事如果发生在现在，也不是什么大惊小怪的事。但在古代，父为子纲，孝道要求儿子对父亲绝对服从。假如父亲把自己的儿子告上法庭，那说明这个儿子忤逆不孝。在那个时代，这个罪过很大。所以季康子听闻这件事，想都没想，就直接下令："把那儿子拉出去砍了！"

当时孔子正好在旁边，连忙出来阻拦，说："这件事不应该如此草率。现在的老百姓不知道父子之间打官司是大恶行，这是上面当官的过失啊；如果上面当官的治理得法，下面自然就没有这种事发生了。"季康子说道："治理老百姓，以孝道为本。现在杀一个不肖之人以一儆百，难道不可以吗?"孔子说："老百姓不孝便把他杀了，这叫虐杀无辜。譬如打仗，三军大败而归，不能将败军的将士全部杀了；牢狱官司失治，不应该随便用刑罚，而应该先用道德教化他们，那么老百姓就跟着效法了。如果教化都不听，再施以刑罚，那么老百姓也知道为什么犯下罪过。譬如一仞高的墙，大人都跨不过去，因为太峻陡了；而百仞的高山，小孩子却能登上去游玩，这是因为斜坡延缓的缘故！现在仁义之道已经斜缓很久了，老百姓能不跨越它而为非作歹吗? 过去英明的为政者,正确引导百姓,不让他们迷惑,所以根本用不着用威严去震慑他们,刑罚便如同虚设。"那两父子听闻孔子的教诲,便主动申请撤销了诉讼。

鲁哀公向孔子请教为政之道,孔子答道:"清明的政治会让老百姓富足而长寿。"鲁哀公问道:"这话怎么说呢?"孔子说:"减轻赋税,老百姓便会富足,天下无事不扰民,老百姓便远离犯罪,免于横死,自然就长寿了。"鲁哀公说:"如果这样,那寡人岂不是要沦为贫困户了?"孔子答道:"诗云:'恺悌君子,民之父母。'我还从来没听说过儿子富足而父母贫困的。"

周文王向姜太公请教治国之道:"如何治理天下呢?"太公答道:"用王道治理的国家,会让老百姓富裕;用霸道治理的国家,会让有地位的人富裕;而仅免于灭亡的国家,会让官吏富裕。无道之国,国库会很充实,政府会很富足。这种状态下,上层的官僚会富足得盆满钵满,财富直往外溢出来,而下层的百姓却成了一物也不留的漏斗。"周文王说:"您说得真对啊!"姜太公又说:"隔夜的善举都是不吉祥的。"于是周文王当天便开仓放粮,以赈济国内所有的鳏寡之人和贫困户。

以上的讨论,就是藏富于国还是藏富于民的问题。英明的政治家,肯定是藏富于民。

16 抚弦而歌，垂拱而治

孔子一生的政治理想是王道荡荡，也就是以礼乐治国。儒家所崇尚的礼很复杂。因为太多繁文缛节，后世多讥讽其铺张浪费。墨家则走向另一个极端，过于简陋节约而有失斯文。黄钟大吕，垂拱而治，这当然是太平盛世才有的理想状态。但在孔子与其弟子的圈子里，乐更多地体现在古琴上。夫子也是个音乐天才，他当年跟师襄子学琴，只凭对琴声的聆听，便能想象出琴声所描绘的人物形象，判断出是周文王，而这首曲子正是《文王操》。什么是知音？这才是真正的知音。夫子聆听韶乐，完全陶醉其中，余音绕梁，三月不知肉味，这是一种境界。孔子的学生从政的不少，其中以弦歌抚弦，拱手而治的，便有两位。一位是以牛刀杀鸡的子游，另一位是公堂操琴的子贱。“弦歌”一词，直至今天，后人仍在使用。

子游名叫言偃，江苏常熟人。孔子弟子中的七十二贤，基本都是北方人，言偃是唯一的南方人。孔子曾说：“吾门有偃，吾道其南。”所以当时儒学的南下传播，子游起着关键的作用，他被喻为“南方夫子”。唐代的慧能大师有类似的情况，也是因为有他，北方的禅宗才得以南传。

子游后来在鲁国担任武城的长官，他依照夫子的理念，以礼乐教化人民。有一次，孔子来到武城，但闻弦歌之声此起彼伏。孔子不禁转头对子游莞尔笑道：“割鸡焉用牛刀？”这是夫子对学生的欣赏，同时也是对学生大材小用的惋惜。子游听老师这样说，便恭敬地回答：“我以前曾听老师教过，当领导的学习了礼乐便会有仁爱之心，老百姓学习了礼乐就容易管理。”孔子听后点头称是，对旁边一起来的学生说：“你们听着，言偃的话是对的，我刚才只是跟他开个玩笑而已。”

孔子另一个玩琴治理地方的弟子叫宓不齐，字子贱。他担任单父（山东省菏泽市单县）的地方长官。他平时好像什么公务都不理，整日在公堂上弹琴。奇怪的是，他虽然这样“玩忽职守”，单父却被他治理得井井有条。后来宓子贱离任了，孔子的另一个学生巫马期接管单父。巫马期治单父就很辛苦，他披星戴月，早出晚归，夜以继日地亲力亲为，单父因此也被治理得不错。巫马期见自己焦头烂额，治理效果还不及成天玩琴过日子的宓子贱，忍不住向他讨教治理之道。宓子贱便说："我治理单父用人，而你治理单父用力；用力当然辛苦，而用人自然就安逸了。"人们说宓子贱才是善于管理的领导，四肢安逸，却耳聪目明，心平气和，而下属各司其职地把各种事务处理得很好。巫马期却不是这样。他殚精竭虑，伤身耗气，疲惫不堪，教令烦琐，虽然也治理得不错，但境界差远了。

宓子贱的管理才华，与他博学多闻是分不开的。他担任单父的地方长官，上任前向夫子告辞，孔子对他说："跟人相处，不要刚接触便拒绝，也不要刚见面便答应；答应便容易失去原则，拒绝则容易导致闭塞。譬如高山与深渊，仰头看不到山巅，俯首也测不到水底。"子贱说："夫子说得对，我一定好好秉承您的教诲。"

宓子贱是一个非常谦虚好学的人。他辞别孔子去上任时，顺路去拜望他另一位朋友阳昼，向他请教道："老兄，你有什么经验见教吗？"阳昼说："我从小地位低下，不懂得治理百姓的办法。但是我有两条钓鱼的经验，如今送给您。"子贱一听两眼放光，连忙问："您有什么钓鱼秘诀呢？"阳昼说："钓鱼时，当你把安好鱼饵的钓钩抛下水，那些马上扑上来抢吞鱼饵的便是阳桥鱼，这种鱼肉薄而味寡，不好吃；还有一种鱼，它绕着鱼饵游来游去，欲食又止，迟迟不肯上钩，这便是鲂鱼，此鱼肉肥味美。"宓子贱当即明白了他的话，连说道："说得真好！"

宓子贱刚到单父边界，便看见许多达官贵人乘着高头大马车，列着队赶来迎接他。宓子贱连忙催促手下人："快赶路，快赶路！阳昼所说的阳桥鱼来了。"宓子贱撇开了这群阳桥鱼，径入单父。他专请那些德高望重、有才华的人共同治理单父，单父因而大治。阳昼所谓的阳桥鱼，就是指世间那种见风使舵、阿谀奉承、毫无节操的马屁精。

通过孔子的另一位弟子孔蔑与宓子贱的对比，更能体现子贱的才华。孔蔑是孔子的侄子，学成之后从政。有一次，孔子顺路去看他，想了解一下侄子的学问情况，问他："自从你从政以来，有什么得与失呢？"孔蔑说："我从政后，一点儿收获都没有，却感觉失去了三样东西：一是公务缠身，无时间温习旧知识，因此很多学问反而弄不明白了；二是薪水太少，所以也没办法照顾亲戚，因此亲戚都疏远我了；三是公务急迫赶着要完成，加班加点都忙不过来，根本没空从事吊死问疾这类事，所以朋友都疏远我了。”现今那些公务繁忙的人，终日像陀螺一样不停地转，看到这个故事，想必内心都有共鸣，正所谓人在江湖，身不由己啊。

孔子听了侄子的汇报，虽然没有骂人，但是满脸不高兴。后来他遇见宓子贱，便问他：“自从你从政以来，有什么得失呢？”子贱便答道：“我从政以来，没有失去什么，却收获了三样东西：一是当初学习到的知识，现在可以付诸实践了，因此所学的东西越来越明白；二是薪水虽少，但还是可以照顾亲属，所以跟亲戚的关系越来越近了；三是公务虽然繁忙，但是我还可以在公务之余，乘夜去吊死问疾，因此与朋友的关系也越来越好了。”孔子叹道：“你这个人真是君子啊！假如鲁国没有君子，你又从哪里学到这种品德呢？”

宓子贱为政，孔子非常满意。在一次交谈中，他问道：“你治理单父，当地的老百姓都安居乐业，你告诉我你是如何做到的？”宓子贱说：“我把百姓的父亲视作自己的父亲，把百姓的儿子当作自己的儿子，体恤孤儿，吊丧问疾。”孔子说：“你这个小细节做得很好，所以小民都归附你，但这样还远远不够。”宓子贱又说：“在单父这个地方，有三位老人，我像侍候自己的父亲一样侍候他们，有五位年纪比我大的人，我像兄长一样对待他们；还有十一个人，当真正朋友和他们交往。”孔子说：“三位老人当父亲一样看待，这样可以教孝道；五位年纪比自己大的人当兄长看待，这样可以教悌道；有真正的朋友十一人，这样可以教求学之道。这也只是中节，中民归附了，但还不够。”宓子贱又说：“这个地方有五个比我优秀的人，我将他们奉为老师，他们都教我治理之法。”孔子便说：“如果想干大事业，关键就在这里。过去尧、舜将其身份变得清虚卑微，以便听取百姓的意见，观察天下的情况，务必让贤人归附。举荐贤人，是百福的宗源、神明的主体。可惜宓不齐治理的地方太小了，如果他治理的是大地方，那他就是尧、舜的后来人了。”

对于宓子贱这个学生的大材小用，孔子无疑是极其惋惜的。但在春秋时代，根本就没有儒家政治理念生根发芽的土壤，能有一个小地方做“特区试验田”，就已经很不错了。真正以儒学治世的，历史上可以说从来没有，即使有，儒学也只是一袭外衣而已。

17 恼人的社鼠与猛狗

秦国宰相李斯,上蔡人,是一位成也萧何、败也萧何的人物。他协助秦始皇统一六国,成就了大秦帝国,却因私心过重,姑息赵高。结果,不但自家人死于非命,最终连秦朝也毁于一旦,其代价不可谓不大。李斯这个人,品位其实不高,所以酿成了这种大错。李斯年少时在本郡担任小吏之职。有一次,他看见公寓的厕所里有老鼠在吃那些肮脏的东西,周围人来人往,时不时地有狗吠,所以那些老鼠很惊恐,边吃边躲边张望,像贼偷吃东西一样。后来李斯又进入粮仓,见仓中也有老鼠,但所见的景象与前番大不相同,只见那些仓鼠正在心安理得地吃着仓中的积粟,安居在大屋之下。周边人过狗吠,它们根本就没当回事,无半点儿忧虑。李斯非常感慨地说道:"人的贤明与不肖,就跟老鼠一样,主要是因所处的环境不同而有差别罢了!"听李斯这句话,就知道他境界并不高。环境当然会影响一个人,但要是说人完全受环境的影响就不对了。一个出类拔萃的人,恰恰能超脱于环境,不受其影响。而这一点,李斯做不到,所以秦始皇在出巡途中身死,赵高图谋易储君时,他丧失了定盘星,把持不住而狼狈为奸。

齐桓公有一次问管仲:"一个国家的祸患在什么地方?"

管仲答道:"祸患在于社庙老鼠的失控。"

桓公不解地问道:"你的话让我听得一头雾水,这是什么意思呢?"

管仲答道:"大凡社庙都是用木材一排排束扎起来,在其表面涂上泥浆等涂料做成的,老鼠便钻进其中寄居起来。如果你用烟火去熏它们,就担心会把木料烧毁;如果用水去灌,又怕把涂泥浸坏了。所以这些老鼠,你没办法捕杀,这完全是投鼠忌器,怕损坏社庙的缘故。"

齐桓公听了觉得挺有道理,继续问道:"但这跟国家有什么关系呢?"管仲说:"国家也有这类社鼠,它们就是逢迎国君,被国君宠信的那些小人。它们在内则蒙蔽君上,让国君无法分辨善恶;向外则卖官卖权给百姓,从而中饱私囊。这类奸佞宵小之徒,你不杀他们便会出乱子。你如果想杀它们,又会被国君察觉,将它们收在怀里保护起来,让你无法下手。这类人便是国家的社鼠。”

齐桓公恍然大悟。管仲进一步阐明了国家社鼠的危害,还指出了国之猛狗的可怕。有一个酿酒卖酒的人,他酒肆里卫生搞得非常干净,器具打理得一尘不染,而且酒的质量又好。让人苦恼的是,他的酒搁在那里,放到发酸了都卖不出去。他感到非常疑惑,便向乡里的人打听。乡里的人便告诉他:“你家养的那条狗太凶猛了,客人提着酒器进去,想向你买酒,你家的狗便会扑上来咬人,这就是你的酒放到发酸了都没人光顾的原因。”管仲进一步引申了这个故事:其实国家也有这样的猛狗——那些掌权管事的官吏。那些胸怀才干、满腹经纶的贤人,想入朝献计献策,这些官吏便会扑上来咬,让他们退避三舍。所以说,如果一个国君的左右都是社鼠,掌权管事的官吏都是猛狗,贤路就闭塞了,这个国家的祸患就来了。

齐桓公虽然是一代英明的霸主,但他在防范社鼠、猛狗方面,无疑是很失败的。管仲的讽谏,并没有起到应有的作用。齐桓公身边有三个佞臣,分别是易牙、竖刁和公子卫开方。易牙是位顶级厨师,让齐桓公尝尽了天下美味。齐桓公有一天感叹天下美味尝尽,唯有人肉的味道还没试过。易牙听闻,出于谄媚,回家便将自己三四岁的小儿子烹了,献给齐桓公尝鲜。他就是这样一个没心肝的狠人,而齐桓公却误以为易牙这么做是出于爱戴他的缘故。竖刁这个阿谀祖师,为了亲近齐桓公,不惜阉割自己当了太监。如果他是个武痴,想当武林霸主,号令天下,因此自宫去修什么《葵花宝典》,那我们敬他是个英雄,但他的目的很卑鄙,只是为了能在齐桓公身边,做一条摇尾巴的狗。他就是这样一个心灵扭曲的人。开方本是卫国的公子,当年是以人质的身份入齐,因迷恋齐国的强大便不回去了,一直跟在齐桓公左右。齐、卫两国毗邻,走几天就能到家,但开方十五年来从不回去看望父母,就是父母死了也没回去奔丧。他就是这样一个无情无义的不肖之徒。

管仲临终前规劝齐桓公,说这三个人是逆人性的奸佞之徒,要远离他们。管仲死后,齐桓公有一段时间真的这样做了,但最终抵不住诱惑,又将这三个宵小召回身边。后来齐桓公病重,易牙、竖刁、卫开方三人果然串通起来作乱，将齐桓公禁锢在室内，在外面筑起一道高墙，不让外人进去，齐桓公就这样被活活饿死在里面。尸体在床上放了三个多月，后来，蛆虫都爬出户外来了，也无人敢收葬。春秋霸主之首，竟然落得如此悲惨的下场，这完全是社鼠与猛狗的杰作。

纵观中国历史，但凡季世，多是宦竖专权乱政，扰乱纲常，以致天下大乱，兵戈四起。这些都是社鼠的大手笔。先秦时期局面纷繁复杂，且不用说。秦末的赵高，汉末的十常侍，唐朝的李辅国、刘季述，明朝的刘瑾、魏忠贤，等等，这些都是社鼠，是危害社稷、祸乱天下的典型。为什么国君宠信的多是奸佞小人呢？这个其实很容易理解——人性使然。一般说来，有独立人格、刚直不阿的士人，做人必然有一套自己的原则，做事不可能没有底线。他在皇帝身边，当然不会见风使舵，逢迎人君，更多的是犯颜直谏，据理力争，甚至冲撞君王，让君王恨得痒痒的。英明的国君虽然知道他们的可贵，在生活中只会“敬”他们，但是不可能“宠”他们。宵小就不同了，只要能让国君欢喜，他们没有干不出来的事，哪管有没有底线，讲不讲原则。这种毫无节操的小人，一旦获得国君的信任——放权由他们胡作非为，后果便可想而知。这就是社鼠坏社稷的根本原因了。

18　淳于髡滑稽讽谏

千里马常有，而伯乐不常有。千里马必须遇上伯乐，才有机会发挥它的才能。伯乐并不一定是要用千里马的人。千里马即使入伯乐的眼，也未必就能如愿以偿，还得遇上识货的买家才行。而一国之君就是人才最大的买家。人君想收获人才，就必须礼贤下士。处于高位的人，主动降低自己尊贵的身份，虚怀若谷，人才才会归附。

淳于髡是齐国的客卿，他为人滑稽多辩，常在风趣的谈话中讽谏，让齐王顿悟。他复姓淳于，名髡。髡是古代一种侮辱性的刑罚，也就是剃头，主要是把犯人剃成地中海发型。这个在今天算不了什么，就是理个怪怪的发型而已。但在身体发肤受之父母的古代，这是一种很耻辱的事。淳于髡后来虽然发迹，做了大官，但他的出身可能很卑微，所以直接以辱刑命名。另据《史记》记载，身材不满七尺的他，还是个赘婿。什么是赘婿呢？就是倒插门，男的嫁到女家去。这种事，无论是在古代还是今天，都让人瞧不起。在现在的乡村，上门女婿还经常被人骂作“上门狗”。但凡男人，只要不是家里穷得实在无法娶老婆，谁也不愿意走这一步。但淳于髡这么做了，说明他出身的确很卑微。齐国当时的风俗是，家里的大女儿不外嫁，要留在家里主持祭祀，否则便不利于家运。故长女又被称作“巫儿”，父母为了巫儿的婚事只能是招婿上门。此风俗在齐地历史悠久，直到汉代还很盛行。所以当时的上门女婿很普遍，不是个别的事。

淳于髡博学多闻，机智善辩，辅助过齐威王、齐宣王两朝，为齐国做过不少贡献，尤其在讽谏方面。

齐威王八年(公元前371年)，楚国联合诸侯大举进攻齐国。一个楚国就足以让齐国寝食不安了，何况是联军。齐威王大惊，连忙派淳于髡携礼品出使赵国求救，礼品只有黄金百斤、车马十驷。这个礼品作为一场大仗的求救礼，实在太寒酸了。只见淳于髡仰天张口大笑，连系帽绳都断了。齐威王便问道:“你是嫌礼薄吗?”淳于髡说:“臣下哪敢笑礼薄?”齐威王问:“那你为什么大笑不止?”淳于髡说:“刚才臣下从东边来,看见大路边有人在祭祀神灵祈福消灾,供着一只猪蹄、一杯酒,口中念念有词地祷告:‘祈愿神灵保佑,旱地粮食满笼,水田粮食满车,五谷丰登,装满我家。’我见他祭品微薄,索求却很多,所以觉得好笑。”齐威王一听,便明白了他的意思,于是把礼品改为黄金千镒、白璧十双、车马百驷。淳于髡于是携厚礼入赵国请救兵,赵王果然很爽快地借他精兵十万,战车千乘。楚国获得这个情报,连夜撤兵——跑了。

淳于髡的譬喻,道出了中国几千年来的通病。可见,但凡拜神祭祀,古今并没有什么不同,都是供奉鸡鸭鱼肉和几斤水果,然后便恨不得神灵把整个地球的财富都赐予自己。难怪淳于髡连帽绳都笑断了。

某日,齐宣王闲坐,淳于髡在旁执侍。齐宣王自我感觉良好,突然问道:“先生你觉得寡人有什么爱好呢?”淳于髡答道:“古代的国君有四种爱好,而大王只有三种。”齐宣王一听,觉得很奇怪,我怎么就比古人少一种呢,于是便问道:“古代国君的爱好,跟寡人有什么不同呢?”淳于髡便说:“古代国君喜欢马,大王也喜欢马;古代国君喜欢美味,大王也喜欢美味;古代国君喜欢女色,大王也喜欢女色;古代国君喜欢贤德之士,但大王不喜欢贤德之士。”齐宣王一听,心想,古代国君不良的爱好我全有,好的爱好我却没有,你这不是分明奚落我吗? 于是他连忙辩解:“这是因为朝中没有贤德之士,如果有,我一定喜欢。”淳于髡便说:“古代的骅骝骐骥(指骏马),现在没有,但大王斥重金在马群中寻找,可见大王真的喜欢马。古代有的豹象的胎盘,现在也没有,大王却令下人不辞劳苦地从众多美味中去挑选,可见大王真的喜欢美食。古时有毛嫱、西施那样的美女,如今没有,大王就从全国的美女中海选,可见大王真的喜欢美色。至于贤德之士,大王一定要等到尧、舜、禹时代的贤德之士出现,才会去尊崇他们。那么,如果贤德之士知道了,也不会喜欢大王啊。”

齐宣王的软肋被说中,他哑口无言,不知道如何回答。

有一回,淳于髡奉命出使楚国,齐王特意让他带一只天鹅作为礼物赠送给楚王。可能是一时大意,淳于髡刚走出城门,便让天鹅飞走了。在那个年代,捉天鹅也不是那么容易的事,要不怎么会把它作为两国外交的礼物呢?一般人遇到这种意外,可能早吓得六神无主了,但淳于髡胸有成竹,根本不当回事，直接提个空笼子就往楚国去了。

他来到楚国拜见楚王时说："我们齐王派我来向大王献天鹅，我过河时，因为不忍心天鹅饥渴，便把它放出来喝水，没想到竟然失手让它飞走了。我当时吓坏了，想过剖腹，想过吊颈，但又担心畏罪自杀会让别人非议大王，说大王因为一只禽鸟而让士人自杀，从而坏了大王的威名。天鹅本来只是一只飞禽，世间相似的天鹅有很多，我如果买一只相似的天鹅来顶替，明显是在欺骗大王，那就无信义了，这事我是不愿做的。如果我因此畏罪潜逃他国，我又痛心于齐、楚两国之间的外交因此而断绝。所以我想来想去，还是老实前来向大王请罪，叩头请求大王责罚。"这一番花言巧语顿时让他变得高大上起来，俨然仁、义、礼、智、信的化身。楚王果然十分高兴，叹道："真没想到齐国竟然有这样守信用的君子！"他对淳于髡甚是赏识，不但没有怪罪他，还重重地打赏他。

这就是外交辞令，好坏全靠一张嘴。同一件事，在不同人的嘴里说出来，效果却截然不同。战国时代的纵横家，普遍靠这个吃饭。

19 耿耿士怀，铮铮谏风

人非圣贤，孰能无过。无论是国君还是领导，都不可能是完人。既然不是完人，那就有犯错的时候。这个时候就很需要臣子或下属勇敢地站出来，劝谏上级改正错误，所谓匡君之过，矫君之失。如果让过错一直犯，那危害就大了。因为这种错误通常直接关系到国家的兴亡，所以显得尤其严重。

古人有自己的道德标准，对于国君的错误，忠臣是不会坐视不管的，他必然会去劝谏。如果多次劝谏，国君仍然不听，做臣子的就应该辞职走人。因为不谏即是失职，再这样坚持下去，不但起不了谏的作用，还会遭杀身之祸。用自己的死谏成就君主的残暴，仁人不为。

前面说过，泄冶以一己之身强谏陈灵公而遭杀害，孔子认为他这个行为不配称“仁”，只配叫“捐”。春秋时有另一位忠臣曹羁，他便明智多了。曹国毗邻西戎，西戎攻曹。曹羁劝曹庄公不要御驾亲征，因为西戎势大且不讲信义。曹羁三次劝谏，曹庄公硬是不听，于是曹羁逃跑了。孔子认为曹羁的行为非常符合臣子之礼。

齐景公是个大玩家，有一年，他乘着龙船出海游玩，觉得很痛快，居然乐不思蜀，在海上留恋了半年，都不肯上岸。而且他传下君令：“第一个提出回去的，杀无赦！”你想，一国之君居然在海上漂了半年，不理朝政，的确是够荒淫的。这时，臣子颜斶真受不了了，急步闯入室内劝谏道：“君上在海上乐而忘返，长达半年，假如国内有人想当国君，您还能安心在海上作乐吗？”齐景公听罢很扫兴，抓过画戟便要斫他。颜斶毫无惧色，反而挺身上前，整理衣冠等他斫。颜斶大义凛然地说：“君上怎么不斫呢？过去桀杀关龙逄，纣杀王子比干，君上的贤能比不上这两位君王，微臣的才干也比不上这两位臣子，君上为什么不斫呢？让微臣能与这两位贤臣比肩，不是很好吗？”齐景公听罢转怒为喜，立即上岸回朝，走到半路，果然听说朝中有人正在图谋不轨。如果不是直臣的死谏，估计齐景公永远成了海漂，直到喂鱼，再也上不了岸了。

孟尝君曾经有西入秦国的计划，门下的宾客劝谏了无数次。他总是听不进去，并且放出话来："你们若用人世间的道理来劝谏我，这些我都知道，不用你们饶舌；如果谁用鬼道的东西来讽谏我，我就杀谁。"这时苏秦的弟弟苏代恰好来了，扬言要以鬼道来游说孟尝君。孟尝君就让他进来，看他要说些什么。苏代参见过孟尝君，便说："我刚从外地过来，经过淄水，看见一个泥人与一个木偶在聊天。木偶对泥人说：'你的前身，无非一抔泥土罢了，是人把泥土捏成了今天的你。如果遇上天下大雨，地上发大水，你肯定被浸坏了。'泥人笑道：'我浸坏了也只是返璞归真，恢复我本来的面目罢了。而你呢，原本是东园的桃树，却被人雕刻成了木偶。如果遇上天下大雨，地上发大水，那你就会随波逐流，不知会漂到哪里去。'如今的秦国，乃是一个四周都有险可守，道路不通的国家，其国君又有虎狼之心。你到了那里，恐怕会有木偶人的忧患。"孟尝君一听，如梦初醒，觉得他的话非常有道理，于是便打消西入秦国的念头。

苏代这个譬喻，反映了人的情结：所谓"树高千丈，叶落归根"，一个人闯荡江湖，无论走得多高多远，最终还是希望能衣锦还乡，回归故里，狐死首丘。虽然说"埋骨何须桑梓地，人生无处不青山"也是一种情怀，这个对于鼓励青少年立志，闯荡天下是挺好的，但对于生命的回归，应该尘归尘，土归土，泥人还原成泥土，而不是如木偶一样随流水漂到爪哇国去。成了异域游魂，灵魂便无处安歇了。

说到古代最成功的商人，人们一般会想到范蠡，其实生意做得最大的，应该是吕不韦。他一单生意便将整个天下都买下来了。当年秦国派到赵国做人质的公子子楚，与吕不韦成了朋友。因为迷上了吕不韦的舞女赵姬，他便夺人所爱，硬娶了过来，但那时赵姬已怀上了吕氏的种，嫁过去不久便生了个男孩，也就是后来的秦始皇。《史记·吕不韦列传》是这样记载的："吕不韦取邯郸诸姬绝好善舞者与居，知有身。子楚从不韦饮，见而说之，因起为寿，请之。吕不韦怒，念业已破家为子楚，欲以钓奇，乃遂献其姬。姬自匿有身，至大期时，生子政。子楚遂立姬为夫人。"

后来子楚回国当了庄襄王，吕不韦自然成了相国，封文信侯。庄襄王坐了三年龙椅就驾崩了，此时始皇尚小，母后赵姬与相国吕不韦，说白了就是一对鸳鸯。后来始皇逐渐长大，吕不韦已经无法掌控他了，怕惹祸，便给太后找了个猛男嫪毐，让他冒充太监入宫侍候赵姬，自己急流勇退了。赵姬对嫪毐很是喜欢，封他为长信侯，两人私下还生了两个男孩。

嫪毐凭借赵姬的偏爱，包揽大权，真是小人得志，越来越骄奢淫逸了。某日，他与大臣饮酒，发起酒疯便干起仗来，对着群僚瞋目大喝："我乃当今天子的假父，你们这帮废物敢跟我扛？"假父也就是继父的意思。所谓不作死便不会死，这话传到了秦始皇耳朵里，嫪毐的好日子也就到头了。嫪毐听闻皇帝震怒，知道大事不好，便先下手为强，图谋要杀始皇。始皇当然不是吃干饭的，一把逮住这假父将他五马分尸，将那两个弟弟——嫪毐与赵姬的私生子塞入麻袋，用大石头把他们活活打死。同时他还把生母赵姬迁往萯阳宫软禁起来，并下令："敢为太后说情的，杀无赦！"

对于始皇杀嫪毐及那两个所谓的弟弟，朝臣们大抵看看热闹而已，但软禁太后有失孝道。许多大臣看不过眼，于是劝谏的人络绎不绝。始皇也真的不食言，直接用带刺的蒺藜扎入劝谏者的背脊，将四肢都剁下来晒成火腿，堆积在宫阙下，前后共有二十七人因为劝谏遭受这样的毒刑。按照今人的观念，你囚禁自己的母亲，这是你的家事，所谓疏不间亲。但那时做臣子的，却不是这样想的。当时有一位从齐国来的客卿叫茅焦，前面死了那么多人，他都不怕，还要上去劝谏。始皇可能是杀到手软了，便派人问他："你没看见宫阙外的死人吗，还要来送死？"茅焦真是个不怕死的主，他对宫门侍卫说出了他的理由：天上有二十八星宿，如今死了二十七位，他是来凑数的。茅焦的同乡和族人听说这事，都吓坏了，连家都不要了，抱着几件随身衣物便逃跑避祸去了。始皇听闻这个消息，不禁大怒道："这分明是故意来犯禁的，赶快把他拖进来扔进油镬给我煮了，他连阙下堆尸的资格都没有！"

茅焦被传上殿，远远看见始皇按剑而坐，唾沫横飞，双眼冒火。茅焦慢悠悠地逡巡不前，估计是正在思量对策打腹稿。这时使者催促他快走，茅焦说："我走上前去马上就得死，难道你就不能忍耐一下，让我多活一会儿？"使者觉得他也够可怜的，便由他去了。茅焦想妥了，便走上前向始皇叩头行礼道："我听说，活人是不会忌讳死亡话题的，拥有国家的人也不会忌讳亡国的话题，因为忌讳死就不可能永生，忌讳亡国就不可能因此获得永存。所以生死存亡的道理，圣明的国君是急切盼望听到的，不知道陛下是否想听？"始皇说："你且说来听听。"茅焦说："陛下有狂妄悖逆之行，您自己不知道吗？"始皇说："你这是什么意思？说明白些。"茅焦说："陛下车裂假父，是因为有嫉妒心；用麻袋扑杀两弟，落得个不慈爱之名；将生母迁入萯阳宫软禁，这是不肖之行；用蒺藜侮辱劝谏之士，这是桀、纣的暴力统治。当今天下有心归附秦国的人，听闻这件事，都一时瓦解离散而去。臣下认为秦国很快就要灭亡，我替陛下感到恐惧啊。我的话讲完了，让我下油镬吧。"茅焦说罢便将朝服脱了，趴在地上准备受刑。始皇连忙走下殿，左手牵着他，右手向侍从挥手道："放了他，替先生更衣，我现在听他的。"

始皇于是立茅焦为仲父，封他为上卿，同时组织了隆重的仪仗队，摆驾萯阳宫，空着左位亲自接太后回咸阳。太后重获新生，自然大喜，隆重设宴招待茅焦，并感谢道："矫枉令直，转失败为成功，安秦社稷；让我母子重新相聚，全赖茅君之力也。"

劝谏者的生死全在国君一念之间。对于劝谏的臣子而言，他们通常抱着必死之心去行事。这正是孟子所说的舍生取义，这种大义凛然的大丈夫行为，并不是一般人敢为的。

所谓国家兴亡，匹夫有责。范仲淹说："居庙堂之高则忧其民，处江湖之远则忧其君。"爱国，是不分地位阶层的。鲁庄公十年（公元前 684 年）的春天，齐国攻打鲁国。鲁庄公将要迎战，曹刿请见鲁庄公。他的同乡便劝他："当权者自然会谋划战事，你又何必越俎代庖呢？"曹刿说："当权者目光短浅，不能深谋远虑。"于是曹刿入见鲁庄公，自动请缨，便有了流传千古的《曹刿论战》。

当年楚庄王大兴土木，建高大层台，让民夫搬运那些千斤巨石，从百里之外载运土壤，往返一趟，耗时三月。其工程之浩大，可想而知。在无机械的时代，如此浩大的工程极其劳民伤财。干活的民夫，简直活在人间地狱里。大臣们纷纷劝谏停工，前后有七十二位忠臣义士皆因劝谏而遭杀戮。有一位叫诸御己的农夫，在距离楚国百里之外的地方以耕田为生。去国怀乡，某天，他对一起耕作的同伴说："我得回去劝一下楚王。"同伴说："你是以身来劝吗？我听说，但凡劝谏国君的，都是做官的，而且凡劝谏的都被杀了；而你，一个住草棚的耕夫，操什么闲心呢，还是算了吧。”诸御己说：“我们一起耕田，我可以跟你比试谁的力大。至于劝谏国君，我就不跟你比试智力了。”于是他把锄头扔了，入楚朝见庄王去了。

我们只要留心就可以发现一个很有趣的事实：在古代，社会等级制度比现在森严得多，但社会最底层的耕田者，居然可以随便与金字塔顶尖的国君面对面对话。

诸御己入朝来参见楚庄王，楚庄王便问他：“这位不好好耕田的阿伯，是要来劝谏我吗?”诸御己说：“国君凭仁义、按章法行事。我听说，用土堤围起来的水是平的，用墨线弹出印迹裁割过的木材是直的，接受劝谏的国君是明圣的；君上筑层台，搬千斤重石，运百里之壤；民夫遭罪，血染通途，他们尚且不敢劝谏，我又敢说什么呢？但想想臣下这般愚蠢的人，私下都知道过去虞国国君不采纳宫之奇的建议，虞国便被晋国兼并了；陈国国君不采纳子家羁的建议，陈国便被楚国兼并了；曹国国君不采纳僖负羁的建议，曹国便被宋国兼并了；莱国国君不采纳子猛的建议，莱国便被齐国兼并了；吴国国君不采纳伍子胥的建议，吴国便被越国兼并了；秦国国君不采纳蹇叔的良言，因此全军覆没，大败于崤山；桀杀了忠臣关龙逄，最终被汤灭了；纣王杀王子比干，最终被武王灭了；周宣王杀了杜伯，周室从此一蹶不振；以上这三位天子，六位诸侯，全都不尊重贤士，不采纳他们的建议，从而导致身死国亡。”

诸御己说完，告辞起身准备走人。楚庄王这下急了，连忙起座追出来拦住他，说：“您赶快回来，我听您的。以前那些劝谏寡人的人，说的都不足以让我动心，又当面声色俱厉地让我难堪，所以我便杀了他们。而先生您说的，足以触动我的神经，也没有说我的不是，我听您的。”于是楚庄王第二天又申令：“凡是能来劝谏我的，我都把你们当兄弟一样看待。”于是楚庄王放弃了层台工程，遣散了民夫。楚国人真是感恩戴德，作歌歌颂诸御己：“薪乎莱乎？无诸御己讫无子乎？莱乎薪乎？无诸御己讫无人乎！”

诸御己劝谏的高明之处在于，他没有直切主题，批评楚王的层台工程是如何的劳民伤财，如何的惨无人道，而是讲故事。他滔滔不绝地说了一通古代那些糊涂的国君不听劝谏而身死国亡的故事，让对方以史为鉴。这正是孔子所推崇的讽谏。

20 善于纳谏的英主

齐桓公乃春秋五霸之首，在管仲的辅助下，兴灭国，继绝世，举逸民，九合诸侯，一匡天下，功劳不可谓不大，而其骄奢淫逸也是出了名的。但瑕不掩瑜，他的功业影响深远。孔子就曾经感叹：没有管仲扶持桓公的那些霸业，我们都得披头散发，衣襟左开，沦陷于异族人的统治了。

齐桓公本人缺点很多，生活奢侈到连人肉都要尝一下，而且好色乱伦。从道德层面来说，他不算什么英明的国君。可是他有个最大的优点，就是擅长用人，而且不避仇家。譬如管仲，起初就是追随桓公之兄公子纠的，在兄弟争位中还射中了桓公的衣带钩，几乎要了他的命。但桓公不计前嫌，直接拜管仲为相，才有了后来的霸业。

话说桓公成了春秋霸主后，可谓踌躇满志，觉得自己比肩尧、舜了。有一回，他就跟鲍叔牙商量说："我说鲍叔牙啊，寡人想铸一口大钟，将我的丰功伟绩镌于其上，向后世昭示寡人的威名与德行，以显示我其实跟尧、舜没什么两样！"

鲍叔牙便问道："那君上有什么德行呢？"

齐桓公说："当初我将谭国围了三年，灭了他而不占为己有，这便是仁；我北伐孤竹国，划令支国为分界线而返，这便是武功；我集合诸侯在葵丘会盟，申令五禁条款，以息天下之兵，这便是文；诸侯怀抱美玉来向我朝拜，前后共有九国之多，而寡人都不接受，这便是义。这么说来，文、武、仁、义四样光环，寡人全都光彩夺目。寡人的德行，难道比尧、舜差吗？"

一个人如果凡事都专挑光辉的一面来说，就能把自己打扮成很阳光的人。但碰上鲍叔牙那种刚正不阿，哪壶不开提哪壶的直臣，齐桓公一下就成瘪三了。鲍叔牙说："既然君上直言，那臣下就直对。当初您与公子纠同时赶回齐国抢君位，他是兄长，您是小弟，您不让位于长兄，这便是不仁；当初太公与周公有盟约不侵犯鲁国，而您却违背太公的话侵占鲁境，这便是不义；当年齐鲁会盟，在坛上，君上被曹沫以剑要挟，要求您归还汶阳之田，而您也认怂答应了，这便是不武；无视伦理，连自己的侄女姊妹都左搂右抱，这便是不文。那些坏事做尽，却偏偏自己不知道的人，即使天不降灾害，也必定有人祸。上天虽然离我们很高很远，其实很低的地方，它也听得一清二楚。您赶快收回刚才的胡言乱语，否则上天是会听见的。”

桓公听得额头直冒冷汗，连忙认错：“寡人原来有这么多过失啊！幸亏您没有忘记，这真是社稷的福分。如果不是您指教，我几乎酿成大错，侮辱了社稷。”齐桓公的许多行为并不光彩，但他认错的态度却很积极。一般说来，别说是诸侯王，即使是芝麻绿豆大的官儿，普遍都容不得下属这样挑刺。齐桓公却做到了，这正是他能够成就霸业的原因所在。

对于今天的普罗大众来说，如果有钱又有闲暇，很多人都想游遍世界，览尽名山大川。但对于国君来说，如果是勤政称职的明君，旅游有时也成了一种奢望。比如当年的楚昭王，他只是想去国内的荆台游玩一番，却硬是被臣子劝谏得在半路放弃了计划。

楚昭王打算游荆台，司马子綦当时就出来劝阻：“君上，荆台那个旅游景区，左侧有洞庭之波，右侧有彭蠡之水；向南望便是猎山，台下面临方淮。游人在上面游玩，那种神仙般的快感，能让人不但忘记了岁月流逝，甚至连生死都遗忘了。国君到那里游玩，肯定会耽于其乐，不理朝政，如此会玩物丧志而亡国，您千万不能去玩哪。”你看这番说辞，吊足人胃口又偏不让人去，就好比一个媒人向男方夸耀女方是如何的美艳端庄，却又劝对方不要去相亲。理由是怕他不能自拔会影响工作。

司马子綦这么一说，不禁让我好奇不已：湖北原来有这么神奇的地方，我得赶快查百度把荆台找出来，明天就去，可不能错过。我搜出来一看，幸亏没戴眼镜，否则眼镜都要跌碎了。荆台是楚国著名的高台，在湖北省监利县北。监利县有风景区吗？影儿都没有。那里只出了三个著名的人物：一个是掘墓鞭尸，几乎灭楚的伍子胥；一个是哭秦廷搬救兵救楚的申包胥。这两位老乡是唱双簧戏的，曾经是好朋友，但玩政治玩得楚河汉界两边站了。还有一个是打鱼出身的陈友谅，他跟敲木鱼的朱元璋争抢地盘，结果打鱼的输给了敲木鱼的。所以说，司马子綦抛浪头吹牛皮做广告的嫌疑很大。也许当时的荆台风景很好，后来被历史抹去了。

话说回来，楚昭王一听就非常不高兴，他骂道："荆台本来就是我的地盘，我的地盘我做主，寡人这个要求很过分，连去玩一下都不行吗？"他骂完还不解气，又挥起拳头向对方的脑门擂了几拳。然后他转头叫令尹子西准备好香车宝马，自己走下殿来大声宣告道："今日与众爱卿游荆台，风景我看定了。"

楚昭王登上车，心里还未平静，拊着子西的背说："荆台之游，跟令尹你一起同乐。"子西嘴里没说什么，心里却嘀咕："你就知道乐，乐什么呀！"只见他木木然赶着马车走了十余里，却突然勒住马缰绳不走了，转头对楚昭王说："臣子不敢下车，我有话要说，大王肯听吗？"楚昭王愕然地说道："又有什么废话，你说吧。"子西说："我听说，忠于国君的臣子，爵禄赏赐再多也不够；谀谄国君的臣子，刑罚再重，即使杀他几百遍也不够。司马子綦他是大忠臣，而臣子我则是个地道的谀臣。祈请大王把我杀了，把我的家抄了，用来赏赐司马子綦。"

这番劝谏实在用心良苦，楚昭王不由得为之动容。他叹了一口气，说道："好了，我可以放弃这次出游，听你的。但问题是，你只能劝谏我不游荆台，可我的子孙不照样优哉游哉，游得兴高采烈，这可怎么办？"令尹子西早就想好了对策，他说："这个大王您放心，想禁止后世游荆台，那还不容易吗？大王将来百年之后，便将陵墓建在荆台。世间哪有抱着钟鼓管弦在祖先的坟上行歌作乐的子孙？"楚昭王觉得他的话很有理，于是打道回朝，放弃了荆台之行。孔子就此事非常欣赏令尹子西，说他谏于十里之前，而让百世之后的人都能遵守。

看到这里，人们不禁感慨万千。当今世风堕落，祖茔早已成了子孙的行乐场所，这个连令尹子西都无法想象。君不见，每逢清明扫墓祭奠，那些不肖子孙，为了向祖先炫耀多富有，请来了一大群穿着比基尼的舞女，在祖先的坟上狂歌浪舞，近乎色情。上坟扫墓，本来是为了寄托哀思，慎终追远，纪念先人，是很严肃的一件事。后人竟然无礼至此，礼仪不存，真是让人扼腕叹息。

历史上大凡死后被谥为"文"的君臣，都是很有作为的人物，楚文王是其中之一。楚文王是楚武王之后，楚武王很重视儿子的教育，专门从申国请了一位大贤葆申担任太子的老师。楚武王在位时久，楚文王上位时早已经是成年人了。但人不风流枉少年，年轻人嘛，多喜欢声色犬马，何况是一国之君。当时楚文王得到了一条非常优良的茹黄猎狗和一批精美的短竹箭，于是便去云梦打猎，去了三个月都不回朝。这还不算，更要命的是，后来他又在丹地物色了一位美女，从此纵情声色，整年不上朝听政。他的老师葆申看不下去了，便把楚武王搬出来，正谏道："先王当年占卜让我来担任太保，卦象很吉祥。如今大王得了茹黄猎狗，美竹箭，便沉迷于云梦泽打猎，连续三月都不返。得了丹地美女，纵情声色，整年不理朝政。大王的罪过应该加以鞭笞。"

楚文王很怕这位老师，说："寡人自从离开襁褓便位列诸侯，请老师换一种刑罚，不要鞭打我。"葆申说："臣下敬受先王的遗命，岂敢废弃？如果大王不接受鞭笞，那便是废弃了先王的遗命；臣下宁可得罪大王，也不负先王的遗命。"楚文王是个孝子，便不再违抗。于是葆申取过一张席子，让楚文王趴在上面；再取五十根细箭，捆成一捆。他跪在楚王身旁，把那捆箭搁在楚王背上，然后抬起来再搁一下。他对楚王说："您起来吧，鞭笞结束了。"楚王说："这样做跟受鞭笞刑其实是一样的，您索性抽我一顿吧。"葆申便说："我听说，对于君子，要让他以此为耻；对于小人，要让他遭受皮肉之痛。如果让他感到羞耻，他也不改变，那让他遭受疼痛又有什么益处呢？"葆申这个做法，很像尧、舜时代的象刑，也是做个样子让罪人心生惭愧而改过。

葆申说罢快步走了出去，然后主动向楚王请罪，要求楚王流放他。虽然说鞭笞国君只是做做样子，但在封建时代，这样做也会被杀头。楚王却说："这是我的过错，老师您有什么罪呢？"于是楚王听从了葆申的教诲，将茹黄猎狗杀了，将美竹箭全折断了，将丹地美女也遣出宫去，专心致志地处理政务。他在统治期间，兼并了周围的小国三十个，开疆拓土，将楚国扩张为南方大国。这些都是葆申敢于劝谏的功劳。所以后来汉朝的萧何、王陵就这事感叹道："那些圣明的君主能奉持先世的功业，而进一步成就功名的，也只有楚文王。所以天下人对他一直赞誉到今天，这真是明主、忠臣和孝子的榜样啊！"

关于楚文王的故事，还有大家耳熟能详的和氏璧，这也是他英明的佐证。卞和第一次向楚厉王（即文王他爷爷）献璞玉，被砍了左脚；第二次又向楚武王献玉，被砍掉了右脚；当楚文王登位后，卞和不献了，只是怀抱璞玉在山中痛哭，连续哭三天三夜，眼睛都哭出血来了。楚文王觉得蹊跷，便过问这件事，终于让这块旷世之宝得见天日，并命名为和氏璧。

赵简子计划发兵去攻打齐国，但又怕别人阻拦，便放出军令：军中如有胆敢劝谏阻止出兵者，其罪当死。这禁令一出，谁还敢出声呢？军中却有一位叫公卢的将士，他虽然没有劝谏，但冲赵简子放声大笑。赵简子一见很窝火：你这不知死活的小卒，竟敢嘲笑我。他非常生气地问道："你笑什么？"公卢说："我曾经遇上让我发笑的趣事，所以一直大笑不止。"简子说："如果解释得过去，你可以继续笑，否则今天你死定了。"公卢说："记得当年我在乡下采桑的时候，我家邻居两夫妻一起去田地采桑，丈夫突然看见桑林中有位美丽的女子，于是追了过去，但女子早就被他吓得溜之大吉了。他什么也没捞着，便垂头丧气地走了回来，他的妻子却抛弃他出走了。我笑真是个旷夫。"简子恍然大悟道："对啊！我如今去讨伐别人的国家，弄不好什么也没捞着，反而把自己的国土也弄丢了。我真是旷夫啊。"简子于是班师回朝。

21　虚怀若谷的人生智慧

俗语云:满招损,谦受益。《易经》六十四卦中,所有卦都吉凶参半,唯有一卦全吉,那就是谦卦。“夫天道亏盈而益谦,地道变盈而流谦,鬼神害盈而福谦,人道恶盈而好谦。”也就是说天道规律是损有余而补不足,地道规律是从高处流向低洼,鬼神的规律是祸害高傲,降福谦卑,而人道的规律是讨厌骄傲,喜欢谦虚。所以一个人,要时刻保持谦逊的状态,也就是讲究慎独。因为在众目睽睽之下,人一般不容易为非作歹。在周边没人,行为不为人知的状态下,人性的阴暗面就暴露出来了。所以有修养的君子能慎独,举头三尺有神明,在行事上,时刻保持战战兢兢、如履薄冰的状态。

周公旦在历史上是被公认的道德典范。他的身份是文王之子、武王之弟、成王之叔。成王幼时,他摄政管理天下,可谓权倾朝野,与天子无异。这位重量级人物却礼贤下士,即使正在洗澡、吃饭,也会一沐三握发,一食三吐哺,中途停下来接见来客,生怕怠慢了对方,让客人走了。

当年成王要分封周公土地,周公辞而不受。于是成王便将鲁地封给周公的儿子伯禽。伯禽辞别父亲赴任前,周公便告诫他:“你去吧!但你不能因为自己是鲁侯而怠慢了天下的贤士。我听说,德行广大而谨守谦恭的人会荣升,土地广阔富饶而节俭的人会平安,禄位尊荣鼎盛而保持谦卑的人会尊贵,人众兵强而保持敬畏之心的人必然会胜利,聪明睿智而以愚拙自守的人自然会饶益,博闻强记而自谦浅薄的人学问会越来越广博。这六种操守,都是谦德。一个人贵为天子,富有四海,如果不保持虚怀若谷的操守,他就会先天下人丧失性命,桀、纣便是其中的例子。这怎么可以不谨慎呢!所以《易经》说:‘有一道,大足以守天下,中足以守国家,小足以守其身:谦之谓也。’”

所以说世间的事物,日中则移,月满则亏。任何事物到了顶峰,必然开始走下坡路,它不可能永久持盈保泰。所以老子说,大成若缺,其用不弊。事情永远保留一点儿不圆满,而这点儿不圆满,正是走向圆满的动力。这个就是大智慧。大清名臣曾国藩,他的书斋取名“求缺斋”,正体现了这种智慧。

当年孔子瞻仰鲁桓公的宗庙,看见庙内安放着一种很奇特的器具,也就是欹器。什么是欹器呢? 这是古人设计的一种计时器,通常又称作歌器,是一种类似沙漏的器具。它的奇特之处在于有双耳可穿绳悬挂,底厚而收尖。空瓶时,底向下呈一定角度倾斜;到一定的水位时,器具便自动垂直。此器口薄而敞开,当装满水时,器具便侧倾翻倒。如果在它上面安置匀速滴水器,便会形成这样一种情况:空瓶时,自动滴入水;半瓶时,自动立正;满瓶时,自动倒水,如此循环往复。

当时孔子问守庙人:“这是什么器?”守庙人答道:“这叫座右铭器。”孔子说:“我听说座右铭器有个特点,装满水时就倾覆,空着时就倾斜,水位装到中间时就保持立正,是这样吗?”守庙人答:“是的。”孔子便让子路取水来试,果然一如所言。孔子不禁叹道:“哎! 天下的事情哪有满而不覆的道理哦!”子路便问:“如此说来,有什么办法保持永久性的盈满吗?”孔子答道:“所谓保持永久性的盈满之道,就是将满盈的倾倒减少一些。”子路又问:“那倾倒减损又有什么具体方法呢?”孔子说:“身居高位而能谦下,满盈而能怀虚,富足而能节俭,高贵而能卑下,大智而能若愚,勇敢而能畏怯,巧辩而能木讷,广博而能平易,明白而能装糊涂,这就叫作减损而不至极限。只有那些德行已经登峰造极的人才能做得到。所以《易经》说,不减损而继续增益它,结果是减损;主动去减损的,其最终的结果是增益。”

说到道家的开山鼻祖老子,没有人不知道。他一部五千言的《道德经》,对后世影响深远。说到他的老师常枞,可能知道的人就不多了。其实常枞的道行,并不见得比老子差到哪里去,只不过他没有多少事迹及著作留传后世罢了。当年常枞病重,眼看活不成了,作为学生的老子便去看望他,并向老师做最后一次讨教,问他有什么遗教。人有一种观念:平时不外传的秘籍,一般也不会带到棺材里去,生前留有一手,临终前多会给弟子亮出来。当然,如果是意外横死,那就没办法了。老子当时大概也是抱着这种心态向老师讨教的吧。常枞见学生这样问他,感到很欣慰,便说:“就算你不问,我也要说。”于是他问老子:“经过故乡要下车,你知道为什么吗?”老子回答:“经过故乡要下车,应该是要我们不忘旧的缘故吧?”常枞说:“你答对了。那看到乔木就快步迎上前，你知道是什么道理吗？”老子答道：“看到乔木就迎上去，意思是要我们尊敬长辈老宿吧？”常枞说道：“唔，你答得很对。”然后，他便张开那张只能啃豆腐的嘴给老子看，问道：“我的舌头还在吗？”老子说：“当然在。”常枞又问：“那牙齿呢？”老子说：“早没了。”常枞便问老子：“你知道为什么吗？”老子答道：“舌头之所以存在，应该是因为它柔软吧？牙齿没了，难道不是因为它太刚硬了吗？”常枞笑道：“正是如此。天下事已经说尽了，我已经没有别的可以再告诉你了！”

老子的哲学思想——无为而治，柔弱胜刚强，天下之至柔，驰骋天下之至坚，无有入无间，贯穿于他的整个哲学体系。可以说，这完全是常枞临终前“舌存齿亡”秘籍的进一步演绎。

孔子曾经说过：“一个人的存亡祸福，都是他自己的原因，至于天降灾祸，地行妖孽，是无法为害的。”一位两千多年前的人，能说出这样的话，让人不得不佩服。商朝纣王时代，曾经发生过一桩怪事，一只小麻雀在城墙角生了个大乌鸦，于是占卜的人便说：“但凡以小生大的，国家一定会有福祉，国王名声也会成倍增长。”纣王听闻沾沾自喜，从此不理朝政，沉湎酒色，穷兵黩武，重刑厚敛，拒谏饰非，变成了一个刚烈无道的暴君，后来武王罚纣，商朝便亡了。这个便叫作逆天时，虚假的福祉反而导致了灾祸。

而在商朝更早的武丁时期，那时因为前任国君的朝纲荒废，刑法松弛，致使朝堂滋生桑谷，七个月便长成了拱木。占卜的人便说：“桑谷乃是野生植物，这东西居然蔓生于朝堂，大概意味着朝代要灭亡了吧！”武丁听闻惶恐不已，于是以身作则，培德修行，思慕先王的仁政，兴灭国，继绝世，举逸民，明示养老之道。三年之后，怀柔远人，周边前后有六个国家前来朝拜称臣。这正是顺天时反变灾祸为福祉的典型。所以说，妖孽是上天用来警示天子诸侯的，而噩梦则是用来警示士大夫的。故说妖孽斗不过善政，噩梦斗不过善行。一个朝代只要仁政做到了极致，便会转祸为福。《尚书》中说：“天作孽，犹可违；自作孽，不可活。”说的就是这个道理。

孙叔敖是春秋时期的一代贤相，是一位杰出的全才式人物。史载，他出身卑微，头秃发少，左手长过右手，身高不及车前横木，是个生理有缺陷的人。在他的经营下，楚国迅速发展成为南方大国，让楚庄王成了春秋五霸之一。

他同时也是一位杰出的水利专家,大禹之后就数他最会治水了,他的安丰塘水利工程历史上被喻为水利之冠。他担任楚令尹,三起三落,毫无怨言。作为清官典范,他是历史上的一座丰碑;身为楚国令尹,他去世时家徒四壁,连棺椁都没足够的钱筹备。他死后,儿子靠打柴为生,家清贫到这个程度。

孙叔敖少时,有一次外出,碰见了一条两头蛇。他把蛇打死埋掉了,回家后却哭泣不止。他母亲觉得奇怪,便追问原因。孙叔敖说:"我听说碰见两头蛇的人便会马上死去,今天我不幸碰见了,恐怕我得抛下您老人家先死了。"母亲便问:"那两头蛇现在何处?"孙叔敖说:"我怕它又被别人撞见,便把它打死埋了。"母亲说:"我听说积德的人,上天便会眷顾他,你不会有事的。"所以后来孙叔敖出任楚国令尹,还没开始执政,国人就已经信服他的仁义了。

孙叔敖被提拔为楚令尹后,因为他太得民心,全国的百姓都纷纷来祝贺。奇怪的是,其中有一位老人,却穿着麻衣,戴着白帽子,前来向孙令尹吊丧。依世情来说,人家荣升令尹,大家都来庆祝,你却穿着丧服来冲喜,这是在诅咒人家。孙叔敖却不是这样,他一听闻此事,连忙整理好衣冠,很恭敬地走出来迎接这位不知好歹的老叟,诚恳地问他:"楚王不知道在下无能,让我担任了令尹之职,大家都先来祝贺,而先生您却独自来凭吊,请问有何赐教?"老人说:"我当然有话要说,大凡身居显贵而傲慢待人的,百姓便会离开他;身居高位而擅行权柄的,国君便会厌恶他;俸禄优厚而贪婪不知足的,便陷于祸患之中。"孙叔敖连忙拱手再拜道:"我非常诚敬地接受您的教诲,希望您继续指教。"老人便说:"地位已经很高,态度就更要谦虚;官职越大,处事更要小心谨慎;俸禄已经很丰厚,就千万别轻易索取他人的财物。您谨记这三条教训,就足以将楚国治理好。"孙叔敖诚恳地答道:"您说得很好,我一定会铭记于心。"

孙叔敖虽然贵为令尹,但他虚怀若谷,令人肃然起敬。更可贵的是,他的谦完全是发自内心的真诚,而不像许多大人物,表面上笑容可掬,谦和友善,实则目中无人,根本不把别人放在眼里。他们所谓的谦,完全是装给别人看的。

当年魏国有一位贤公子叫魏牟,他平素不喜欢政治,专门喜欢与贤士交游,其中公孙龙子是他的好朋友。公孙龙子是春秋时期一位著名的辩论家,以白马非马论扬名后世,但庄子却说他那套理论是能屈人之口而不能服人之心的诡辩。公孙龙子虽然能言善辩，但他在与好友魏牟的辩论中，却被对方驳得哑口无言，可见魏牟的辩才之高。

话说当年魏牟周游至秦国，玩腻了便想离秦东游，穰侯魏冉专程为他饯行，临别时向他讨教："先生您就要离开我远游东方了，难道没有一言赐教吗？"魏牟笑道："您不说我还真的几乎忘了，是有两句话要跟您啰唆一下。您应该知道，官与势不是事先有约，但人一旦当了官，势就不约而来；而势与富也不是事先有约，但人一旦得势，富就不约而来；富与贵也不是事先有约，但人一旦富了，贵就不约而来；而贵与骄也不是事先有约，但人一旦贵了，骄就不约而来；而骄与罪也不是事先有约，但人一旦骄了，罪就不约而来；罪与死也不是事先有约，但人一旦获罪，死就不约而来！"穰侯连忙拜谢道："您说得真好，我敬奉先生您的英明教诲。"

老子说，金玉满堂，莫之能守；富贵而骄，自遗其咎。所谓富贵而娇，乃是人性的通病。一个大富大贵而不骄慢、谦和如初的人，即使不是圣贤，也是谦谦君子。

孔子有一次看见一位张网捕鸟的猎户，他所捕到的全是雏鸟。孔子便好奇地问："为什么你所捉的全是雏鸟，而大雀却一个都没有呢？"猎人答道："当雏鸟追随大雀，那是捉不到大雀的。只有大雀追随雏鸟，才可以捉到它。"孔子转头对弟子说："君子对他所追随的人是非常慎重的，如果追随的不是其人，便有罗网之患。"这个故事道出了选择师长的重要性。假如你追随的是邪师，或者交结的是狐朋狗友，很可能误入歧途，一起堕落。

22 智者的辩舌

古代的医疗条件很差,生病对于人来说,是很恐怖的事,一辈子能不生大病,是很幸福的一件事。那些名人的名字,许多都寄托着这种期望,譬如霍去病、辛弃疾、刘病已。也许他们小时候病得次数太多了,直接起个不生病的名字,无非寄托着一种良好的愿望:疾病跟我无缘!但偏偏战国时的魏国,有两位直接叫“痤”,一位叫公叔痤,另一位叫范痤,而且这两个人都做了魏国的宰相,实在奇怪。虽然说痤疮不是什么大病,但影响面容。他们为什么这么喜欢痤疮,竟然直接以此命名,这就无从考究了。

范痤可不是一般的人,在当时的魏国是权臣——担任过魏国宰相,而且曾经是合纵抗秦的领袖人物。也许正因为如此,赵王就想干掉他,从而取而代之,自己上位当合纵长,号令诸侯。所以赵王便派使者到魏国跟魏王说:“只要你答应杀了范痤,本王就割让七十里地给魏国。”魏王一听,觉得这生意不错,反正范痤已经退休,卸磨杀驴赚七十里土地很合算。于是魏王下令将范痤的府第团团包围起来,免得让范痤溜了。但魏王也没那么冲动,直接痛快地来一刀,想来他对赵王的话也不完全相信。

范痤这回真是痤疮发作了,但他不甘心坐以待毙,于是想办法自救。他爬上了屋顶,骑在屋脊上,大声对外面的官兵说:“麻烦你们转告魏王,与其用死的范痤去跟赵王交易,还不如用活的。假如用死的去换,赵王食言不肯割地,那么魏王岂不为天下人耻笑?等赵王割了地,再杀我范痤也不迟啊。”魏王一听,正好被说中了心事,觉得他的话很有道理,所以只围不捉。范痤见燃眉之急暂时解决了,便赶快修书一封呈给当时的宰相信陵君。信上写道:“宰相大人,范痤也是魏国的前任宰相,赵王想以割地为条件让魏王杀了我,魏王竟同意了。假如有朝一日,强秦也想效法赵王的故事,以割地为条件让魏王来杀您,您又往哪里躲啊?”所谓兔死狐悲,物伤其类,信陵君一听,真是这么回事,假如开了这个头,以后谁敢保证我就不会重蹈覆辙。于是他赶忙去劝谏魏王,天花乱坠地说了一通,为范痤开脱。最后魏王果然听从了信陵君的建议,把范痤放了。

这个固然是范痤以自己的聪明才智和巧辩而成功自救的案例,但也反映了一个事实:在春秋战国时代,臣子的命是不值钱的。自己明明没有犯错,也曾经是一人之下万人之上的风云人物,但在昏庸的国君眼里,即使你贡献再大,也没有几寸土地的价值大。假如你能作为交换的筹码,国君不需要任何理由,完全可以像鸡一样把你宰了。

有一次,齐宣王到社山这个地方打猎,社山有十三位乡亲出来为他们效劳。齐宣王为了表示感谢,便说:“乡亲们辛苦了!”说罢,他吩咐手下的官员把他们的田租免了。乡亲们听罢,一齐跪拜称谢。其中有一位姓闾丘的老先生,却无动于衷,偏不拜谢。于是齐宣王问他:“您老人家是嫌少吧?”于是他又吩咐手下把乡亲们的徭役都免了。乡亲们闻言又赶快顶礼拜谢,但闾丘先生还是老样子——照样不拜。齐宣王见他如此不识抬举,便不高兴了,说:“拜谢过的先走吧,不拜谢的那位,你走上前来。”闾丘先生于是走上前,齐宣王问道:“寡人今日看见乡亲们这么辛苦,便下令不收你们的田租。他们都跪拜称谢,唯独你不拜谢。寡人认为你这是嫌少,便又免了你们的徭役。他们都跪拜称谢,你又不拜谢。莫非寡人有什么过错?”闾丘先生答道:“听闻大王到这里来游猎,所以我们出来为大王效劳,期望能从大王这里获得长寿,获得富裕,获得显贵。”齐宣王便说:“一个人的寿命是上天主宰的,这个不是寡人力所能及的,我怎么能让先生你长寿呢?国库虽然很充实,但这些是用来防备灾害的,不能滥施以让先生富裕;朝中的大官没有空缺,而小官阶又过于卑贱,所以也无法让先生变得显贵。”闾丘先生答道:“这些都不是臣下所期望的。臣下祈愿大王能够选取贤良的富家子、有修行的人做官吏,让他们公平执法,这样便可让臣下免受冤屈,臣下便可以获得长寿;一年四季,春夏秋冬,用民有时,不烦扰百姓耕作,这样臣下便可以富裕;臣下祈愿大王颁布政令,让年少的尊敬年长的,年长的尊敬年老的,这样臣下便可以稍显尊贵。但如今只是蒙大王赏赐不收田租,这样国库将空;赏赐臣下不用服徭役,这样官府就找不到可资差使的人了。这本来就不是臣下所敢期望的事啊。”齐宣王听罢便说:“你分析得真好。我愿意聘请老先生你担任我的宰相。”

在先秦时代，一言便可以使人升至宰相，官阶的提拔不是连升三级，而是火箭式的提拔。而且这不是个案，是普遍现象，可塑性太强，是现代人无法想象的。

鼎这个东西，在中国人的传统观念中，地位很重要。所谓一言九鼎，绝对不是吹出来的，它本身就是国家和权力的象征，乃是国之重器。最早的记载是夏禹收九牧之金铸九鼎于荆山之下，以象征九州。自从夏禹铸九鼎，鼎就从一般的容器发展为传国重器。国灭则鼎迁，夏朝灭，商朝兴，九鼎迁于商都亳京；商朝灭，周朝兴，九鼎又迁于周都镐京。所以建立王朝又被称为定鼎。当年楚庄王强霸诸侯，曾借出师之机路过洛阳，在周天子眼皮下阅兵，并趁机向周朝使者王孙满询问周鼎的大小和轻重。王孙满答道："如果政德清明，鼎小也重；国君无道，鼎重也轻。周室定鼎中原，权力天赐。鼎的轻重未可问也。"楚庄王问鼎，有取周室而代之的意思，结果遭到王孙满严词斥责。故后来问鼎就成了图谋篡夺的代名词。

话说汉武帝时，有人在汾水之南发现了一尊宝鼎，于是连忙把宝鼎贡献给甘泉宫。群臣闻讯皆来庆贺，纷纷厚颜无耻地拍起马屁来："陛下得到的可是周鼎啊。"所谓国灭鼎迁，汉武帝得到周鼎，自然意味着得国之正。所以汉武帝听了都感觉飘飘然。这时，侍中虞丘寿王却突然站出来浇了一盆冷水：那不是周鼎。

好大喜功又刚愎自用的汉武帝一听，顿时龙颜大怒，斥责道："寡人获得宝鼎，群臣都认为是周鼎，你却妖言惑众说不是。你有根据吗？说得出来，你今天可站着走回去，否则就要横着被人抬回家。"所谓伴君如伴虎，这可不是闹着玩的。触怒了皇帝老子，就是拿生命在开玩笑。所以我们都会为这个孟浪汉暗暗捏一把汗。其实多虑了，这位寿王脑子没毛病，他才是马屁精中的极品呢，他说："臣下哪里敢没有理由地胡言乱语呢？我听说周朝的圣德是从后稷开始的，到公刘时得到发展，再到太王时代进一步壮大，而文王、武王时代终于建立周朝，周公时光耀天下。德泽普照，无处不在。所以上天感应，宝鼎在周朝出现于世，故称为周鼎。如今汉朝从高祖起继承周朝的圣道，也是明德普照，行显八方，布恩施惠，天下和顺。及至陛下，光弘祖业，功德巍巍，更是兴盛，因而瑞祥并至。当年秦始皇亲自到彭城寻找周鼎都没有收获。如今上天昭彰有德之君,宝鼎自然出现,这是上天专门赐予我大汉朝的,所以说这是汉鼎,而不是周鼎。"这马屁往命门一拍,不但把汉武帝那股怒气拍没了,而且汉武帝拍着大腿大声叫好。那帮朝臣自然是山呼万岁,山岳雷动。马屁拍得没人家高明,妒忌归妒忌,附和当然是少不了的。汉武帝当天便赏赐十斤黄金给虞丘寿王,这斯算是发大财了。

说到这个马屁精,得多啰唆几句。单是他的姓名就很特别,虞丘乃是复姓,寿王是他的名字。起个"寿"字的名本来就够俗的了,还要叫寿王。在封建时代,名字直接叫王叫帝的,是很容易惹祸的。这个马屁精,汉赋作得不错。寿中之王这个愿望就算了,他连寿终正寝都没做到。他在职业生涯中,犯过两次法:第一次被革了职,后来东山再起;第二次却被革了命——被杀头。所以一个人居心不正,专门靠玩嘴皮上位,终归是行不通的。

孟尝君是战国的四大公子之一,齐威王之孙,齐宣王之侄。他曾联合韩、魏、齐三国之兵合纵攻秦,逼到秦国主动归还侵地求和,是一个很有能耐的人。其人以好客、养士闻名,日常门下食客数千人,可谓门庭若市。有一次,孟尝君向齐王推荐门下一位食客。三年过去,这位食客并不受齐王器重,最后冷板凳坐不住了。他回来后对孟尝君诉苦:"您把我推荐给齐王,三年都没见动静。不知这是我的罪过呢,还是您的过失?"孟尝君说:"我听说,线是依靠针才进入布的,但它不会因为针而变得又急又快;女子是依赖媒人而嫁丈夫的,但不会因为媒人而变得与丈夫更加亲密。可见你本来便才能寡薄,怎么反过来说我这个中介人的不是?"孟尝君这番话听起来很有道理。一般人听了估计都羞愧得无言以对,但这位食客也不是吃素的。他能言善辩,反驳道:"不是那么回事,我听说周家的喾与韩家的卢,是天下闻名的猛狗。如果你看见兔子而给它们指出来,那么没有兔子能逃得掉;但如果你看见兔子只是把狗放了,并不指示兔子的踪迹,那么它们一辈子都抓不到兔子!这不是狗没本事,是放狗人的过失呀。"食客又把责任推给他,孟尝君当然不会就范,便反驳道:"你说得不对。当年华舟与杞梁两位勇士因战而死。杞梁的妻子知道后对着城墙失声痛哭,城墙竟然为之溃塌,墙角也因此崩坏。所以君子如果真能在内心做出表率,则外物是会有感应的。你想,连土壤这种死物尚且能彰显精忠,何况是食五谷的人呢?"食客说:"事情不是这样的。我见过鹪鹩这种鸟,它在芦苇上做巢。它用毛发编织的巢,即使是高明的针线女工也做不出来,可以说非常完美坚固。但一场大风刮来,芦苇便折了,巢也倾了,鸟蛋也破了。为什么呢?这是因为它所依附的东西不牢固。但凡狐狸都是人类追杀的对象,老鼠也是人类烟熏驱赶的对象。但我从来没见过稷庙中的狐狸被追杀,社庙中的老鼠被烟熏。为什么呢?因为它们依附的环境保护了它。"孟尝君这下被他说动了,于是再次向齐王做了特别的推介。最后,齐王居然让这个食客当了宰相。

综观这两人的雄辩,其实双方都有道理。在某个特定的环境下,他们说的话都对。但食客前后的遭遇,却说明了一个事实:生活在这个世上的人,大多需要贵人的提携,才有机会上位。但这位帮助你的贵人真心帮你与敷衍地帮忙,效果是绝对不一样的。孟尝君之前应该只是草草地向齐王推荐了食客,没怎么把他当回事,后来肯定是卖足面子去推荐的。齐王不看僧面也得看佛面,就重用这位食客了。

赵襄子在赵氏家族中,可以说是个扭转乾坤的人物。他母亲是个妾室,又是狄人,所以他在兄弟中地位低微。本来继承人的位置根本就轮不到他头上,但他表现得太优秀了,所以父亲赵简子决定废长立幼,立他为继承人。他也不负重托。在晋阳之战中,智伯联合韩、魏二家一起围歼赵氏。但赵襄子置之死地而后生,在生死关头利用说客行反间计,说服韩、魏反戈,赵、魏、韩三家反过来把强大的智伯灭了,从而拉开了赵、魏、韩三家分晋的序幕。

正因为他智商比较高,所以自视甚高,目中无人。有一次,他当面挖苦孔子:"我说老夫子啊,您老人家周游列国推销自己的政治抱负,委身求见各国诸侯七十几位了,但没有一位采纳您的政治主张,不知道是因为这世间上根本就没有明君,还是先生的政治主张本来就是擀面杖吹火——一窍不通?"像赵襄子这样当面奚落孔子的人,应该很少见。孔子如何反应呢?他根本就没有反应,对方的话一如春风扫马耳一样。

赵襄子便没趣了,他见孔子不搭理他,心里就很别扭。第二天,他看见子路,窝在肚子里的那股气又翻腾上来了,于是把昨天那糗事揪出来继续向子路发问:"我昨天向孔夫子咨询治国之道,夫子却没有回答我。如果知道却不肯回答,那就是故意隐瞒了。故意隐瞒的人还称得上仁吗?如果是真的不知道，那还配得上圣人这个称谓吗？”正所谓挟着私愤往黑里抹，一副不把你搞臭誓不罢休的样子。但子路也不是吃素的，他的回答可巧妙了：“譬如这里铸造了一尊充塞天下的大鸣钟，而你却拿着一根稻草去撞击它，它能发出声响来吗？你向夫子请教问题，难道不是用稻草去撞鸣钟吗？”

人与人的交往就是如此，当你的讨教变成了不怀好意的问难，那就已经偏离学问之道，变成了故意找茬。最高明的对策就是置之不理，也就是佛陀常用的“默而摈之”，让你自己感觉没趣而离开。如果针锋相对，被动卷入争辩的旋涡中，即使最终能将对方辩驳得哑口无言，大抵也胜之不武。为什么呢？因为我要主动降低自己的层次，走下山来跟你蹲在同一个臭水坑里对话。

23 从杞梁妻到孟姜女的蜕变

西北有高楼，上与浮云齐。
交疏结绮窗，阿阁三重阶。
上有弦歌声，音响一何悲！
谁能为此曲？无乃杞梁妻。
清商随风发，中曲正徘徊。
一弹再三叹，慷慨有余哀。
不惜歌者苦，但伤知音稀。
愿为双鸿鹄，奋翅起高飞。

这是汉代古诗十九首中的《西北有高楼》，作者姓名无从考究。从诗意揣测，他大抵是一位感情失意之人，感慨知音难觅之凄苦，希望能找到一位爱侣，寄托"愿为双鸿鹄，奋翅起高飞"的良好愿望。而全诗引用的典故，则围绕着"杞梁妻"展开。杞梁妻何许人也？也就是今天家喻户晓的孟姜女。但这样说也不对，应该说是孟姜女的原型。孟姜女只不过是文学作品中，由杞梁妻张冠李戴改造而成的产物而已。

古代女人地位低下，杞梁妻姓甚名谁那是无法知晓的，后人只知道她是杞梁的老婆。所以她的故事，必须从她丈夫杞梁谈起。

在《左传》中，据可信的史实记载，公元前550年秋，齐庄公伐卫、晋，翌年从朝歌回师，途中突然偷袭莒国（山东莒县）。在此战役中，齐国将领杞梁、华周英勇战死，为国捐躯。后来齐、莒议和，杞梁马革裹尸而还，其妻于途中郊外哭迎丈夫灵柩。齐庄公便派人在郊外吊唁，杞梁妻认为夫君有功于国，齐庄公这种做法太无诚意，非常有意见。后来，齐庄公亲自到杞梁家中吊唁，并把杞梁安葬于齐都城郊。在《礼记·檀弓》里，曾子亦说："杞梁死焉，其妻迎其柩于路，而哭之哀。"而孟子在其作品中，则直接借淳于髡之口，说："华周、杞梁之妻，善哭其夫而变国俗。"到了《西北有高楼》这首古诗，"上有弦歌声，音响一何悲！谁能为此曲？无乃杞梁妻。”杞梁妻的形象就更丰满了。其中所咏的曲，也就是后来传世的古琴曲《杞梁妻叹》。现在的《山东通志》记载：“杞梁墓在临淄县东三里，齐庄公袭莒，杞梁死焉，其妻迎柩而哭，事见《檀弓》。”今天杞梁墓尚存，而杞梁妻刚烈的个性，以及对夫君的深情，在《左传》中有所体现。

在西汉刘向的《说苑·立节》中，关于杞梁与华周的记载，更是生动感人。

齐庄公此人尚武，他准备去攻打莒国，专门设了“五乘之宾”的武爵，即这个爵位是可以享受五驾马车同时出行的。他将这些人组成了一支敢死队，作为战斗的主力军。但在他收罗的勇士中，偏偏有两位被踢出了队伍，就是杞梁与华周。因此他们郁闷得在家都吃不下饭。杞梁的母亲对他们说：“假如你们生前不行道义，死后不留名声，成了五乘之宾，难道就不惹人嘲笑了？假如生前能履行道义，死后又有名声，那些所谓的五乘之宾，不全都在你们之下吗？”杞梁、华周二人顿时振作，赶快吃完饭，同乘一战车，跟随齐庄公一起去攻打莒国了。

据说杞梁、华周二人自动请缨，只带着一个车夫。三人抛开大部队，率先直扑莒国战场。这场战争异常惨烈，杞梁、华周杀得性起，直接跳下车搏斗，两人如猛虎入羊群，俘获甲士三百余人。齐庄公从后面赶上，惜勇之心油然而生，连忙制止他们，说：“你们的勇猛我已看见了，快住手。我与你们一起分享齐国。”杞梁、华周便说：“君上设置五乘之宾的赏爵，但没我们的份，这分明是瞧不起我俩。如今身入险难，又用利益来阻止我们，这分明是在玷污我们的行为。深入歼敌是我们的天职，至于齐国给我们什么利益就不知道了。”于是二人继续拼死冲杀，扫平敌军设置的种种障碍，勇不可当，直逼城下。莒军见此大惊，慌忙用火炭铺地，阻拦他们。二人为火海阻隔，进退两难。追随他们的那位叫隰侯重的士卒，这时也彻底被感动了，愤然说道：“我听说古代的勇士敢于冒险赴难，是因为他们能把自己的血肉之躯当身外之物一样看待。来吧，我让你们过去！”隰侯重说完便以盾牌护身，伏在火炭上，让杞梁、华周二人踩着他的背脊跳过火海，攻进城去。两人回头看着烧成了焦炭的隰侯重，不禁失声痛哭。华周哭了好久，还没平静下来。杞梁便问：“你怕了吗，为什么哭这么久?”华周答道:“我怎么会怕呢? 隰侯重和我俩一样英勇,却先我们而死,所以为他感到悲哀。”

这时莒军的主帅也被他们感动了,在城头对他们高喊道:“你们不要来送死,不如放下武器,咱们一起共享莒国。”杞梁、华周说:“抛弃祖国投敌,不是忠臣;背叛君长接受赏赐,非正人君子所为也。何况鸡鸣时相约,到中午就背盟,这是守信誉的人吗? 深入杀敌是臣子的天职,莒国给予的利益,我们就不考虑了。”说罢他们勇往直前,前后又杀了二十七人,直到战死沙场。

杞梁之妻知晓此事后,伏在城墙边放声痛哭,连续数天,痛哭不止,城墙为之溃塌,墙角也因此崩坏。

《说苑》中的情节是为杞梁而写的,对他妻子的描写只是一笔带过。而在刘向的另一部著作《列女传》中,杞梁妻便成了故事的主角,其中的描述就详尽多了。传记说杞梁妻“乃枕其夫尸于城下而哭之,内诚感人,道路过者莫不为之挥涕,十日城为之崩。既葬,曰:‘吾何归矣? 夫妇人必有所倚者也。父在则倚父,夫在则倚夫,子在则倚子。今吾上则无父,中则无夫,下则无子。内无所依,以见吾诚。外无所倚,以立吾节。吾岂能更二哉? 亦死而已。’遂赴淄水而死。”这里明确杞梁妻是连续哭了十日才将城墙哭崩塌的,比申包胥哭秦廷求救兵还要长,还让人动容。女人比男人更擅长哭泣,这个倒也不难理解。杞梁妻哭夫、葬夫之后,哀叹自己孑然一身,无父无夫又无子,觉得生无可恋,便投河死了。杞梁妻的故事,流传到西汉刘向这里,形象已经很丰满——哭夫、崩城、投水,之后就越来越虚了。

到了东汉,王充的《论衡》和邯郸淳的《曹娥碑》中明确定位杞梁妻哭崩的是杞城,而且是崩了五丈。往下到了西晋,崔豹的《古今注》中,牛就越吹越大了,说整座杞城“感之而颓”,也就是说哭塌了一座城池,敢情杞梁妻练过狮子吼,功力堪比地震。这些记载已经开始走金庸路线了。

如果说上面这些牛皮吹得还勉强能让人接受,那么到了唐代,故事就开始玩狸猫换太子——开始调包了。故事由春秋推进到了秦朝,城墙换成了长城。战死沙场的杞梁勇士,变成了修筑长城丧命的役夫——杞良。杞梁妻也开始有了名分,叫孟仲姿。这两夫妻的结合完全是出于一次非礼的艳遇:据唐代的《琱玉集》描述，杞良是秦始皇时代修筑长城的逃夫，慌不择路地误闯入孟超家的后园。不承想艳遇来了，当时孟超的女儿孟仲姿正在池中裸浴，被杞良撞个正着，顿时吓得芳容失色，大呼小叫。来者便连忙解释："姑娘别怕，我叫杞良，是燕国人，服役修长城，不堪其苦而逃窜到这里来。"孟仲姿便说："女人的身体，是不可以给别人看的。你既然看了我的身体，那我就是你的妻子了。"要是今天那些拍写真的人体模特也持这种观念，估计会嫁得很忙。孟仲姿禀告过父母之后，二人便结为夫妻。好景不长，杞良这个新郎哥还没坐稳，差役便追上门来，强行把他拖回工地，活活打死，当作建筑材料埋入城墙内。孟仲姿新婚宴尔，没过几天，老公就没了。于是她跟着足迹一路追到长城脚下，放声号哭，把长城哭倒了，从而与夫尸相认。

唐末诗僧贯休所作的一首《杞梁妻》诗，却是这样写的：

秦之无道兮四海枯，筑长城兮遮北胡。
筑人筑土一万里，杞梁贞妇啼呜呜。
上无父兮中无夫，下无子兮孤复孤。
一号城崩寒色苦，再号杞梁骨出土。
疲魂饥魄相逐归，陌上少年莫相非。

虽然说名字还是杞梁妻，但内容已经是孟姜女哭长城。诗仙李白想象力更丰富，这个故事到了他那里便成了《东海有勇妇篇》："梁山感杞妻，恸哭为之倾。金石忽暂开，都由激深情。"杞梁在李白脑海里成了梁山，居然被杞妻哭崩了，真可谓是惊天地而泣鬼神。如果按李白的说法，后来的王伦、晁盖他们可就惨了，这被哭崩的梁山，还不是要那一百零八条好汉带领喽啰们，用愚公移山的方式，一粪箕、一粪箕地挑填回来呀。

且说到了明王朝，明廷为防止瓦剌入侵，于是大修长城。举国怨声载道，民愤极大，于是全民哭长城的时代来了。这时杞梁妻彻底变成了"孟姜女"，杞梁也成了"万(范)喜梁"，招亲、夫妻恩爱、千里送寒衣等，乃是"孟姜女哭倒长城"的铺垫。这一切，无非是老百姓对大明朝的血泪控诉而已。此后，山海关等地方便涌现了许多孟姜女祠。孟姜女哭长城的故事，便一直定型流传至今。

但历史上明白人还是有的，明朝冯梦龙在著作《东周列国志》第六十四回写道“曲沃城栾盈灭族，且于门杞梁死战”，专门复原了杞梁、华周战死于莒国，杞梁之妻哭夫的故事，并对此进行了详尽、生动的描述。他明确指出：“后世传秦人范杞梁差筑长城而死，其妻孟姜女送寒衣至城下，闻夫死痛哭，城为之崩。盖即齐将杞梁之事，而误传之耳。”

24 不辱使命的外交使者

无论是在国家机构，还是普通企业，一般来说，上级的指令，下属都要按章执行，而不能自作主张，我行我素，否则便乱套了。所以《春秋》有云："大夫无遂事。"也就是说，假如上无君命，臣子是不能自行专断的。但凡事都应该一分为二地看待，如果将这个奉为死教条，那做起事来就寸步难行，甚至没法干了。世间事物瞬息万变，如果当事人不发挥主观能动性，一般是办不好事情的。在不违背大原则的前提下，当事人可以根据实际情况便宜行事。譬如出师打仗，就有"将在外，君命有所不受"的说法。所以《春秋》有言："出境可以安社稷，利国家者则专之可也。"也就是说，使臣奉君命外出邦交，对于国家有利的事情，是可以自作主张的。这在通信极端落后的古代，显得尤其重要。但大前提是有利于国家，这个要保证。当然，因行事者才智有限，判断失误，他自以为这样做有利于国家，结果适得其反，这种事情也是有的，所以人才很重要。

当年，赵王曾派遣使者到楚国进行外交活动。他可能是一位疑心很重，对谁也不放心的主。由于这次邦交非常重要，所以他专门设宴鼓瑟为使臣饯行，以示重视。他一再叮嘱对方："你每一步都要严格按照我说的去做，不能有半点儿差池。"使者没有正面回答，只是顾左右而言他："大王以前鼓瑟，我也听过，曲调好像从来没有今天这样悲伤。"赵王便说："瑟弦是刚刚调校过的，所以这样。"使者说："既然调好了，为什么不在调弦柱上做好标记，那不是一劳永逸吗？"赵王说："这怎么行呢？日常的温度和干湿度是不断变化的，弦便因此有了缓急松紧，声调因此走音。这个是无法捕捉的，所以做标记是没有用的。"使者便说："这就对了。英明的国君派遣使者去外交，把事情委托给他办，是不会让他如傀儡一样按自己的意思去传话的。使臣到了对方的地盘，如果遇上吉庆便要祝贺，遇上凶亡便应吊唁。如今楚、赵两国距离一千多里，在那里遇上的吉凶忧患，是没法预测的，就好像瑟柱无法做标记一样。所以《周诗》有云：‘莘莘征夫，每怀靡及。’许多事情并不是如您意料的那样。”

现实生活中，像赵王这样的领导，其实真不少。如果你在他的手下做事，会郁闷得要死，按他的话去做吧，没法做；不按他的话做吧，做好了还勉强过得去，若做得不理想，那就是你自以为是导致的，所有的黑锅你都得好好背起来。日子一长，抑郁症都要患了。

楚庄王当年兴兵攻打宋国的睢阳。威势赫赫的霸主，弱小的宋国如何抵挡得了呢？于是宋国国君赶忙修了救急文书，向楚国的死对头晋国求救。晋景公收到文书，马上便要发兵前去解救。但这时有一位叫伯宗的滑头大臣出来劝谏，说马鞭虽长，但抽不到马腹。如今上天正眷顾楚国，怎么可以跟他争强斗胜呢？大王您这不是违背上天的旨意吗？其实哪有什么上天的旨意，真正的原因是楚庄王太英明，国力太强盛，晋国根本玩不过人家。晋景公被他这么一说，便打退堂鼓了。但如果完全置之不理，就会冷了附庸国的心。如果他们都倒戈投楚，那自己岂不是成光杆司令了？所谓有其臣必有其君，晋景公也学会了要滑头，实的不好玩，就玩虚的。于是他物色了一位叫解扬的壮士，派他前往宋国，告知宋公，叫他们坚持死守，千万别投降，说晋国大军随后就到。

解扬奉命前往宋国，途中必须穿越郑国，但郑国刚刚投靠楚国，解扬这下羊入虎口，被郑国人五花大绑地献给了楚国。楚庄王一听这是晋国派往宋国的使者，便重金收买他，要他改口，到阵前传晋国口谕，说晋景公无法相助，让他们赶快投降。解扬起初自然不肯答应，但被楚庄王要挟得紧，好像变成了软蛋，居然应承了。楚庄王自以为得计，便叫人在阵前推出了一辆极为高大的楼车。估计那时的楼车，跟现在军营的岗哨所差不多，不过是会活动的。他让解扬爬上楼车，一直把楼车推到睢阳城下，让解扬按他的意思向宋方喊话，说晋国让他们赶快缴械投降。

出乎意料的是，解扬爬上了楼车顶，却没有按楚王的意思喊话，反而对着宋军大喊道：“我是晋国的使臣解扬，奉命出使贵国，不幸被楚方捉了。我们晋景公马上倾全国之兵前来救宋。宋国虽然危急，但你们要坚持住，千万别向楚国投降，晋军随后就到。”楚庄王没想到这厮临时变卦，真是气得七窍生烟，便叫士兵把他拖下来，要把他扔进油镬里煮。解扬却临危不惧，大义凛然地说道:“我晋君出于大义而下了这道使命,我奉命执行,那是守信。我受君命出使宋国,虽死无憾。”楚王喝道:“你刚才明明答应按我的话去说,但你转头就食言了,你的信用都喂狗了吗?”解扬反驳道:“我用死来兑现对您的承诺,如此便可完成我对晋君的使命,我死而无憾。”说罢,他又转过头对楚王周边的大臣说:“你们都看到了,在你们楚国,做臣子不忘尽忠报国,那是要丢脑袋的。”这句话太厉害了,击中了楚王的七寸,周围的大臣都被他折服了,都劝谏楚王赦免他。楚庄王觉得反正事情都弄到这地步了,杀了他对局势于事无补,不如放了他,给自己一个尊重忠臣的好名声,于是放解扬回国。晋景公这边自然是高兴得要死,破格将他提拔为上卿。因为解扬是霍地人,字子虎,所以后世人都称他为霍虎。

战国末期,秦始皇以秋风扫落叶之势,将六国逐个消灭掉,一统天下。当时,韩、魏已经被灭,而魏国有个附庸小国叫安陵。这个安陵国实在太小了,据说方圆只有五十里土地,在史上是没有多少记载的。但让它名垂青史的,是一位叫唐雎的使臣不辱使命的故事。

秦王可能觉得这个国家如芝麻一样大,根本不屑用兵去攻占,于是设了个骗局,说要用秦五百里地交换安陵国的五十里地。反正只要安陵国先交土地出来,后面的五百里地肯定就没戏了。这种天上掉下来的大馅饼,安陵君当然明白是个诱饵,所以他委婉地拒绝了,说承蒙大王惠顾,以大易小,但这块小地盘是我从先王手里接过来的,所谓敝帚自珍,唯愿终生守护它,并不敢图利交换。秦王见对方不上钩,当然不高兴。安陵君便让唐雎出使秦国,去处理这个矛盾。

唐雎到了秦国,目空一切的秦王当然不会将这个芝麻国的使臣放在眼里,便气势汹汹地对他说:“我大秦国破韩灭魏,势如破竹,安陵君却能以区区五十里弹丸之地而生存下来,难道我是怕他的威势吗?我只是敬重他够义气而已。如今寡人用十倍的土地跟他交换,他都不买账。这分明是看不起寡人吗?”

唐雎连忙从座席上站起来作礼道:“大王啊,情况不是这样的。安陵君不是个趋利避害之人,主要是因为安陵这块地是祖先传下来的。安陵君谨守先君国土,哪怕是一千里的大地方都不肯交换,何况区区五百里呢?”

秦王见他如此不知好歹，愤然作色道："先生可曾见过天子之怒?"唐雎淡然说道："臣下没见过。"秦王道："天子一怒，伏尸百万，流血千里。"唐雎闻言非但不惧，反而针锋相对："大王可曾见过布衣之怒?"秦王不屑地说道："布衣之怒，无非将帽子脱了，光着脚，用头颈撞地打滚而已，这个谁不知道啊。"唐雎说："不然，这只是愚昧匹夫之怒罢了，而非布衣士人之怒。譬如专诸刺杀吴王僚时见彗星侵袭月亮，白天流星出现；要离刺杀王子庆忌，见苍鹰扑击大殿；聂政刺杀韩王的季父，便见白虹贯日。以上才称得上布衣之怒啊！如今加上我，便一共四位了。他们含怒未发，上天便降示了吉凶征兆。所以布衣之士不怒则已，一怒便伏尸二人，流血五步。"唐雎说罢拔出匕首跳起来，怒视秦王，说："布衣之怒，如今正是时候了。"秦王当场吓得脸色都变了，长跪并安抚道："先生且安坐，寡人明白了。秦国破韩灭魏，而安陵仅以五十里地便能生存下来，全是仰仗先生的缘故啊。"

唐雎不畏秦王淫威，以死相搏，其凛然正气，可谓震撼千秋。安陵君不利欲熏心，当然也是一位明君。可惜其地盘太小，方圆五十里的小国，相当于今天一个比较大的镇罢了。所以秦王根本就没把它当回事，这也正是它的日子能挨得久一些的原因。但这只是苟延残喘罢了，其后不久，秦王统一天下，安陵国不可能不被兼并。这里有个疑团，春秋战国时代，行刺事件频发，正式场合，别说是他国使臣，就算是本国大臣，也是不容许带剑上殿的，所以才有什么鱼藏剑、图穷匕见的现象。按道理，唐雎是不可能带着武器上殿见秦王的。从记载的场合看，秦王与唐雎应该是面对面隔案而坐。这个只能是在很不正式的场合，也就是说秦王根本就不把这个芝麻国的使臣当外交人员看，他当时很可能正忙着喝茶饮酒看歌舞，听说对方来求见，也不当回事，便漫不经心地召他进来问话。秦王没想到一个小墟镇的使者，居然有底气持剑来向他逼宫，所以小瞧了他，没有叫卫士搜身，解除对方的武装，才让他有机可乘。否则，这只能是虚构的故事了。

25 以《诗经》猜谜的魏文侯父子

赵、魏、韩三家分晋，蛋糕切得最大块的是赵国，豪夺了半个晋北。魏、韩则共分晋南，魏国占晋南大部分，韩国的土地是最少的。三家之中，首先强大起来的却不是赵国，而是魏国。因为其开国之君魏文侯，在历史上是位英明的诸侯王，其人礼贤下士，重用人才，拜子夏、田子方、段干木等大儒为老师，任用李悝、翟璜为相，乐羊、吴起等为将，此外还有西门豹等，这班人都是历史上响当当的大人物，都被他囊括一朝，哪有不强大的道理？在他任职期间，魏国的实力有如气球一样膨胀起来。没多久他便灭了毗邻的中山国，并直接将太子魏击封为中山君。魏击即后来的魏武侯，文治武功比父亲差了许多，但也算是一位很有作为的诸侯。

一般来说，太子作为国君的继承人，是不会封到外蕃的。魏文侯当时应该有另立储君的想法，他才会这样做。反正魏击赴任中山之后，三年都没有跟父亲有过往来。从这个情节看来，两父子的关系的确不和谐，他们可能有隔阂。

当时太子魏击有位叫仓唐的家臣，见太子与他父亲的关系搞成这样，很是为主人的前途担心，便劝谏道：“做儿子的，三年都不曾问候过父亲，这能叫孝顺吗？做父亲的，三年都不管儿子，这也是有失慈爱的。君上为什么不派遣使臣回去拜谒问候一下？”太子说：“我早就有这个想法了，只是一直找不到合适的人选。”仓唐便毛遂自荐道：“这个我愿意效劳。请问魏侯有何嗜好呢？”太子说：“魏侯嗜食野鸭，喜爱北方的犬种。”二人商量妥当后，仓唐物色了上好的北犬和野鸭作为礼物，便回国朝见魏文侯。

仓唐来到魏都，径直到后宫门前呈上礼物，拜谒道：“您罪孽深重的儿子魏击，派我来拜谒君上。不敢在朝廷上当着众大夫的面呈敬，只是利用闲暇时间，奉着野鸭，敬献给您的庖厨；牵着北犬，敬呈给您的内侍。”文侯见状非常高兴，说：“太子还是爱我的嘛，他还惦记着我的喜好呢。”于是他召见了仓唐,问道:“我击仔还好吧?”仓唐答道:“挺好!挺好!”这样一问一答,彼此寒暄了一番,仓唐突然话锋一转,说:“君上派出太子,封他为中山君,却直呼他名字,这于礼不合。”魏文侯吃了一惊,没想到竟然被将了一军,连忙正容问道:“你的君王还好吧?”仓唐便答道:“我出来之时,他还在宫廷里拜送书信呢!”魏文侯父子三年没见面,儿子正是长身体的年龄,估计长成什么样都迷糊了,于是回头指着左右侍臣说:“你的君王长得跟那位一样高了吧?”仓唐说道:“按照礼节,比拟一个人必须找匹配的对象,这里没有别的诸侯,找不到比拟的对象啊。”他说这些,无非在告诉魏文侯:“太子击不只是你儿子,还是诸侯王。”于是魏文侯便问:“那他身材跟寡人相比如何?”仓唐答道:“君上赐予他的外府的皮裘还能穿,赐予他的尺带,还不用更改。”

魏文侯又问:“那你的君王近来以何为业呢?”仓唐说:“正在研习《诗经》。”魏文侯又问:“《诗经》中他喜好哪些篇章?”仓唐道:“喜好《晨风》《黍离》二首。”于是魏文侯取过《晨风》读起来:“鴥彼晨风,郁彼北林,未见君子,忧心钦钦,如何如何,忘我实多。”此诗的大意是:“那疾飞的晨风鸟,飞入郁葱的北林,好久不见君子您了,内心忧愁无法忘怀,奈何!奈何!他大概早已忘记我了吧?”魏文侯读完便问道:“你的主人以为我忘记他了吗?”仓唐说:“岂敢!他时常思念君父罢了。”

魏文侯又读《黍离》:“彼黍离离,彼稷之苗。行迈靡靡,中心摇摇。知我者,谓我心忧;不知我者,谓我何求。悠悠苍天,此何人哉?”此诗的大意是:“那疏散的小黄米,那稷谷的幼苗,我慢慢行走在途,心中异常郁闷。了解我的人说我心忧,不了解我的人,却问我有什么奢求。悠悠苍天啊,这个人怎么了呀?”魏文侯又问:“你的主人是在埋怨我吧?”仓唐说:“岂敢!他时常思念君父罢了。”文侯接待仓唐后,便让他带了一套衣服回去赏赐给太子,并且叮嘱他,务必踩好时间点,在鸡鸣时赶到太子府上交付给他。

仓唐不敢怠慢,领了赏赐火速赶回中山国,依魏文侯的旨意,在鸡鸣时赶到太子府第。太子闻报连忙起床迎拜,接受父王的赏赐。当他打开衣箧,里面是一套颠倒着放的衣裳。太子沉思了一会儿,笑逐颜开地对仓唐说:“我明白了,君侯赏赐衣裳给我,并不是送给我御寒,而是要宣召我回去,但又不想跟别人透露,所以让您带旨意回来,叫你在鸡鸣时赶到这里,便是这个意思。”

仓唐惊诧地说道："臣子回来前，君侯并没有传达过这个旨意给我。"太子笑道："因为您在君侯面前说我近来在学诗，他这是在故意考我。你难道没听过《诗经·齐风》里有'东方未明，颠倒衣裳，颠之倒之，自公召之'吗？这不分明是在宣召我赶快回去吗？"仓唐一听，恍然大悟，原来鸡鸣送衣裳是个哑谜。

于是太子击赶忙收拾行李，一路兴高采烈地回国朝见父王。魏文侯见儿子果然明白了自己的用意，高兴极了，于是大摆筵席，为儿子接风，感慨道："远离贤士而亲近宠幸的人，不利于社稷的决策啊。"他的意思是说，将太子远封中山，而将宠幸的小儿子挚留在身边，以期废长立幼，这不是有利于国家的决策。于是魏文侯便让小儿子魏挚接替了中山国的君位，而让太子击回国当接班人。

后人就魏文侯父子这个典故做了总结：一个人想了解自己的儿子，便要看他结交的是什么样的朋友；而想要了解一位国君，便要看他派遣的使者。仓唐的一次出使，让魏文侯变为慈父，让太子击成为孝子。

太子击后来引用《卷阿》来表达对仓唐的感激之情："凤凰于飞，哕哕其羽，亦集爰止，蔼蔼王多吉士，维君子使，媚于天子。"意思是说："凤凰在天上飞翔，翅膀发出美妙的响声，往哪栖止呢，他们就像君主身边的济济贤士。凭借他的使者，才得以取悦天子。"这说的正是仓唐。

26 君子谋国，小人谋身

俗语有云：人无远虑，必有近忧。世间的事情，在动手之前，便要未雨绸缪，慎重考虑再三。古人的理念是尽人事而听天命，而对于谋事之术，古人划分为两重境界。最高的境界叫作知命，其次叫知事。所谓知命便是能预见事情存亡祸福的根源，提前知道盛衰废兴之肇端，从而防患于未然，免难于未形。能做到这样，则居乱世免遭祸害，居太平之世可总理天下。其次是知事的境界，能做到知事，便知道事情得失成败的分寸，从而立于不败之地。

而权谋之术，当然亦分正邪。君子为天下谋公，其谋正诚；小人为乡愿谋私，其谋邪诈。诚正之谋，为天下谋福利，昌隆后世；邪诈之谋，人算不如天算，最终反误卿卿性命。懂得这个大道理然后再谋事，处满而虑溢，处平而虑险，处安而虑危，处曲而虑直。凡事都要考虑到反面，如此谋事才会牢牢握住主动权。

杨子说："某件事情，如果既可以让人贫困，也可以让人富裕，通常就会损害人的德行；某件事既可以让人生存，也可以让人死亡，便会损害人的勇敢。"仆子听到这话，便反驳道："杨子的智慧没达到知命的境界，所以他才有这个疑惑，难道没听说过'知命者不惑'这句话吗？晏婴不正是这种人吗？"

杨子这句话其实道出了大多数人在利害与生死面前的做事态度，一个人在利益面前，很可能会不顾玷污自己的德行而去追求利益；而在大义面前，通常又会考虑到自己的安危而明哲保身，临场退缩。但仆子反对这个观点，说晏子就不是这样，在利益面前，他君子固穷；在生死面前，他临危不惧。这个主要是指当年崔杼弑齐庄公，出于对崔杼的恐惧，当时没有人敢上前去处理后事，唯晏子无惧，伏尸痛哭，并处理后事。

其实在这件事情上，杨子说的话对普通人来说是对的，而仆子说的是有节操的士人，也就是具有贵族精神的君子，他们不会为利益和生死而放弃自己的信念。

周瑜老想要诸葛亮的命，这个大凡熟悉《三国演义》的人都知道。他之所以想杀诸葛亮，并不是单纯的妒贤嫉能，而是他们各为其主。周瑜的杀机乃是基于吴国的利益而起，并非为他自己。但这只是小说，真实历史并不见得就如此。这里要说的赵简子，内心就阴暗得多。

赵氏乃晋国的六卿之一。所谓六卿，就是当年晋文公在建立三军时，每军设将、佐各一名，即中军将、中军佐、上军将、上军佐、下军将、下军佐，统称为六卿。这六卿是真正意义上的世袭贵族，出将入相，掌管晋国，有如今天的内阁制。六卿开始有十一氏族之多，后来彼此相互倾轧淘汰，许多氏族相继出局，最后剩下赵、魏、韩三家将晋国瓜分了。

赵简子就是那个大难不死的赵氏孤儿赵武的孙子，他执政期间，奉行法家理念，致力于改革，业绩相当不错。后来魏国的李悝变法、秦国的商鞅变法，无不受他的影响。他正是后来赵国基业的开创者。按理说，当时的形势，他只是个六卿大夫，还轮不到他称孤道寡，但他本身就是个野心家，居然认定世上只有三个人能阻碍他前进的步伐，只要将这三个人做了，那么天下就是他的，这个妄想狂多少有些离谱。那这三个令他不能安睡的人是谁呢？他们便是晋国的泽鸣与犊犨，此外还有鲁国的孔丘。

孔子大家都熟悉，不用多说。泽鸣与犊犨这两位是晋国人，说实在的，他们在历史上基本没留下多少痕迹。也许他们很有本事，火眼金睛，能看透赵简子的阴谋，但尚未有所作为便被赵简子做了。如果说这两位被赵简子视作眼中钉还可以理解，那么另一位八竿子打不着，远在鲁国的孔子被赵简子视作眼中钉就让人无法理解了。孔子一生周游列国，到处兜售自己的政治主张，却从来没人买账，这样的倒霉人物能让他如此另眼相看，甚至欲除之而后安寝，这只能说赵简子脑子多少有毛病。

赵简子打定主意后，便设局诱召泽鸣、犊犨二人入朝当官，没多久便找碴，安个罪名把他们杀了。你说这个人心里有多阴暗，简直不可理喻。赵简子清除了这两个位本地人，便着手下一步——让使者去鲁国聘请孔子过来当官。孔子一生都在为他的政治抱负奔波，主动游说诸侯多年，但一直没遇上买家。听说晋国主动聘请他，他想，机会终于来了。他当然不会拒绝，于是兴冲冲地带着他那些追随弟子从鲁国一路西行，千里迢迢奔赴晋国。

且说他们来到黄河边，正计划渡河过去。这时，泽鸣、犊犨的遭遇传到了孔子的耳朵里。只见孔子面对滔滔的黄河水，喟然长叹道："美哉水！洋洋乎！丘之不济于此，命也夫！"这浩浩洋洋的河水真是美啊，我孔丘不能摆渡过去，这真是命啊！

一旁的子路听见夫子在叹息，心中就产生了疑问：渡河不就是要找船家吗？这么简单的事，夫子怎么会望洋兴叹，说无法济渡呢？于是他急忙快步上前请教道："老师你刚才这样感叹，是为什么呢？"孔子叹道："泽鸣与犊犨是晋国的贤大夫。赵简子未得志的时候，跟他们是同一个鼻孔出气的，是所谓的志趣相投之士。一旦得志，他便找理由把他们两位杀了，然后再从政。我听说，凡是做出那些剖挖母胎、残害幼体等凶残不义勾当的，麒麟是不会到那去的；涸泽而渔的水域，蛟龙是不会到那游行的；覆巢毁卵的树荫，凤凰是不会在那翔栖的。我听说，君子对物伤其类这种事，看得非常重。"

圣人孔子当然是位知命的智者，泽鸣与犊犨的遭遇早已让他窥破了自己在赵简子手下做事会是什么样的结局，所以他便中途而返。我们通过孔子这句话，便知道泽鸣与犊犨两位原来是赵简子未上位时的好朋友，而且三观非常一致。但赵简子一上位，还没开始理政，第一件事便是清理掉这两位，外加一位天下闻名的孔子。好像他这么做就会笑傲江湖，成为东方不败，做武林盟主。其内心阴暗、狭隘固不足论，就他这个眼光，也足以贻笑千秋。

所谓狡兔死，走狗烹；飞鸟尽，良弓藏；敌国破，谋臣亡。这种卸磨杀驴的勾当，古代可谓比比皆是。如越王勾践、刘邦、朱元璋，都是代表人物，但这些人都是在自己建国后才诛杀功臣，而像赵简子那样，自己的事业还没起步，便先屠杀贤人的人，在古代很少见。

27　察见渊鱼之士

话说孔子周游到齐国，某日正与齐景公坐而论道，左右突然进来禀告道：“周朝有使臣过来，说有座王庙失火被焚。”齐景公连忙对他说：“你出去再打听下，是哪一位先王的庙宇发生火灾了。”旁边的孔子便不假思索地说：“肯定是釐王庙。”齐景公好奇地问道：“你怎么知道呢？”孔子答道：“《诗经》有云：‘皇皇上帝，其命不忒。’上天对有德之人必报以福祉，对无德之人则报以灾祸。周釐王更改了文王、武王传下来的规制，擅自兴建那么多华丽的宫室，奢侈无度，周室从此无法振作。所以上天会降灾殃到他的庙，我是凭这个知道的。”齐景公问：“那为什么上天不直接将灾殃降到他头上，而只殃及他的庙宇呢？”孔子答道：“这是上天关爱文王的缘故，如果殃及釐王本身，那文王岂不是要绝祀了？所以只殃及他的庙宇，以彰显他的过失罢了。”正说着，左右走进来汇报道：“使者说是周釐王的庙。”齐景公听罢大惊，连忙站起来向孔子礼拜道：“真是了不起呀！圣人的智慧，真是深不可测呀！”

列子说：“察见渊鱼者不祥，智料隐匿者有殃。”这话也就是说，秘密、天机窥探得太多了，又守不住嘴，透露出去，通常会惹祸。曹操食鸡肋，而杨修便知道他要退兵，结果张扬出去。曹操新账旧账一起算，以惑乱军心为由，将杨修砍了，这是世人皆知的故事。

话说当年齐桓公与管仲坐在高台上，二人秘密谋划，准备讨伐莒国。这个阴谋本是高级别的军事秘密，只有君臣俩知道。奇怪的是，这个计划还在二人腹中，便在大街小巷传开了，大家都在议论齐国要攻打莒国的事。桓公觉得很奇怪，便问管仲是不是走漏了消息。管仲便说：“这种秘密我怎么会泄漏出去呢？看来国中一定有圣人，被他窥探到了。”桓公深思了一会儿，便说：“我记起来了，昨天我们坐在台上商量大事，台下那帮干苦力的工人中，有一位举止异常，手里抓着柘木杵，仰着头盯着我们看了许久，我想肯定是他！”

于是齐桓公下令让昨天那帮工人继续出来干活，而且不能请假和找替工。没多久,有一个叫东郭垂的工人走了过来,管仲在台上一看,便说:“肯定是他。”管仲让侍从下去把他领上台,立在台阶上。管仲便问:“是先生您说我们齐国将要讨伐莒国吧?”东郭先生答道:“是的。”管仲便好奇地问:“我自己都没说过要讨伐莒国,您怎么说我要讨伐莒国呢?”东郭先生答道:“我听说君子善于谋划,而小人善于猜测,这是小人我私下猜测的。”管仲说:“我没说讨伐莒国,您又是怎么猜测到的呢?”东郭先生说:“我听说君子脸上会呈现三种颜色:如果脸上是悠然喜乐的,呈现出来的便是钟鼓之色;如果脸上是愀然清净的,呈现出来的便是丧服之色;如果脸上是勃然愤懑的,呈现出来的便是兵革之色。昨天,我看见国君坐在高台上,脸上勃然愤懑,呈现出兵革之色。而且君上在台上长吁而不沉吟,举起手臂指指点点,那一定是在说莒国了。因为我私下揣摩,众多未归附的小诸侯国中,也就只有莒国了吧。所以我断定齐国一定要伐莒。”

齐桓公果然比曹操大度,他不但没有因为对方泄露了自己的军事秘密而找理由收拾他,反而很欣赏他的才华,给他丰厚的俸禄并以礼相待。

君子有言:“耳朵之所以能听闻,是因为声音的缘故。而现在并不依赖声音,只是通过面容与手臂,不用耳朵听声便能听闻到,这个便是东郭垂了。桓公、管仲虽然善于谋划,却不能避免让圣人在无声处听见,于无形处看见,这便是东郭垂的本事了。”

三家分晋前夕,晋室已经乱成了一锅粥,当政的晋平公骄傲自大,而又不修德政。当时的太史屠余见状,感觉到晋国很快就要变天了,在会见周天子的时候,便向他汇报了这个情况。当时的周天子,其实也就是个神祇牌,只是象征性地存在罢了。自周幽王烽火戏诸侯后,周室东迁,是为东周。但东周自此日益衰颓没落,后来又分裂成东周国与西周国,就更加式微了。太史屠余朝见的正是这位让东周分裂为东周国与西周国的国君周威公。

大凡当太史的人,大抵都是通晓天文地理,所谓夜观天象,能预知国家大事的先知人物。所以彼此见面后,周威公便问太史:“当今天下,哪个国家会先亡国呢?”屠余便说:“晋国会先亡国。”晋国乃是当时的大国,经常与楚国争霸轮流坐庄的大国,怎么会是它先灭国呢。周威公觉得很疑惑,便追问缘由。屠余便说:“臣下不敢直接跟晋平公说晋要亡国,我便开始以天象讽谏他,说天降妖孽，日月星辰的运行失位了，晋国会有灾祸。但晋平公根本不信这套，说上天有什么能耐降灾于晋国？于是我又以人事讽谏他，说晋国的人心不附，事端丛生，百姓怨声载道。而晋平公根本不当回事，说，这有什么关系呢？于是我又以国际形势讽谏他，说邻国多有不服，离心离德，贤良不归附。他又说，这有什么害处呢？所以说晋平公昏庸透顶，根本就不知道国家存亡的道理。我判定晋国会先亡国。”

话说过了三年，赵、魏、韩三家分晋，偌大一个晋国被当蛋糕切了。历史上，一个国家的生死存亡，跟它强不强大是没有必然联系的，苏联不正是当年的晋国吗？一夜之间照样被切蛋糕了。所以说历史没什么新鲜事，都是在循环往复，而史的作用乃是镜子，鉴古而知今。对于个人，它是人生的老师；对于民族、国家，它是兴亡的宝鉴，所以司马光才会不辞劳苦地写《资治通鉴》。

周威公见晋国真被屠余说中了，所以在接下来的一次会晤中，他又向屠余请教：“我说太史啊，你算命水平真高，真是神算子。那下一个灭亡的国家又会是谁呢？”屠余掐指一算道：“这回轮到中山国了。”周威公便问道：“你的理由呢？”屠余答道：“上天生养了人类，是要将他跟别的动物区别开来。不同于禽兽，那才叫作人。所以人跟牛、羊、鸡、狗、麋鹿等禽兽是不一样的，人道便有君臣、父子、上下等伦理道德的确立。而中山国的男女夜以继日地厮磨依偎，亲昵淫荡，喜欢唱那些悲切煽情的靡靡之音，醉生梦死，以为快活。他们的国君不以此为恶，反而参与其中，这正是亡国之风啊。所以我说中山国会成为第二个灭亡的国家。”过了两年，中山国果然被魏文侯出兵给灭了，又应了屠余的预言。

孟子说：“生于忧患，死于安乐。”这是千古明训啊！

周威公与屠余第三次见面的时候，又提出了同样的问题，追问哪个国家会步中山国的后尘。这次屠余却欲言又止，支支吾吾地不肯说。周威公哪里肯放过他，一定要他说出来。于是屠余便说：“下一位轮到您了。”周威公听罢觉得寒冰彻骨。于是他赶快亡羊补牢，寻求国内的贤士，将锜畴、田邑等长者奉为国师；拜史理、赵巽等正直之徒为谏臣，又剔除了苛令三十九条。这些功夫做足了，然后再去请教屠余是否能幸免于难。屠余便告诉他：“您这样做，在您有生之年，国家是不会有问题的，但在您百年之后，就不好说了。我听说一个国家要兴盛的时候，上天便会降生许多贤人和敢于劝谏的正直之士；而一个国要灭亡的时候，上天又会降生作乱之徒和善于阿谀的臣子。”屠余的言下之意是，当时周室奸佞充斥朝野，并不是树立一两个贤良就能力挽狂澜的。

后来周威公死了，周室果然发生内乱，周威公的遗体就像当年的齐桓公一样，搁在一旁九个月，都无法入土为安。周室经历这次内乱后，便分为东周国与西周国，更加式微了。所以说有道之士说的话，我们不可以不重视。

春秋时代的蔡国，是一个成天遭楚国虐待的国家。蔡国最初建都于上蔡，后被楚国灭了；复国后建都于吕地，称新蔡；再后来又被楚国逼迫，被迫迁都于州来，称下蔡。可以说这是一个在大国夹缝中求生存，饱受欺凌的国家。

话说下蔡有一个叫威公的人，有一回，他把自己反锁在家里，闭门痛哭，连续哭了三天三夜，眼泪哭干了，继之以血，仍旧痛哭不止。最后这哭声搞得邻居都待不住了，都不知道他家到底发生了什么事，而门反锁了，人进不去，敲门又没人理。后来邻居实在忍不住了，便取来梯子，直接翻墙进去，看到底发生了什么事。

邻居翻墙入屋，见里面没有流血死人之类的悲剧，感到莫名其妙，便问主人：“我说老威呀，家里好端端的，你哭什么呀，连续三天三夜，我都被你吵死了。看你双眼血泪涟涟，到底有什么事啊？”威公见邻居问他，便停了下来，扯着破嗓子嘶哑地说：“我们的国家快要灭亡了。”邻居奇怪地问：“你怎么知道呢？”威公说：“我听说人病得快死的时候，找良医也不可救药；国家将要灭亡，是找不到办法挽救的；我多次劝谏君上，但我的建议都没有被采纳，所以我知道我们快要亡国了。”原来威公不是在为自家痛哭，而是在为国家痛哭。邻居听闻此话，完全相信威公，便带领全宗族的人离开了下蔡，到楚国去另谋出路了。

过了几年，楚国果然又兴兵来虐待可怜的下蔡。而让人意想不到的是，当年那个翻墙的邻居竟然成了楚国司马，带领楚军来攻打自己的祖国，真是个不折不扣的叛徒哦。不过那个时候，诸侯国林立，那是一个小国寡民的时代，很多人都不在自己的出生地发展，到处周游列国以求出路，所以那时的人乡梓情怀大抵没有那么深，我们不必给他扣帽子。

且说这位翻墙司马俘虏了许多下蔡人。说他良心给狗吃了吧，也不见得,他坐着高头大马车来回兜风,对那帮可怜的俘虏大声卖弄起乡情来:"你们当中,有我的昆弟故人吗?"他兜着圈喊着,突然眼睛一亮,人群中五花大绑的那个,不正是老邻居威公吗？于是他连忙走过去关切地问道:"我说老威呀,怎么弄到这种地步呢?"威公回答道:"我有什么理由不沦落到这种地步呢？我听说,会玩嘴皮的人,应该是实践家的差使,而实践家应该是玩嘴皮者的主人。你把我的话付诸实践,自动躲避战乱,所以今天你是主人,我是奴役,这不是天经地义的事吗?"翻墙司马连忙把当初与威公的故事汇报楚王,楚王觉得他是个人才,便替他松了绑,带回楚国委以重任。所以说,能吹的未必真能去做,能做的也未必能吹得出来。

28 韩昭侯与他的高门

在战国七雄中，韩国是阮小七——最弱的那位。在地理位置上，韩国挨着强秦，经常挨打。在苏秦、张仪两个师兄弟的合纵连横的游戏中，韩国充当游戏的骰子，基本上是被别人拿来开刀的。韩昭侯在位时，起用了申不害这位法家人物，对韩国进行了一系列的改革。那个时候的韩国，也曾扬眉吐气过一段时间，能硬着腰板向邻居说个“不”字，大家也不敢来招惹它。司马迁曾赞道：“申不害相韩，修术行道，国内以治，诸侯不来侵伐”“终申子之身，国治兵强，无侵韩者。”不过自从这对君臣过世后，便一切尘归尘、土归土，依然老实地坐在老七的位子上挨宰。

韩昭侯虽然是一位善于用人的君主，但是他有个坏毛病——是个漏罐子，就是守不住嘴，无论什么事都在腹中不隔宿，随意将那些重大的国家机密向无关人员泄露出去，以致许多决策根本无法实施。这是让那些谋臣最为头痛的事。

作为一国之君，他居然有这么大的毛病，这当然要不得。那些大臣们为此都伤透了脑筋，但又不敢直接劝谏，怕惹杀身之祸。

后来某一天，一位名叫堂谿公的臣子，总算想办法把这个无底的漏罐子给堵起来了。他对韩昭侯说：“如果这里有一个玉酒器，价值千金，但它的底是漏的，它能够盛水吗？”韩昭侯答道：“那当然不行啊。”堂谿公又问道：“那如果有一个瓦罐子，虽然不值钱，但它不会漏水，那它能盛酒吗？”韩昭侯答道：“当然可以。”

于是堂谿公趁机说道：“这就对了。瓦罐子虽然不值钱，但它是完好的，所以能用来装酒；而那个漏底的玉酒器，虽然很贵重，但因为是个漏器，因此人们不会用它来盛水，更不用说装琼浆玉液了。人也是一样的，作为一位地位至尊、举止至重的君主，如果经常泄漏君臣之间商讨的国家机密，那么他就如一个无底的玉器。如果谋臣的计谋在实施前便被泄露出去，即使他才干再高，那再好的计划也会化为泡影，从而无法施展其才干和谋略了。”韩昭侯恍然大悟，连连点头道：“你说得对！你说得对！”

自从堂陼公劝谏之后，韩昭侯痛改前非，之后每逢与大臣们一起密谋策划，对商讨的机密都守口如瓶，为了避免说漏嘴，甚至连夜里睡觉都独宿，因为怕熟睡后说梦话，将机密泄露出去而误了国家大事。

申不害出身小吏，毛遂自荐，竟做了韩国的宰相，前后经营了十五载，内事改革，外交和平。地盘虽小，但韩国一度傲视群雄，成为一等强国。申不害便自诩功劳大过天，居然也钻营起走后门的勾当来。有一次，他便向韩昭侯推荐堂兄担任某官。没想到韩昭侯不买账，申不害这下很不高兴，心想，我一手把韩国从阮小七变成了钢铁侠，让您变成了一代大老板，这点儿人情居然都不给，也太吝啬了吧。韩昭侯却说：“我从你那里学到了治国方略，现在我接受你的人情去破坏你制定的法度呢，还是遵守你的法度去拒绝你的人情呢？你曾教我赏罚要严明，用人要按章程。而你现在自己要走后门，你说我要听你哪一种意见才对呢？”申不害听后汗流浃背，连忙请罪道：“您真是我祈盼的那种明君啊。”

可见韩昭侯在治国上真有一套，是个很有原则的人，也难怪韩国在他的经营下硬气了一把。不过，他晚年做的一件事遭到了非议。

申不害去世三年后，韩昭侯开始着手兴建一座很高大的门，也许他觉得韩国做大做强了，便开始讲究门当户对，想把店铺的门面整得高大上一些，以吸引邻居的眼球，好博取更多的掌声，从而满足自己的虚荣。这时，旁边的大臣屈宜臼开始泼冷水，对韩昭侯直言道：“我说君侯哇，您选择在这个日子建高门，我断定您走不出这个门。”敢情这位屈宜臼是位风水大师，是个择日修造的高手。

韩昭侯一听，被这晦气的话吓了一大跳，连忙追问原因。屈宜臼便说：“我说的不是时候，并不是说您选择的日子不对，而是说，大凡人生在世，都有个三衰六旺，人生有高峰，有低谷，有时顺利，有时倒霉。在过去一段很长的岁月，您一直都很顺利，国家风调雨顺，国泰民安，您那时没有顺势兴建什么高门。但在前年，秦国占领了我们的宜阳，去年国内又遭大旱，民有菜色，饿殍千里，国运陷入了低谷。而您身为国君不厉行节约，体恤民困，解百姓倒悬之急,反而大兴土木,倾国库而建高门,生活比国运昌隆时还要豪华奢侈。这种逆天的做法,会应了'福无双至,祸不单行'这句话。"

但韩昭侯老糊涂了,根本听不进去,依然我行我素,想建就建。第二年,高门竣工,不幸果然应了屈宜臼的话,韩昭侯真的死了,最终没有从这高大的门楼走出来。

一国之君,为了自己的私欲,完全不顾国库空虚的事实和百姓的死活,大兴土木。他如果不死,那百姓就不用活了。

29　德不配位的霍氏暴发户

在几千年的封建帝制中，宦官与外戚专权贯彻始终，而且基本以弊害为主调。太监是阉人，心理多不正常，大多没读过多少书，所谓小人得志，弄权为祸，是可以理解的。而外戚呢，依仗自己是皇亲国戚，自然大多也无法无天。史上比较典型的有杨国忠，他凭借与杨贵妃的血缘关系，飞黄腾达，专权弄政，最终引发安史之乱，将大唐帝国搞到民不聊生。在西汉，自从吕后起，外戚专权便成了主调。后来周勃与陈平消灭了诸吕，才铲除了这个祸害。

汉武帝因宠爱卫子夫，而使卫青、霍去病等外戚便又重新登上了政治舞台。不过不同的是，这些外戚开始是正能量的，为扫除汉朝的匈奴兵患做出了巨大的贡献而名垂青史。这个家族人脉关系很复杂，先要好好梳理一下。

这个显赫的贵族，要从一个王府的女奴说起。话说当时汉武帝的胞姐平阳公主的府中有一个姓卫的女奴，叫卫媪。卫媪在府中跟另一个下人草草结了婚，生了三女一子，小的女儿就是卫子夫。后来卫媪又跟府中另一个小吏郑季暧昧上了，生下了一个男孩，即后来大名鼎鼎的卫青。卫子夫与卫青都随母姓，是异父同母的姐弟。两姐弟原先都是府里的奴仆，但自从卫子夫被汉武帝偶然看中后，地位完全不一样。而卫媪的另一个女儿，亦即卫子夫的姐姐，也在平阳公主府中跟一位小吏霍仲孺好上了，生了一个猛男，他就是霍去病。霍仲孺风流完了之后，不管什么亲生骨肉与露水夫妻情，独自潇洒地离开了王府，回河南去了，又娶妻生了个儿子，即后来权倾朝野、被史家称为不学无术的霍光。霍去病后来出征，顺路寻亲认父，顺便把霍光一起带回朝廷，霍光才飞黄腾达。

从上文可见，无论是卫家还是霍家，出身都很低微，但英雄莫问出处，卫青与霍去病在历史上的功绩，史上外戚世家无人能及。尤其是战神霍去病，封狼居胥，他那“匈奴未灭，何以为家”的英雄气概，不知道激励了多少热血男儿。

霍光虽然没读过多少书，但为人谨慎，很会做事，深受汉武帝器重。汉武帝临终前，他被指定为首席托孤大臣，视同周公，期望他能像周公辅成王一样辅助太子刘弗陵，即后来的汉昭帝。霍光不负重托，成了汉昭帝的得力重臣。汉昭帝驾崩后，霍光以淫乱无道为由将上位二十七天的刘贺废了，从民间迎立了落难的刘病已，即后来的汉宣帝。霍光废立天子，其行为与史上的伊尹如出一辙，故史上合称“伊霍”，可见其影响之大。霍光掌权期间，致力于休养生息，将被汉武帝穷兵黩武而掏空的烂摊子重新恢复过来，实现了昭宣中兴。而霍氏家族的权力，也因此达到了顶峰。霍光功高震主，却不会谦逊地抑制自己，汉宣帝表面上对他非常恭敬，但心里对他很忌惮，两人同车时，做皇帝的已经有如芒刺在背的感觉，霍氏的祸患已经在不知不觉中埋下了。

霍光本人出身低微，读书少，没有那种所谓的士人节操，大抵家风不咋的。因为他本人心术端正，行的是正道，而不至于堕入小人得志乱政的怪圈。但他的族人，就不是那么回事了。一群暴发户一旦钻入皇亲国戚的贵族圈，很少有人不会欲望膨胀，为非作歹。到霍光死时，霍氏家族的骄奢淫逸已经不是一般人所能及。所谓德不配位，必有灾殃，这是铁律。当时茂陵的徐福先生，看到霍家气焰这样嚣张，便断言道：“霍氏必亡。踞于别人之上而又骄奢淫逸，这是取死之道。孔子说：‘奢则不逊。’一个不恭无礼的人，必然会侮辱比他地位更高的人，这便是逆天行道了。这种人高出别人的头，必遭人所害。如今霍氏专权，天下将他们视为祸害的人多了去。被天下人视作祸害而又逆道而行的人，不灭亡还等待何时呢？”

徐先生于是上书汉宣帝，谏言霍氏家族奢侈糜烂，说陛下虽然厚爱他们，但也应该及时抑制一下他们的嚣张气势，让他们不至于自取灭亡。他先后连续上了几次书，才得到批示：“朕知道了。”然后便没有下文了。

所谓上帝欲其灭亡，必先让其疯狂。膨胀过度的霍氏太子党们，后来果然发展到图谋造反，落到了被灭族的下场。正所谓其兴也勃焉，其亡也忽焉；看他建高楼，看他楼塌了。君子之泽，五世而斩。霍氏之泽，还不到五世就腰斩了。

霍氏之乱平息后，便是按功行赏，那些参与平息叛乱的主要干将都大受封赏。这时有人出来为徐先生鸣不平，并讲了一个寓言：“有一位客人看见主人家炉灶的烟囱是直的,旁边又堆了许多干柴。他便对主人说:'你应该把烟囱改造成曲的,并且把柴草搬远一些,否则会有火灾隐患。'但主人听了默然不应。过了没多久,家里果然失火。主人连忙向邻居哀求救火,在乡亲们的同心协力下,火终于及时扑灭,避免了一场回禄之灾。于是主人杀鸡宰牛,大摆筵席答谢乡里,凡是那些焦头烂额、毛发不剩的坐上席,其他的便论功排座次。但对那位曾经劝他改造烟囱和搬离柴草的人,他却只字不提。假如当初主人能听客人的建议,便不会有火灾,哪里用得着破费办筵席呢?茂陵的徐福先生曾多次上书皇上,说霍氏有图谋政变之嫌,应该及早提防,杜绝隐患。假如徐先生的话能引起足够的重视,那便不用裂地赐爵封赏那些立功之人了,并且国家也安然无恙。如今事情过去了,别人都受了封赏,只有徐先生毫无功劳。希望陛下能看到徐先生的'迁柴改烟囱'策略,让他功居在那些'焦头烂额,毛发不存'的功臣之上。"汉宣帝读过奏折,也感到过意不去,便赏赐徐福十匹丝帛,封了他郎官的爵位。

其实更深层次的原因应该是汉宣帝觉得霍氏尾大不掉,故意让他"恶贯满盈",然后找理由趁机铲除这股心腹大患才对。而对徐先生的封赠,那只是迫于舆论压力罢了。在春秋时代,郑庄公收拾他的弟弟共叔段,也是故意纵容他,让他多行不义必自毙,然后一劳永逸,连根拔除,仅此而已。所谓"祸兮福所倚,福兮祸所伏",我们天天削尖脑袋,钻营如何升官发财,跻身于上层社会,让子孙们成为所谓的"贵族",那都是梦幻泡影。广积阴德,培养良好的家风,才是子孙繁茂的金钥匙啊。

30 先礼后兵的渊源

中国有个成语叫“先礼后兵”，意思是在人事交际上，先以讲礼貌的方式与对方交涉，行不通时再使用强硬的手段解决。它的起源其实不是这样的，最早可追溯到春秋时代智伯所用的一种阴谋。它是兵不厌诈，先用送礼示好的方式来迷惑对手，以期出其不意，在对方措手不及的情况下搞突然袭击的一种下作手段。

晋国被赵、魏、韩三分前夕，六卿中最强盛的是智伯。智伯是一位非常有智谋的权臣，在越王勾践称霸后，他不甘心晋国没落。当时晋国主弱臣强，权力与土地大多落在六卿手中，形成了一种军阀割据的局面，彼此各怀异心，相互掣肘，是很难集中力量干大事的。所以智伯在联合六卿南征北战的同时，还异想天开，以身作则，先主动向晋室交纳部分封地，同时要求韩、魏、赵效法自己，韩、魏被迫纳地，而赵襄子却不干。于是智伯联合韩、魏两家攻赵，晋阳一战，几乎把赵国灭了。其后，韩、魏被赵襄子用反间计策反，三家联合起来，出其不意地反将智伯灭了，然后三家瓜分了晋国。智伯可以说是一位项羽式的悲剧人物，但后世对他颇有微词，这应该是成王败寇的结果，不能全信。

话说当年智伯南征北战期间，有一年，他准备出兵去偷袭卫国。事先，他派使者给卫君送去几匹好马和一块白玉璧。卫君收到礼物后十分高兴，连忙设宴庆祝，群臣也纷纷来祝贺，因为强大的晋国居然如此看得起我这个小字辈，卫君能不受宠若惊吗？但当时卫国有一位臣子叫南文子，他却另有想法。宴席上，他一直愁眉不展，一口酒都喝不下去。卫君便觉得很奇怪，于是问他：“晋国主动与我们交好，寡人专门设宴以示庆贺，众大夫都兴高采烈，就你一个人苦着脸坐在这里长吁短叹，这是为什么呢？”

南文子便说：“无缘无故收到礼物，没有功劳而受到赏赐，这通常是祸患的开端。我们卫国之前都没有给晋国送过礼，晋国却主动派人给我们送礼示好来了。一个大国如此卑躬屈膝，这是不正常的，所以我感到非常忧虑。”所谓世有无妄之灾，亦会有无妄之福，免费的午餐吃过后，通常要加倍买单，就是这个道理。卫君一听也醒悟了，连忙下令加强边防建设，并增设重兵，严加戒备。智伯带领偷袭部队行到半途，收到这个情报，不禁失望地说："卫国真有能人，居然预先知道了我的阴谋。"于是班师回朝。这就是先礼后兵的典故。

智伯回晋国后，还是贼心不死，处心积虑，此计不行，又生一计。他让太子假装畏罪弃国出走，投奔卫国。他自己则带领大军假装去追赶，趁机杀入卫国，到时太子那边反戈一击，里应外合，以迅雷不及掩耳之势把卫国灭了。这一招看来也是很毒的，如果没有事先防范，卫国非亡不可。

卫国收到太子来投奔的消息后，南文子又发话了："太子颜这个人在晋国口碑一直不错，深受智伯宠爱，不曾听说他犯过什么大罪，怎么会无缘无故地突然弃国逃亡，投靠我们呢？这里面必有蹊跷。但人家来投奔我们，如果我们不接纳他，那也是理亏的，到时又让对方找到了借口。"南文子深思良久，想出一个稳妥的办法，他派军队到边境守株待兔，迎接对方，并且告诫负责人："如果太子的兵车超过五辆，那就要慎重了，千万不要让他长驱直入。"智伯听到这个消息，长叹一声，只好又打消了偷袭卫国的念头。

古人说：祸患常积于忽微，而智勇多困于所溺。南文子以其超凡的智慧，对智伯的企图洞若观火。在日常生活中，那些以送礼为手段设局请君入瓮的故事，多得不可胜数。这个先礼后兵，并不是先软后硬，而是用"好处"来麻痹、捆绑你，从而让你束手就擒，用"兵"将你置于死地。这是一种很缺德的下作行为，为正人君子所不耻。

31 不攀高枝的郑昭公

俗语有言:大树之下好乘凉。一般来说,无论是个人还是企业,都想找个靠山。除非自己本来就是老大哥,老子就是靠山。所以在历史上,尤其是春秋那个时代,国际联婚,通常是找靠山抱团取暖的最好方式,所以诸侯间通婚是一种常态。但其中有一位非常另类的国君,那就是郑昭公,未登位时叫太子忽。

说到郑昭公,必须先说下他爹,了解一下他的家庭背景才好说话。郑昭公的父亲,便是春秋时代著名的枭雄郑庄公。郑庄公最为后人诟病的就是他对自己的胞弟共叔段的处理方式。郑庄公的母亲武姜非常讨厌他,处处护着他弟弟共叔段,两母子成天想着将郑庄公除掉,让共叔段上位。郑庄公明知自己的弟弟有造反倾向,仍不及时制止,而是装孙子让对方欲望膨胀,直到对方起来搞事,然后一把抓住对方把对方杀了。对于那位偏心的母亲,郑庄公也是满肚子怨气,将她迁到了城颍这个地方,并放出狠话,说母子不及黄泉不相见。过了一年,郑庄公后悔了,觉得自己的做法很不孝,但作为国君,一言既出,驷马难追,不好食言。于是他在大臣的建议下,掘地见母,打了一口出泉的大深井,母子在井底重聚,这便叫黄泉见母,然后再把母亲迎回宫里。

郑国在历史上是个小国,但在郑庄公的经营下,也曾辉煌一时。那个时候齐桓公这样的大鳄还未登上历史舞台,而郑庄公这类小鳄也曾风光一时,称作春秋小霸。

正因为如此,读者便会明白齐国那么大,为什么齐僖公还两次主动要求将女儿嫁给郑太子忽。话说当时齐、郑两国的关系非常好,郑庄公又是一代枭雄,齐僖公便想将女儿文姜嫁给郑太子忽。太子忽却拒绝了,别人问他为什么,他说:“每人都有各自合适的配偶,齐国那么大,我郑国那么小,并非门当户对,所以她不适合做我的妻子。岂不闻《诗经》有云:‘自求多福。’所以我的一切都靠我自己的双手奋斗得来,而不想依赖别人。”

从太子忽的话来看，他应该是一位极有个性的大男子主义祖师爷。所谓人往高处走，水向低处流，他的做法一般人是无法认同的。更值得一提的是，齐僖公这个女儿文姜，与她的姐姐宣姜，在春秋时代是让男人一见即为之倾倒的绝色美人。文姜不仅貌美，还才华出众，又是大国的公主，这种满身光环的美人，能让鲁男子都为她折断腰骨，而太子忽居然不屑一顾，这就让人费解了。

话说郑庄公三十八年（公元前706年），北戎攻打齐国，齐国连忙向郑国求救，郑庄公于是派太子忽出师前去救援。太子忽大败北戎，俘虏了北戎的两位主帅，连同敌军首级三百颗，一起献给齐国。齐僖公大喜，又旧事重提，要将女儿嫁给他。太子忽还是坚决辞谢，说："我们是小国，不配跟齐国攀亲。"当时身边的大臣祭仲便劝他答应这门亲事，并说明厉害，因为郑庄公有很多宠爱的姬妾，儿子不少，当时包括太子忽在内，有三位公子都有机会上位接班。如果太子没有大国的援助做后台，可能君位会落入兄弟之手。但是太子忽并没有听从这个意见，说，我当初没有为齐国做事的时候，尚且不敢娶齐君的女儿。现在奉国君之命到齐国解救危急，反而娶了妻子回国，这岂不是利用战争求婚吗？那天下人将会如何议论我呢？太子忽固然清高，但姜还是老的辣，后来众公子争抢君位，果然被祭仲说中了。

郑庄公去世后，祭仲拥立太子忽为国君，是为郑昭公。他的弟弟公子突不干了，他外公是宋国的望族，深得宋庄公的宠信。宋庄公听闻祭仲拥立太子忽为国君，便设局诱骗祭仲来宋国，然后拘禁他，并威胁他改拥公子突为国君，否则便要取他性命。祭仲为了活命，便妥协了，与宋国订立盟约，带公子突回郑国，准备拥戴他为国君。郑昭公听闻这个消息，便出逃到卫国去了。于是祭仲拥戴公子突上位，是为郑厉公。后来祭仲功高震主，擅权专政，引起了郑厉公的猜忌。郑厉公想暗中除掉祭仲，于是串通祭仲的女婿雍纠，让他去捕杀他的岳父祭仲。枕头风一吹，他老婆便知道老公要杀害自己的亲爹，于是向父亲报告。祭仲先下手为强，把女婿杀了，并在大街上陈尸示众。郑厉公见势不妙，弃君位出逃至边境躲了起来。于是，祭仲重新迎回郑昭公。

话说郑昭公还是太子时，郑庄公要提拔大臣高渠弥，但太子忽非常讨厌这家伙，便极力阻拦。可郑庄公并不听儿子的意见，高渠弥最终还是上位了。

郑昭公继位后，高渠弥担心他会计前嫌而杀害自己，于是在一次君臣的围猎中，趁机把郑昭公当猎物射杀了。

反观郑昭公的拒婚行为，他靠自己打拼，不依赖别人，这是男人本色。如果他有齐国那门婚姻做靠山，就算宋庄公有天大的豹子胆，他也未必敢从中插上一腿。如果这样，便没有了后来一波三折的走马换国君的事了。

但话说回来，从后来文姜的故事看，太子忽拒绝这门婚事，也未尝不对。这话怎么说呢？因为文姜虽然沉鱼落雁，但生性淫荡，很没妇道。她出嫁前便与自己同父异母的大哥齐襄公乱伦。后来她嫁给了鲁桓公，生了一个儿子。话说有一年，文姜跟随鲁桓公一起来到齐国。文姜居然旧情未断，再次背着自己的丈夫与齐襄公风流快活。如果说婚前那些行为尚可原谅，后来的行为就太过分了，而且还是乱伦。鲁桓公发现之后，很是恼火，便怒责文姜。文姜不但不悔改，还将鲁桓公的话直接告诉了齐襄公。这两兄妹都是厚颜无耻的货色，齐襄公不但不内疚反省，反而心生怨恨，假意宴请鲁桓公，将他灌醉后，指使公子彭生将他抱上车，用暴力折断了鲁桓公的肋骨，并活活打死了事。可怜的鲁桓公，堂堂大国之君，绿帽还扣在头上，便醉醺醺的成了他乡之鬼。鲁国这边当然不服，但又无可奈何，只能要求齐襄公杀了公子彭生谢罪了事，而对真凶齐襄公却无可奈何。

文姜害死了自己的夫君，一度不敢回国，后来回到鲁国禚地，还是常常与齐襄公相会。这对为世人所不齿的兄妹乱伦戏码上演了很久，一直到齐襄公被公孙无知杀死为止。文姜是红颜祸水，《诗经》中关于她的作品还真不少。从中也可知她的确是一位绝色佳人，可惜外秀而不慧中。

32　手足情深可格天

司马迁修《史记》,在篇幅的安排上煞费苦心。华夏文明是从炎黄开始的,所以本纪类以《五帝本纪》排第一,这是理所当然的。但世家与列传就很微妙了。世家类,《吴太伯世家》排第一;列传类,《伯夷列传》排第一。这就很微妙了,可以说,这里完全融入了司马迁的三观。要知道,吴太伯的吴国与伯夷的孤竹国,在历史上都属于蛮荒之地。蛮荒之国的传记,却排在华夏史传的第一位,你不觉得奇怪吗?读史的人大多不会深入思考这个问题,如果你用心去深究,便明白司马迁的良苦用心了。为什么呢?因为他们都是推位让国的典范。司马迁在《伯夷列传》开篇便说:"尧将逊位,让于虞舜,舜禹之间,岳牧咸荐,乃试之于位……孔子序列古之仁圣贤人,如吴太伯、伯夷之伦详矣。"将吴太伯、伯夷、叔齐与尧舜相提并论,这就是这两篇排第一位的原因了。

伯夷、叔齐是商朝末年孤竹国的两位王子。孤竹君遗命要立次子叔齐为君。孤竹君死后,叔齐便要让位给大哥伯夷,而伯夷认为这是逆父命,于是出逃。叔齐认为做弟弟的不应该抢夺大哥的位置,要遵天伦,不愿乱了法度,于是也跟着伯夷一起奔国出逃。他们听说周文王善养老,便前去投靠。可是不巧,周文王恰好去世了,半路撞上正兴师伐纣的周武王。于是二人扣马谏阻,说父死不孝葬,臣子以下犯上伐国君,是为不仁。

武王灭商后,他们耻食周粟,采薇而食,双双饿死于首阳山。伯夷、叔齐不降其志,不辱其身,儒家的仁、义、礼、智、信、恕、忠、孝、悌等精神,都在他们身上得到了完美的体现,被孔子推崇为贤士的楷模,也就是今天所谓的士人贵族精神的典范。古代称颂他们的诗文汗牛充栋,虽然近代鲁迅在他的《故事新篇》中将他们两兄弟进行讽刺,萤火之光终究敌不过日月之明。

另一个是吴太伯的故事。吴太伯是周文王的伯父。周朝的始祖从后稷开始,传到了文王爷爷周太王古公亶父的时候,太王生有三子,即太伯、仲雍和季历。其中小儿子季历生了姬昌,即后来的周文王。太王眼光独到,认为姬昌这个孙子是块好料,将来会大兴周室,便要将王位传给小儿子季历,以便将来姬昌能接上位。这三兄弟的感情是真的好,太伯与仲雍听父亲这么一说,便离开了西岐,跑到了荆蛮之地,断发文身,示不可用。按当时的道德标准,剪了头发,文了身体,就是野人,不可能再登大雅之堂,自毁做国君的资格了。他们之间的推位让国,是这样高风亮节。

他们兄弟能做到这个份上,与其家教是分不开的。周朝能成为历史上寿命最长的王朝,与家族的女人息息相关。周朝诞生了三位伟大的母亲,分别是太姜、太任、太姒,合称“三太”。这三位是开国先王的夫人,她们母仪天下,贤德无比,辅佐和教化了几代圣王,不仅成就了周朝八百年基业,还为华夏民族培养了几位名垂千古的圣人——周文王、周武王、周公。其中太姜是周太王的正妃、季历的母亲,太妊是季历的正妃、周文王的母亲,太姒是周文王的夫人、周武王和周公旦的母亲。所以现在人称自己的妻子为太太,源头就在此,寄托着对内子美好的祈愿。

吴太伯的故事并没有结束,当他的后代延续到第十九世的时候,便传到了吴王寿梦这里,这时吴国正式开始壮大了,从此称王。犹如历史轮回,到了这里,又发生了一起推位让国的故事,并诞生了一位圣贤季札。话说吴王寿梦有四子,长子诸樊,次子余祭,三子余昧,四子季札。其中小儿子季札,在历史上是位大圣贤,他是孔子极为敬仰的一位老师,史上有“南季北孔”之称,是南方儒学的第一位大师,有“南方第一圣人”之誉。因为封地在延陵,世称延陵季子。

正因为季札如此贤德,所以寿梦也想立他为接班人,但季札辞而不受。吴王寿梦死后,大哥诸樊提出让位给季札,但季札始终不答应,跑回封地耕田去了。诸樊没办法,便和其他两兄弟商量:“季札贤德,如果他能登上国君之位,那么我们吴国将来肯定会兴盛。”于是兄弟三人立下规矩,从大哥开始,君位传弟不传子,务必要将王位传给季札。三兄弟甚至连吃饭时都祈祷:“上苍啊,让我快些死了吧,好将国君之位传给季子。”这让那些为了几分利益而手足相残、反目成仇的芸芸众生情何以堪哪?

他们三兄弟就这样，一位接一位地将君位相继传承下来。到了三哥余眛死去的时候，这时应该轮到季札了。季札还是不干，他逃跑了。这时众臣便商量道："本来王位由兄传弟，一路下来轮到季札了，既然他不愿意上位。那就改为父传子，让余眛的儿子继承王位吧。"于是便立了余眛的儿子州于为王，是为吴王僚。

季札这几位兄弟高风亮节，他们的下一代就不是这样了。吴王诸樊的儿子公子光便说："按我父王的遗命，这国君之位是传给季札的，他既然不继承，按继嗣的法则，应该轮到我了，怎么会是州于呢？"于是公子光结识了从楚国来投靠的伍子胥，伍子胥推荐了屠户专诸给他。专诸为了刺杀吴王僚，先学烹饪扮厨师，由公子光请吴王僚来府上宴饮，专诸将剑藏在烹饪好的鱼腹之中，在上菜时将吴王僚刺杀于席上。这便是史上有名的专诸刺吴王僚。

公子光刺杀了吴王僚后，虚情假意地请季札上位，季札便说："你杀了我的国君，而我接受了你的国家，那岂不是我跟你一起篡位吗？你杀了我兄弟的儿子，我又得杀你抵罪，这样兄弟父子相残何时了呢？"季札于是弃吴跑回自己的封地——延陵，从此不再踏入吴国一步。季札这位正人君子，以不杀为仁，以不取国为义，不将国家据为己有，捐弃千乘之国而毫无悔意，抛弃九五尊位而了无怨怼，真可谓一代大贤。

季札是位圣贤，还是一位音乐天才。在他二哥余祭执政期间，季札作为外交大臣出使诸侯列国。他第一站来到了鲁国，这是周公的地盘，华夏文明、礼仪之邦的大本营。季札于是提出要观赏周朝的礼乐，鲁君便安排乐队为季札做了一场隆重的演出。

乐师首演《国风》，开始是《周南》和《召南》。季札听后感叹道："美哉！教化开始奠基了，但尚未完善，然而百姓辛劳而无怨。"

当听到《邶风》《鄘风》和《卫风》时，季札感叹道："美哉！此音是多么的深沉哪！虽有忧思，却不为所困。我听说卫国的康叔、武公的德行正是如此，这曲应该是《卫风》吧！"

乐师继续为他演奏《王风》。季札听后又说道："美哉！此曲忧思而无惧，这应该是周室东迁之后的音乐吧！"

当乐师演奏《郑风》时，季札这一回不说“美哉”了，他皱着眉头说道：“此曲细腻烦琐得过分了，老百姓如何忍受得了呢？这国家大概会先亡吧。”

当乐师演奏《齐风》时，季札又感叹道：“美哉！宏大而深远，这是大国的乐曲吧！可以成为东海诸国的表率啊，这大概就是姜太公的国家吧。其国运真是不可限量啊！”

当乐师演奏《南风》时，季札又说：“美哉！此曲博大坦荡，欢乐却不放纵，大概是周公东征时的乐曲吧！”

当乐师演奏《秦风》时，季札评论道：“此曲乃是华夏的正声。能作正声自然宏大，宏大到了极致，应该是周室故地的音乐吧！”

当乐师演奏《魏风》时，季札叹道：“美哉！其音飘逸浮动，粗犷而又婉转，变化曲折却又易于流转，加上德行的辅助，就可以成为贤明的君主了。”

当乐师演奏《唐风》时，季札叹道：“此曲思虑深远，大概有陶唐氏的遗风吧！否则忧思怎会那么深远呢？若非美好德行者的后代，谁又能到达如此境界呢？”

乐师接着演奏《陈风》，季札便道：“此曲的国家无主，难道还能够长久吗？”乐师继续演奏，从《郐风》以下的音乐，季札就缄口不做评论，应该是不屑于致辞了。

《国风》之后，乐师为季札演奏《小雅》。季札说道：“美哉！其音有忧思而无二心，有幽怨而不言说，这大概是周朝德政衰微时代的音乐吧，但还是有先王的遗民在啊！”

当乐师演奏《大雅》时，季札又评价道：“意境好广阔啊！熙熙然，其状婉转而其本质正直，那不正是文王的德政吗？”

当乐师演奏《颂》时，季札感叹道：“这个真是好到极点了！其音正直而不傲慢，委曲而不迟钝，亲近而不逼迫，悠远而不离弃，流动而不淫逸，重复而不厌倦，哀伤而不忧愁，欢乐而不荒废，利用而不匮乏，宽广而不张扬，施予而不耗损，收取而不贪婪，安守而不停滞，流行而不泛滥。五声和谐，八音协调；节拍有法度，操守先后有序。这正是盛德大行者所共有的品格啊！”

季札听完音乐，又观看舞蹈。他欣赏完《象箾》和《南籥》两种乐舞后说道:“美哉！但美中尚有不足!”看到《大武》之舞时,他又说:“美哉！周朝兴盛之时不正是如此吗?”看到《韶护》之舞时,他叹道:“圣人伟大若此,尚且心怀惭疚之德,圣人也真不容易呀!”当看到《大夏》之舞时,他叹道:“美哉！勤政而不居功自处。除了大禹,还有谁能编出这样的乐舞呢!”当看《陬箫》之舞时,他叹道:“德行达到顶峰了！其伟大就如上天无所不覆盖,大地无所不容纳一样！即使有再广大的德行,恐怕也超不过这个。此为观止,如果还有别的乐舞,我也不敢再看了!”

季札在鲁国访问完毕,第二站便是旁边的齐国。他观察了齐国的形势便劝晏子:“你快些辞职,并交出你的封邑。只有抛弃这两样东西,你才能幸免于难。齐国将会有政变,在此期间国家的祸乱蜂起,短时间是不会平息的。”于是晏子通过陈桓子交出了封邑与官职,在后来栾、高二氏相残的祸难中得以幸免于难。

季札离开齐国后,便出使郑国,他与子产一见如故。他对子产说:“郑国掌权者奢侈无度,大难临头,未来的政权必定落在你身上。你执政务必要以礼治国,否则郑国将衰败。”

季札离开郑国后,又到了卫国。他非常欣赏蘧瑗、史狗、史遒、公子荆、公叔发、公子朝几位士大夫,感叹道:“卫国君子很多,国家不会有事的。”

于是季札便离开卫国到晋国去,途中准备在孙林父的封地戚城歇宿。当时正值卫献公大丧期间,他却突然听到钟鼓作乐之声,他于是叹道:“怪哉！我听说有才无德,祸必加身。孙文子正是因为这个得罪了国君,他这个时候如履薄冰唯恐不够,还可以这样行乐吗？孙文子就如飞燕筑巢于帷幕之上一样危险。国君尚且停殡未葬,做臣子的可以如此放纵行乐吗?”季札说罢便离开了。这话传到孙文子耳朵里,他一辈子都不敢再听音乐了。

且说季札来到晋国,观察晋国的政治形势后,对赵文子、韩宣子和魏献子说道:“晋国未来的政权,就是你们三家的。”临去之时,他对叔向说道:“你要好自为之,晋国国君放纵无度,有本事的大臣又多,当大夫的都很富足,将来政权必落于韩、赵、魏三家之手。你为人刚直,一定要考虑如何幸免于祸患。”

季札出使之初,北行时顺路拜访徐国国君。当时徐国国君看中了季札身上的那把宝剑，但又不敢说出来。季札其实心知肚明，但因为他还要到中原各国去出使，所以没将宝剑献给徐国国君。他出使列国之后，回来时又经过徐国，但这时徐国国君已经过世了，季札解下腰间的宝剑，把宝剑挂在徐国国君坟墓边的树梢上才离开。随从便问他："徐国国君都已经死了，您那把宝剑还送给谁呀？"季札说："你说得不对，当初我心里已经答应他了，怎能因为他死了就违背我自己的心愿呢？"从中可见季札为人是何等的精诚不欺。

季札博学多才，品格高尚，心怀仁爱，实为一代圣贤。他的音乐才华及洞察幽微的预见能力，实在让后人叹为观止。

33 圣贤的至公无私

中国有句谚语:可怜天下父母心。所谓舐犊情深,乃人之常情。尤其我们这几代人,童年时普遍艰难,总觉得再也不能让自己的孩子过上自己小时候的那种生活。加上孩子多为独生子女,我们更是把他们当小太阳、小皇帝捧着,恨不得通过自己的努力,创造大量的财富,使孩子登上所谓的“贵族阶层”,让他们能在金字塔顶躺着,无忧无虑地享一辈子福,这才不愧为人父母。“再苦也不能苦了孩子”“绝不能让孩子输在起跑线上”“一切为了孩子”是这个时代很多父母都有的观念,于是便有了种种攀比和挤兑。这还算好的,有的父母甚至利用职务之便,铤而走险,作奸犯科,通过贪污受贿等手段敛财,甚至将子女和财产一起转移国外。其中有侥幸成功的,也有东窗事发而锒铛入狱的。各种嘴脸,应有尽有。

父母之爱子,则为之计深远,自古以来,父母对子女的爱是没有变化的。当初赵太后执政,强秦攻赵,赵太后求救于齐,齐国答应出兵的条件是长安君入齐做人质。赵太后绝不同意,甚至扬言:谁说让长安君做人质,我就当面向谁吐口水。

左师触龙巧妙设计,以赵太后为自己小儿子走后门谋职位为引子,列举了历代被封侯的国君,其子孙都无法将封爵一代一代地延续下去,原因是子孙享受了优厚的俸禄而没有为国家做出相应的贡献,以致俸禄被剥夺、收回,从而指出赵太后如果真爱自己的子孙,便要让长安君出使齐国做人质,让他为自己的国家立功,积聚资本,才能保证长久享有爵禄,否则将来是站不住脚的。赵太后最后明白了这个道理,让长安君出使齐国当了人质。

这些都是庸人为自己的子孙谋福利、做长远打算的权谋伎俩。而圣人为子孙是如何打算的呢?那就大不一样了。

孙叔敖是楚国的令尹,是中国历史上著名的清廉、贤能的宰相。他死时,一贫如洗，家徒四壁，连棺木都买不起。他死后，其儿子一度只能穿粗布破衣，靠打柴度日。他临终前，一再告诫儿子："楚王多次要赐我封邑，但我每次都推辞。我死之后，楚王肯定会加封你，你一定不要接受那些膏腴之地。在楚、越两国之间，有一块山坡叫寝之丘，这块地多是坟场，极为贫瘠，名字又难听。楚国人怕鬼，而越国人迷信祭祀鬼神。如果你拥有这块土地，世上没有人会跟你争，你便可以世世代代拥有它。"孙叔敖死后，楚王果然要将那些肥美的土地封赠给他儿子。孙叔敖的儿子依从父亲的遗嘱，谢绝了楚王的优厚封赠，而请楚王把寝之丘这块荒凉的"鬼地方"封给他，所以他的后人传了很多代，一直拥有这块封地。孙叔敖除了大公无私，他的智慧也与众不同：他不跟世人争抢那些所谓好的东西，而世人都唾弃不顾的，偏偏是他所喜好的。这就是有道之士与普通人的差异。

周朝取代商纣立国后，便进行诸侯分封。其中周公的土地在鲁国，太公的封地在齐国，两者毗邻。皇位传到了鲁穆公的时候，有一天，辛栎拜见鲁穆公，提出了对这两位开山鼻祖的见解，说周公不如太公贤德。鲁穆公见他说自己的祖宗不如人，当然不服气，便问道："你这话有什么根据呢？"辛栎便说："周公选择曲阜作为封地，而太公选择营丘作为封地。若说曲阜的土地没有营丘的土地肥美，而人口也没有营丘多。这还不算，营丘有天险可守，曲阜却没有。"鲁穆公听后心里感到很失落，满面羞惭，无言以对。

辛栎说罢快步走了出去，南宫边子随后便进来了。鲁穆公这时心里还是很不高兴，便把辛栎说的话说了出来，大概是希望他能安慰一下自己。南宫边子听完便说："当初周成王准备迁都成周（洛阳）时，他对占卜者陈述心愿：'我一个人拥有天下，取舍百姓，怎么可以不在国家的中央呢？假如我有罪，那时四方都可以兴兵来攻伐我，那是很容易的事。'周公卜居曲阜作为封地时，他对占卜者陈述心愿道：'选取泰山南面的曲阜作封邑，若子孙贤德则繁荣昌盛，如果子孙不肖，便让他们迅速灭亡。'当年季孙行父也告诫他的儿子：'我要选择在周社、亳社之间，朝廷处理政务的地方作为居室，让子孙们在天子的眼皮底下居住，假如他们不称职，就让他们尽快被取代掉。'这也是说：'子孙贤德则繁荣昌盛，不肖，就让他们迅速灭亡。'这是圣人的情怀。怎么可以因为选择的封地不佳或没有天险而得出周公比不上太公贤德的推论呢?辛栎所说的都是小人之言,君上你就别再提他了。”

尧、舜的禅让制度传贤不传子,周公选取贫瘠非战之地作为封邑,孙叔敖和季孙行父择地而居,他们都有一个共同的心愿:不希望自己的子孙成为尸位素餐、误国误民误自身的社会蛀虫!这是圣贤的情怀,心地光明,等同日月,永垂不朽。

34 自私的公叔痤与至公的虞丘子

东周是一个很奇葩的时代,一方面礼崩乐坏,人心不古,君不君、臣不臣、父不父、子不子,民不聊生,战乱不断;另一方面,国家昏乱有忠臣,人才如雨后春笋,思想如百花齐放,各家各派的学说层出不穷,是一个精神极为丰富的时代。一句话,什么样的人物在这个时代都能找到。

人们常说,人不为己,天诛地灭。大抵是说,一个人活在世上,为自己谋取利益是天经地义、无可厚非的事。对于凡夫俗子来说,事实也的确如此。但如果一个人利己过了头,到了极致,那便成了面目可憎的小人了。假如你能做到毫不利己,专门利人,那你就是非圣即贤的大菩萨了。走极端的人物虽然不多见,但还是有。譬如魏国的公叔痤与楚国的虞丘子两位宰相,便是很有代表性的人物。

我们先说公叔痤,说他利己,并不是说他专门损公肥私牟利,而是说他恋栈和嫉贤,说白了就是私心重。魏国的宰相田文死后,公叔痤接任上位,还娶了魏国公主为妻,成了国戚。而在当时,名闻天下的军事家吴起也在魏国任职,担任西河郡守,吴起威望很高,曾率魏军攻伐强秦,夺取了五座城池,将西河治理得如同铁桶一般,让秦军都不敢探头向东偷望。这样一个国之栋梁却活活被公叔痤给卸了。

身为宰相的公叔痤对吴起非常畏惧,吴起的威望与才干让他寝食不安,他常常担心一觉醒来便被他取而代之。他的仆人这时便向他献计道:"吴起这个人其实很容易支走。"公叔痤便问:"你有什么高招?"仆人说:"吴起为人有节操,廉洁而又看重名声。您可以利用这个做文章,先对魏武侯说:'吴起贤明志大,我们魏国小,又和强大的秦国接壤,恐怕魏国这摊浅水未必能养得住他这条大鱼。'魏武侯肯定会问:'那如何是好呢?'你就乘机向魏武侯建议将一位公主许配给吴起,他如果愿意长留魏国,必然会接受,否则便会推辞。您唆使魏武侯用这个来试探吴起的想法。然后您再将吴起请到府上,故意让您的公主、夫人当着吴起的面扮泼妇,百般羞辱轻谩您。吴起看见魏武侯家的公主是这种德行,一定会认为如果娶了公主便会有像您一样的遭遇。以他的个性,他肯定会推辞这桩婚事。这样,魏武侯便会猜疑他了。"公叔痤一听连称妙计,便依计而行,结果吴起与魏武侯两个都中了圈套,吴起拒绝了婚事,魏武侯也起了疑心。吴起因害怕魏武侯给他穿小鞋,便出逃投奔楚国去了。从此,公叔痤稳坐钓鱼台,在魏相这个宝座上一直坐到死。

你说公叔痤妒贤嫉能不肯推荐人才吧,也不完全是。在他行将就木的时候,他自知阎王已把请帖发到了府上,宰相的宝座无人抢也无法再坐下去了,这时候他开始推荐人才。商鞅那个时候在他手下担任中庶子,中庶子也就是宰相的侍从。当时,魏惠王亲自到府上问疾,关切地问他:"宰相您如有不测,江山社稷将委托谁呢?"公叔痤便答道:"我的中庶子公孙鞅,年纪虽轻,但才华出众,能胜任宰相之职,希望大王你将国事委任于他。"魏惠王听后默不作声,你叫他将国政交给一个名不见经传、乳臭未干的侍从,他如何肯听?魏惠王慰问完便要走人,公叔痤这时又出惊人之语,屏退左右对魏惠王说:"大王如果不肯用他,那便杀了他,不要让他离开魏国。"魏惠王苦笑一下,点点头便出来了,然后感慨地对身边的大臣说:"公叔痤这个老糊涂,你们说这难道不可悲吗?他一向贤能,却竟然让我将宰相委任于公孙鞅这个臭小子,难道不是很荒谬吗?"

魏惠王走后,公叔痤又将商鞅叫到榻前,对他说:"今天大王向我咨询宰相的人选,我便推荐了你。看样子他不会起用你,我站在臣子尽忠的立场上劝大王,如果不起用你,便把你杀掉,大王应该同意我的意见。但作为私交,我得劝你赶快逃跑,免遭横祸。"这个欺世盗名的家伙,至死都不忘记玩心计。商鞅听罢摇头说:"既然魏惠王不听从您的话任用我,那就根本没把我当回事,怎么又会无端听从您的话来杀我呢?"所以商鞅始终没有逃跑,而是等到料理完公叔痤的丧事后,听闻秦孝公求贤,才从容不迫地离开魏国到秦国去了。

公叔痤完全是出于心机去做事的:对自己有威胁的贤能,想办法铲除他。他明知商鞅有大才,却从来不向魏惠王推荐。临终时,国君上门亲自过问,他才肯推荐商鞅。他这个人可以说自私到极致了。

我们再看一位大公无私的宰相。楚庄王在令尹虞丘子的辅助下,经过十多年的打拼,终于让楚国强大起来,楚庄王也坐上了霸主的宝座。有一天,虞丘子向楚庄王提出要让贤辞职:“我听说一个人如果秉公执法,便可以收获荣耀;如果他能力有限,德行浅薄,便不要苛求高官尊位;如果称不上仁德智慧,便不要追求显达殊荣;才能无法不胜任时,便不要尸位素餐。我做了十年楚国令尹,国家的治理并无进步,百姓官司不断,有才能而在野的贤人得不到提拔,奢侈淫祸又得不到控制。我长期占着令尹这个尊位,却把许多贤人的仕途都堵塞了,我简直贪得无厌啊,我应该受到天理惩治。我私下在民间物色到一位叫孙叔敖的俊才,此人外表虽然羸弱,但才华出众,性情淡泊寡欲。如果大王能提拔他,委以国政,那么楚国必将大治,百姓望风归附。”

其实虞丘子也是一位很有作为的令尹,他的自我评价太过谦虚,并非如他自己说的那样不堪。于是楚庄王便说:“这么多年来,承蒙令尹您辅助寡人,寡人才有机会超越中原诸国,法令一直行使到边远的地方,从而称霸诸侯,这不都是依赖您吗?”虞丘子道:“长久占着俸禄、官位,这是贪婪;不引荐贤能之士,这是欺骗;不以位让贤,这是不廉洁。这三样都做不好,那就是不忠了。作为臣子,不忠于国,君王又以什么为忠呢?我请求君王一定辞掉令尹之职。”

楚庄王见他说得如此诚恳,便听从了虞丘子的请求,封赠了他三百亩土地,并尊其为“国老”,同时提拔孙叔敖为新令尹。孙叔敖为相,果然不负众望,楚国在他的治理下,更加强大了。孙叔敖执政没多久,虞丘子的家人不巧犯了法,孙叔敖便把他抓起来,量刑定罪杀了,半点儿情面都不讲。对一手提携自己的恩人,如此“恩将仇报”,不是一般人所能理解的。虞丘子却不同,他听闻这件事,不但不怨恨孙叔敖,反而感到非常欣慰,直接入朝向楚庄王祝贺道:“我当初便说孙叔敖的才能足以把持国政,他奉行国法而不结党营私,施行刑戮而不枉法徇情,这真是公平啊。”楚庄王谢道:“这完全是仰仗您老所赐呀!”

当年子贡向孔子请教:世上谁配得上贤臣的称谓,孔子说齐国的鲍叔牙与郑国的子皮这两位配得上这个称号。子贡便感到非常奇怪,说,怎么不是管仲与子产呢?因为在历史上,管仲与子产这两位大贤相,声名赫赫,永垂青史。孔子的理由是:管仲是鲍叔牙推荐的,子产是子皮推荐的。但管仲和子产却再没有向国家推荐过什么出色的人才。孔子的理念是,伯乐比千里马重要得多。从能力的层面上说,孙叔敖的才能,无疑远在虞丘子之上。依照孔夫子的标准,作为伯乐的虞丘子,应该比孙叔敖更配得上贤臣的称号。更难能可贵的是,他不是单纯地向国家推荐人才,而是推荐人才直接把自己替换掉。这比鲍叔牙与子皮还要高风亮节得多。

35 楚国双胥话存亡

楚平王时代，太子建有两位老师，太师是伍奢，少师是费无极。费无极不被太子看好，心存妒忌。后来楚秦联姻，楚平王为太子建娉娶秦哀公长妹孟嬴为夫人。孟嬴是位大美人，满肚子坏水的费无极便唆使好色的楚平王娶自己的儿媳妇，又因害怕将来会遭太子报复，便进谗言害太子健，同时诬告伍奢与太子建图谋不轨。于是楚平王便要杀伍奢父子，其中大儿子伍尚跟伍奢一起被冤杀，而小儿子伍子胥出逃，辗转一夜白了头，过昭关逃入吴国。后来伍子胥在吴国成功向公子光推荐专诸刺杀吴王僚上位，是为吴王阖闾。

吴王阖闾即位后，为了报答伍子胥的大恩，便要兴兵伐楚为他报仇。伍子胥这时却进谏道："这样出师是无名的，历来诸侯不会为匹夫兴师报仇，而且作为臣子，侍奉国君就如侍奉父亲一样。如果我以这个理由兴师伐楚报父兄之仇，那就有失君臣的大义了，我不能这样做。"

后来吴楚边境发生了农桑纠纷，吴国终于找到了出兵的理由，于是由伍子胥、孙武率领吴军，大举进攻楚国，一直攻陷楚国的心脏郢都。此时楚平王已死，他儿子楚昭王被迫出逃，几至灭国。而伍子胥找到了平王墓，掘墓鞭尸，以报父兄之仇。

申包胥与伍子胥原是好友，同在楚国做事。当年伍子胥出逃时，他曾向申包胥告辞，说："三年之后，如果我不把楚国灭了，我就不再来见你。"作为朋友，申包胥也理解朋友的父兄之仇不共戴天；作为楚国的子民，他有自己的立场，他说："那你好好努力吧！虽然你我是好朋友，但我无法帮助你攻伐自己的祖国。如果我阻止你，那就不是朋友所为。所以说，你灭楚，我存楚。那就让我们瞧瞧楚国的存与亡吧。"

话说吴军大举入侵楚国，楚国兵败如山倒，从上到下，到处逃亡避祸。申包胥也逃到了山中，后来听说伍子胥掘平王墓鞭尸的事，便派人对伍子胥说："您报仇的手段也太过分了吧！我听说，依靠人能战胜天，但天也能消灭人。

你曾是楚平王的臣子，北面拱手称臣为他做事。今天竟然污辱他的尸体，这难道不是大逆不道到了极点吗?”伍子胥对来人说：“你替我谢谢申包胥，说我就像将要落山的太阳，但前路还很遥远，所以我要倒行逆施。”

申包胥对子胥的行为极其不满，他不忘初心，决意救亡。于是他“跋涉谷行，上峭山，赴深溪，游川水，犯津关，躐蒙笼，蹶沙石”，脚掌与膝盖都磨出了厚茧，连续七日七夜，终于来到了秦国都城。因为他这个行为纯粹是私人行为，以个人名义求救明显是不会受到秦国重视的，所以他来到秦廷，以楚国使者的身份，假托楚王君命：“吴国无道，倚仗自己兵强马壮，企图征讨天下。他从楚开始发动战争，楚王被迫出走，如今躲进了云梦泽，派下臣我向秦王您告急，祈求贵国火速发兵相救。”秦哀公并没有打算出兵救楚的意思，只是敷衍申包胥：“好的，我这就准备出兵去救助楚国。”说罢就散朝了。

申包胥猜透了秦哀公的心思，所以他不肯退朝，而是一直站在秦廷内，倚靠着墙壁痛哭，不分日夜，连续哭了七日七夜，滴水不沾，哭声不绝于耳，就算是铁汉都为之动容。秦哀公最后彻底被感动了，叹道：“楚国有这样的忠臣，怎么可以不相救呢?”于是秦国便派了五百辆兵车，发兵前去救援。这时楚国的军民也纷纷自动组织起来抵抗，与秦军内外夹击吴军。越国也瞅准了吴国空虚，乘机在吴国大后方发起偷袭，此时吴国真是内外起火，一连串的兵败引发内讧，导致了内乱。在这种情况下，吴国不得不撤兵自保。于是楚国成功复国。

楚昭王复国，返回郢都后，便要封赏申包胥，申包胥却推辞道：“我对楚国的救亡只是出于做臣子的本分，并非为了名利。如今国君已经成功复国，我还企求什么呢? 功成之后如果接受赏赐，那只是在出卖自己的勇敢而已。”于是他坚决不接受封赏，隐退于山泽草莽，终身不再出来做官。

申包胥的行为，很像当年追随晋文公的介子推。晋文公流亡十九年，颠沛流离，历尽人间诸种苦难，才终于返回晋国登上君位。而那些忠心耿耿的追随者，可以说劳苦功高。介子推甚至为了挽救饿晕的晋文公，曾经连自己大腿的肉都割了一块下来，掺和野菜一起煮给晋文公吃。这种肝脑涂地的忠义行为，实在可歌可泣，难能可贵。晋文公返回晋国后，许多追随者主动出来邀功请赏，但介子推认为那是天意，忠君只是臣子的本分，根本没有必要得到奖赏，并以接受赏赐为耻，于是携母亲逃亡到绵山隐藏起来。晋文公后来非常内疚，努力寻找介子推，因为找人心切，听信人言下令放火烧绵山，企图将介子推逼出山来，却没想到介子推母子被烧成了炭，酿成了一场千古悲剧，平添了一个“寒食节”供后人凭吊！

申包胥、介子推这类高风亮节的忠臣，正是老子所说的那种“为而不恃，功成而弗居”的人物。历史上这种人物不是没有，但不多，其中最为后人所津津乐道的，应该数范蠡。替越王复国灭吴后，范蠡便乘桴于江海一去不复返，成了千古佳话。而他的另一位拍档文种，却不听劝告，恋栈不去，结果被勾践赐剑自尽。这就是做人的境界的差别。

36　人治社会的法治

有句古话是王子犯法，与庶民同罪。调子虽然挺高，但真正执行起来，还是人治为主。如果碰上为官清廉，铁面无私的官员，譬如包拯，还能做到相对公平，而在大多数情况下，还得看执法者如何操作。甚至君要臣死，臣不得不死，皇帝的金口就是法律。这完全是情绪上的事，无所谓王子犯法与庶民同罪之说。这种人治文化影响深远，一直到今天，虽然说现在已经是法治社会，但那种根深蒂固的影响，依然存在于每一个角落。中国的法治与西方的法治相比，还是有距离的。在中国的历史长河中，那些秉公执法、伸张正义者，譬如长夜中的星辰，更显得难能可贵。

当年赵宣子向晋侯推荐韩献子时，对他的评价是："他为人不拉帮结派，日理万机而不乱，面对死亡，毫无恐惧。"于是晋侯便将韩献子提拔为中军尉。不久，河曲修建工程，赵宣子的车挡住了施工的通道，韩献子便将赵宣子的车夫杀了。众人见了都纷纷议论道："韩献子这次必死无疑，赵宣子早上才提拔他坐上这个位子，他傍晚便将人家的仆人杀了。所谓打狗也得看主人面，这种做法谁能忍受呢?!"

工程竣工之后，赵宣子大摆筵席招待众大夫。酒过三巡，赵宣子向众人说道："你们应该祝贺我!"众大夫面面相觑，不知所以然："我们不知道有什么喜事值得祝贺呀。"赵宣子道："我将韩献子推荐给晋君，如果我推荐失误，那必定要受到处罚。如今我的车因为抢道堵塞交通，车夫因此被杀，韩献子真称得上是一个不拉帮结派的人，看来我的推荐是正确的，所以必须祝贺一下。"众大夫听闻都顶礼膜拜道："这不单是晋国的福，就是开国鼻祖唐叔虞也依赖他啊。我们敢不顶礼膜拜吗?"

韩献子这种"恩将仇报"的人，在官场上"正常"情况下是吃不开的。只有碰上赵宣子这种"不正常"的领导，他才有机会生存下去。可惜古往今来，这种"不正常"的领导太少了。

当年楚文王兴兵攻打邓国，在行军途中，应该是军需紧缺，他让俩儿子王子革与王子灵一起出去采摘野菜。这两个活宝，两手空空便去了，采了一大捆野菜却发现没法拿。两人四处张望，突然看见路上有位老伯正扛着一个竹筐走过来，他们眼前一亮，说声“造化”，便上前请求老人将竹筐送给他们。老人犟得很，偏不愿意。这两个活宝自恃是王子，互相使了个眼色，突然一起扑上去将老人按倒在地上，狠狠地痛打他一顿，然后将竹筐抢了，装着野菜便走了。

楚文王得知这件事，非常生气，下令将两个儿子绑起来，说要杀了他们。这时，旁边那些大夫纷纷进言道：“抢夺老人的筐子的确有罪，但罪不至死。君上为什么要杀掉他俩呢？”话音刚落，只见被殴打的老人已经追到了军营门口，在门外大声哭诉：“我说楚王啊，邓国无道，所以你们才攻打它。而现在君王的儿子不但殴打我，还抢了我的筐子，这比邓国还不讲道义呀。”说罢，他干脆趴倒在地上，呼天抢地地号哭，打起滚来。

楚文王起初想以杀头之名来教育儿子，本想借大臣的话下台阶，被这老伯一顿抢白，一时不知如何是好。众臣一时也六神无主。楚文王定了一下神，便将那老人宣召进来，亲自向他认错道：“讨伐有罪的人，自己反而蛮横抢夺，这不是禁止暴行的办法；依仗力大虐待老人，这更不是教育年轻人的方法；偏爱自己的儿子却抛弃法令，这样只会危害自己的国家；如果对这两个儿子徇情枉法，更是毁灭了以上三种德行，这样是不可能治理好国家的。恳请老人宽恕我。”于是楚文王将老人送到了门外，再三向他赔罪道歉。

楚国令尹子文的族人犯了法，被廷理（刑狱官）拘捕了。廷理一问才发现那个人原来是令尹的族人。老虎屁股摸不得，廷理吓得连忙将犯人给放了。令尹子文听闻这件事，便将廷理召过来，责备道：“国家设立刑狱机构，是专门用来对付那些触犯王法、作奸犯科的人。正直不阿之士执法，应该是柔和而不枉曲，刚直而不折断。现在你抛弃了法律，违背命令而将犯人放了，这样于理是不正确的，你并没有秉公执法。难道是我有营私之心吗？为什么廷理自己推倒法律？我居于上位而统领老百姓，老百姓如果有怨恨，我尚且不能免于法令之咎。现在我的族人明明犯了法，廷理却因为我的缘故而释放了他们，这分明是说我对国家心怀不公。一个人掌握着整个国家的权柄而以营私闻名天下,生不行道义,还不如死了妥当。”他将犯罪的族人交给了廷理,并严词告之:“如果不依法判其罪,那我宁愿以死谢罪!”廷理见令尹的态度这样,非常害怕,便依法处理了子文的族人。楚成王听闻这件事,连鞋都来不及穿,光着脚跑到子文府上,赔礼道:“寡人我年轻不懂事,廷理用错了人,以致违背了夫子的意愿。”于是他罢免了廷理,更加尊重子文,让他参与内政事务。

楚国人听闻这件事,都称赞道:“如果楚国的官员都像令尹这样公正,那我们还有什么忧虑呢?”什么叫大义灭亲?令尹子文这种行为就叫大义灭亲。

古代的皇宫,天子五重门,诸侯三重门,即库、雉、路三重。其中雉门又称茅门,外朝在茅门之外,人是可以驾马车进来的。楚庄王时代,有法令规定:“群臣大夫和皇室公子入朝时,如果马蹄不小心踩踏了茅门的承霤,那不但要将车辕砍掉,而且车夫也要被处死。”承霤是什么东西?一般来说,那是用来承接雨水的器具,但依《礼记》的解析,春秋时代,在家祭祀称中霤,在野祭祀称为社。能够让国家立法杀车夫砍车辕的,应该是祭祀的神器才对,因为亵渎神明被杀头是很自然的事。碰了盛雨水的器具就要人命,似乎说不过去。

话说太子有一天入朝,马蹄不小心踏踩到承霤。廷理依法砍了太子的车辕,并杀了车夫。太子遭受这番羞辱,不禁大怒,于是闯入皇宫对着父王哭诉道:“廷理居然敢杀我的车夫,砍我的车辕。请父王为我做主,将他杀了。”楚王不同意,教训太子道:“立国法是为了敬宗庙,尊社稷。所以能够依法行令、尊敬社稷的人,正是社稷之臣,怎么可以随便杀害呢?那些犯法、废弃法令,不尊敬社稷的人,正是背叛国君的臣子,那是以下凌上的行为。臣下如果背叛国君,则国君就失去了威势;以下凌上,那国君就危险,社稷就难保了,这样我还有什么东西可以交给你呢?”太子听罢如梦初醒,连忙退避,再拜请罪。

又有一次,太子驾车入朝,中途却停在茅门之内不走了。少师庆见了,便上前驱赶他。太子是未来的国君,身份高贵,却被老师当仆人驱赶,心里自然愤怒,便入朝拜见父王道:“少师庆无礼,竟然驱赶儿臣的马车。”楚庄王说道:“你不要跟他计较。国君在前面而不敢逾越,太子在后面而不去巴结,这样的臣子正是国家之宝。”

楚庄王教育太子最成功之处就是,他将“太子”光环下的特权全剥夺了,让他以一个普通人的身份去处世。对于那些太子党、二世祖们的教育来说,这很有借鉴意义。

子羔曾在卫国担任执政官。有一次,有人犯了罪,子羔依照法令,将那犯人的双脚砍了。后来卫国发生政变,引发内乱,大臣们都纷纷逃命,其中便有子羔。子羔逃到城郭大门时,大门已经关闭了,所谓冤家路窄,当年被砍了双脚的那个犯人正好是守门人。依照常理,君子报仇,十年不晚,当年你砍了我双脚,如今不正是老子报仇雪恨的好机会吗?出乎意料的是,守门人却指着旁边对子羔道:"那边有个缺口,您可以从那里过去。"子羔这人是个精神贵族,他竟然不屑干这种事,回答道:"君子不干逾越墙垣的事。"守门人又往别处一指,说道:"那边还有个洞可以爬出去。"子羔又说:"君子不干钻洞穴的事。"守门人又说:"这里还有个藏身的屋子。"子羔这下不拒绝了,他躲进屋里藏了起来,成功躲过了随后而来的追杀,捡回了一条命。

子羔准备离开的时候,觉得很好奇,便问守门人:"我当年因为不能枉法而亲自下令砍了你的双脚,我现在在逃难之中,正是你报仇的好机会,你为什么还要主动救我呢?"守门人说:"被砍断双脚本来就是我罪有应得,这是无可奈何的事。您当年给我治罪的时候,想尽量从法令中找到可以让我免罪的方案,直到最后没办法了才将我绳之以法,这个我是知道的。后来案子已经判决,在临行刑的时候,您的神态愀然不乐,都写在脸上,我看得一清二楚。您难道对我有眷顾的私心吗?不是的,这是因为您天生就是一个具有仁慈之心的人,所以才会这样。这也正是我要救您的原因。"

孔子后来听闻这件事,感叹道:"善于当官的人在育德,不善于当官的人在结怨。公门好修行的人,大概是说子羔这类人吧。"

无论怎么说,一个受刑而终身残疾的人,能对主刑官以德报怨,不是一般人能做得到的,即使非圣贤,也算是一位了不起的人物了。

37　文事武备，用武之道

当年鲁定公起用孔子，让齐国深感危机重重。齐国便要求与鲁国在夹谷会盟，准备乘机要挟、打击鲁国。齐强鲁弱，鲁定公当然不敢怠慢，便整装赴会，并由孔子担任会晤主管。孔子认为这样轻装赴会是不行的，说“有文事者必有武备，有武事者必有文备”，必须让左右司马带领军队作为后盾，以防不测。果然，齐景公不怀好意，在会盟上通过兵器舞、夷狄乐、侏儒戏等种种手段来吓唬羞辱鲁定公，但一一被孔子严词斥退，甚至直接将侏儒倡优斩杀。因为鲁国大军就在会坛附近，齐景公不但不敢发作，反而心虚惭愧了，最后将曾经侵占的鲁国的郓、汶阳、龟阴等地方的土地归还了鲁国，并当面谢过。

《司马法·仁本》上说：“国虽大，好战必亡；天下虽安，忘战必危。”也就是说，一个国家，如果喜欢战争，犹如好斗的公鸡，到处挑衅侵略别国，以玩兵为乐，那迟早是要灭亡的。譬如吴国的夫差，他就喜欢到处耀武扬威，要做霸主，结果老巢都被越王勾践一脚踹了，身死国灭，为天下嘲笑。隋炀帝多次远征高丽，掏空了国库，又大兴土木，开掘运河，结果祸不旋踵，隋灭唐兴。日本当年以军国主义横行东亚，最终也是落得了无条件投降的悲惨结局。这些都是好战的恶果。

清人赵藩在成都武侯祠题写的对联“能攻心则反侧自消，从古知兵非好战；不审势即宽严皆误，后来治蜀要深思”，便深刻地道出了这个道理。诸葛亮平蛮，对孟获七擒七纵，用攻心之术让对方心悦诚服，而不务于杀戮震慑。而治理蜀地，则反对法正提出的效法汉高祖“约法三章”的缓刑弛禁。因为之前的蜀地主人刘璋的法令已经松缓过了头，豪门望族为所欲为，已经无法无天了。跟秦朝暴政的情况正好相反，这时必须严加制约，怎么能效法汉高祖的宽松政策呢？

话说回来，如果走另一个极端——重文而废武，那国家就失去了战斗力，甚至连防御的本事都没有了，犹如骟马阉鸡，那到头来也只有挨宰的命运。

宋朝就犯了这个大毛病。宋太祖陈桥兵变起事得国，之后倦于战事，大斧一挥，燕云十六州就放弃收复了。澶渊之盟中，宋朝虽胜犹败，作为战胜方的宋朝居然妥协了，每年给敌人纳岁贡，这个在历史上是很罕见的。

因为自家是通过政变得国的，所以宋太祖对权臣猜忌有加。杯酒释兵权，让他们干脆利落地将权力交出来。从此宋朝重文偃武，刻意压制武装，轻蔑武臣。所以从北宋到南宋，在武功方面都没有多大建树，基本上只有挨打的份，直到崖山一战，宋朝灭国。这里还要重点介绍一下徐偃王——一位更典型的废武的悲剧人物。徐国是尧舜时代东夷首领皋陶后人的土地，皋陶的儿子伯益助大禹治水有功，伯益的儿子若木被封于徐地，建立徐国，地址在今天的徐州下邳一带。传到了第三十二世时，当国的便是徐偃王。相传徐偃王的母亲是一个宫女，十月怀胎分娩时，生下来的是一个大肉团。他爹认为这是不祥之物，于是让人拿到河边扔了。但皇室当时有一条叫鹄苍的狗，它跳入河中将这块肉团衔了回来，并将肉团咬破，原来里面有一个男婴，这就是后来的徐偃王。

徐国不算什么大国，方圆只有五百里。徐偃王当政时期，治国有方，以好行仁义而闻名于世，国泰民安，国力强盛。鼎盛时期，周边来朝的附庸国便有三十六国之多，范围涉及淮河、泗水流域的苏、鲁、豫、皖的部分地区，俨然一派周天子的气势，简直要与周室分庭抗礼。

所谓木秀于林，风必摧之。徐偃王的崛起，不但让当时的周天子周穆王坐卧不安，旁边的楚国亦犹如芒刺在背。当时的大臣王孙厉便对楚文王道："徐偃王好行仁义道德，汉水以东的三十二个诸侯国都归附了他。大王如果不趁早讨伐，任由他坐大，将来楚国恐怕都会成为他的附庸国。"楚文王摇头道："徐偃王诚信而行仁义，是一位有道之君，怎么能讨伐他呢？"所谓仁者无敌，其实也是看条件的，所以王孙厉反驳道："为什么不能攻伐呢？楚国以大伐小，以强凌弱，就好像大鱼吞食小鱼，老虎扑食乳猪一样，哪有不成功的道理？"楚文王这下信了，于是兴师伐徐，犹如风卷残云一般，一下便将徐国荡平了。徐偃王临死时感叹道："寡人平素只依靠修文德而弃废武备，好行仁义之道而不知道小人的奸诈心肠，以致一败涂地而亡国，悔之莫及呀。"关于徐偃王的下落，有说法是他出逃隐藏于宁波东钱湖畔的隐学山。无论怎么说，修文事而没有武备,即使德政再好,当秀才遇上兵,结果也是不言而喻的。

还有一个故事,田单用火牛阵破燕军后,成功恢复齐国,因为功勋显赫,被齐王封为上将军。后来他又兴师十万,要去攻打翟国。他出发之前,去拜访了鲁仲连。

鲁仲连是战国时代的名士,齐国人,满腹经纶,辩才无碍而又不屑为官,运筹帷幄、决胜千里,凭借三寸不烂之舌左右着战国历史车轮的滚动,是一位功成而不居的道家行藏式高人。诗仙李白就是他忠实的粉丝,有大量与鲁仲连相关的作品,其中有诗云:“齐有倜傥生,鲁连特高妙。明月出海底,一朝开光曜。却秦振英声,后世仰末照。意轻千金赠,顾向平原笑。吾亦澹荡人,拂衣可同调。”可见李白对鲁仲连推崇备至。

话说鲁仲连看见田单便道:“将军这次攻打翟国,肯定攻打不下来!”田单一听便不高兴了,自诩道:“我当年以五里之城、十里之郭的即墨这个弹丸之地,成功收复了齐国。你怎么说我这次连小小的翟国都攻不下来呢?”田单很自负,也很生气,干脆不搭理鲁仲连,爬上车径直走了。

田单怀着必胜之心,率领大军前来扫荡翟国,在翟国都城下,鏖战了足足三个月,却徒劳无功。这时齐国有童谣传唱道:“大冠如箕,长剑拄颐,攻翟不能下,垒于梧丘。”意思是说田单头戴着像簸箕那样大的冠帽,长剑插在地上,剑柄能抵到脸颊。样子很威风,但攻不下翟国,路边的乱坟冈成了军营。

这童谣传到了田单耳朵里,他非常惊恐,于是急忙放下花架子,跑去向鲁仲连道歉请虚心请教道:“先生之前是怎么知道我攻不下翟国的呢?”鲁仲连答道:“将军当年在即墨城死守的时候,坐的是草席,拄的是锸铲,对着士卒大声疾呼:‘我们齐国的宗庙灭亡了,魂魄丧失了,已经无家可归了。’那时候做大将的有必死之心,当士兵的绝无生还之念,是哀兵必胜。现在将军东面有掖邑之封,西面有淄川之宝,穿金戴银,配紫怀黄,驰骋于淄渑之间,终日以贪生为乐,厌恶死亡,这便是攻不下翟国的原因。”

田单一听顿时醒悟,翌日便将身上所有装饰物摘了,冠帽也不戴了,冒着矢石,站在战阵前沿,像张飞一样亲自擂鼓助威。顿时三军士气为之大震,很快便将翟国攻打下来。所以说大将是战士的心脏,战士是大将的肢体,如果心不在焉,肢体当然不会运作了。

这个故事让我想起了吴起。吴起是一名大将，一生历仕鲁、魏、楚三国。作为最高统帅，他的饮食起居，平时向条件最差的士兵看齐：睡觉时不铺席子，行军时不坐车，亲自背负军粮，与士卒同甘共苦。有一回，一位士兵生了毒疮，吴起亲自用嘴为他吸脓。士兵的母亲听闻这件事，悲伤地号哭起来。周边的人都觉得很费解，便问她："你儿子不就一个小卒子吗？人家大将军屈尊，亲自为他吮吸毒疮，你感动都来不及，还哭什么呢？"那位老母便说："不是这样说。往年，吴将军也为他爹吮吸过毒疮。在接踵而来的战斗中，他爹连命都不要了，结果战死沙场。现在吴将军又替我儿子吮吸毒疮，我知道我很快会没儿子了。所以我才伤心地痛哭哇。"所谓士为知己者死，当年智伯善待豫让，结果豫让不惜毁容吞炭，变音乃至殒命为他报仇。说白了，身居高位者礼贤下士，最能感动对方，让对方为他卖命，这大概是收买人心的公开秘诀吧。

所谓军令如山，在军营里，除非暴动起义，否则位高一级压死人，下级对上级要绝对服从。这里有个下级当众将上级斩首示众的故事，不过说到底，还是因为得人心。

话说在汉昭帝时期，北军的监御史玩忽职守，将北军营的墙垣打通，直接划了一块地方作为贸易市场，跟当地老百姓做生意，以从中牟利。这种军商的生意，在今天并不陌生，曾经还玩得火热，看来不是新创，是有历史传承的。但军人的职责是练武杀敌卫国，一旦军人变成了牟利的商人，其战斗力就可想而知了。

当时担任守北军尉之职的是胡建，他平素一贫如洗，身无长物，出门以步代车，饮食起居与走卒看齐。平时，他对士兵非常友爱，恩惠甚丰，所以那些士卒都对他死心塌地，成了心腹。

胡建是一位很有正义感的军人，他对监御史的作为极为不满，总想拔了这根滋生在头顶上的毒草。

于是他私下跟那帮心腹走卒相约道："我想跟你等将某某这个害群之马除掉，到时我说抓，你们就一齐上去捉住他；我说斩，你们便一刀将他砍了。"到了选拔兵马那天，那帮护军校尉都高坐在主席台上，其中便有那位监御史，真是威风凛凛，神圣得让人不敢仰视。此时，胡建便跟着那帮士卒，一起列队，走过堂下参拜。胡建上堂时，那帮事先约好的走卒跟在后面。胡建跪在地上正要参拜，却突然指向监御史，并说道："捉了他。"只见那帮走卒蜂拥而上，将监御史像捉鸡一般拽下堂来。胡建又说："斩了他！"说时迟那时快，那帮走卒手起刀落，监御史的人头已经滚落地下了。席上那帮校尉官员被这突如其来的变故吓坏了，一时面面相觑，呆若木鸡，不知如何是好。

胡建当时早已胸有成竹，做好了充分的准备。他从怀里掏出一份奏折呈了上去，大意是说军法是立武扬威以服众，诛杀恶人以禁奸邪。如今，北军监御史大人居然将军营的墙壁打通改成贸易市场，与百姓通商牟利，军队的刚武之心、勇猛之意因此丧尽。这种做法在士大夫中起到了很坏的带头作用，更坏了规章国法，并引用黄帝理法中的"垒壁已具，行不由路，谓之奸人，奸人者杀"为据，擅自做主将监御史大人斩杀了，如今昧死上报。

当时，朝廷对胡建的做法给予了充分的肯定与支持，并引用了《司马法》的条例："国容不入军，军容不入国也。"也就是说军队中的事情，是可以不依国法行事的，胡建的做法是无罪的。胡建因此声名鹊起，后来官至渭城令。他死后，渭城为他建祠祭祀。

以上这些故事说明一个道理：用武之道，关键在于士兵对主帅的向背。只有充分获得人心的主帅，才能最大限度地调动士兵的积极性，提高军队的向心力和战斗力，成为必胜之师。

38 农山言志，王者之师

话说当年孔子北游，东上农山。子路、子贡和颜渊三个弟子一起跟随着他。孔子登上顶峰，俯瞰大地。可能是由于政治抱负长期无法实施，抑郁不得志，高处不胜寒，孔子不禁喟然叹道："登高往下望，不禁让人恻然心悲。你们三个不妨各言其志。我想听听你们的志向。"孔子常常与弟子交流心得，揣摩他们的心思，及时做出相应的评价。他曾经就对曾皙的理想——"暮春者，春服既成，冠者五六人，童子六七人，浴乎沂，风乎舞雩，咏而归"给予高度的评价与认可。这次登高临风，则是他们师生的另一场畅怀抱负——"农山言志"。

见夫子提出这个命题，以勇悍性急闻名的子路抢先表现开了："我希望能够得到一支劲旅，白色的指挥军旗如月，赤色的指挥军旗如日，钟鼓之声响彻天际，旌旗翩跹翻滚，环绕着大地。我率领这队人马，去讨伐敌国，一定会所向披靡，拓地千里。这个也只有我能胜任，他两位只配做我的跟班随从罢了！"子路真是好一副燕人张飞的样子，连一向以笑他为主的孔老夫子听罢都啧啧称赞道："仲由真是一位勇猛的壮士呀！好一副愤愤然壮志未酬的姿态！"

尚武的子路刚忙完体力活，玩心计的子贡马上也登台表演了，他说："我希望有这么一个机会，齐、楚这两个大国在莽洋之野展开一场大战，两军对垒，旗鼓相当。彼此旌旗相望，不见边际。两军混战掀起的尘埃连成一片，不可开交。鏖战正酣之际，我穿着缟衣白冠的凶服，游走于两军阵前的白刃之间，陈说利害，让他们偃旗息鼓，解甲休兵，从而化干戈为玉帛，消除两国的战患。这个只有我能胜任，而他们两个也只配做我的跟班随从罢了！"孔子听闻点头称赞道："端木赐真是雄辩之士呀！好一副轻盈飘逸、出尘脱俗的姿态！"

最后轮到颜回，他却玩起深沉来，远远地待在一旁独自沉思，默然不语。孔子见他如此不捧场，有些不耐烦了，便催促道："颜回，你过来！为什么你偏不表态呢?”颜回被夫子点了名,不回答也不行了,他说:“文武之事,刚才他们两位都说完了,我哪敢再掺和什么热闹哦!”孔子不高兴地说:“你这是轻视他们吧,心里根本就不屑参与,但这次你总得说下你的志向啊!”

颜回见实在推不掉,便说:“我听说鲍鱼与兰芷这两样东西是不会在同一个箱箧中收藏的,尧舜与桀纣也不会在同一个国家治理天下。他们两位的志向与我的大不相同。我的志愿是希望能够遇上明王圣主,辅助圣君治理天下,可以让城郭从此不用修缮加固,沟渠、护城河不会有兵马跨越,那些刀枪剑戟回炉冶炼作农具,让天下从此太平,千秋万岁都无战争的忧患。如果这样,又何劳仲由愤愤然领兵出击,端木赐飘飘然摇唇鼓舌游说于两军阵前呢?”孔子听后大加赞许道:“这真是美好的德行啊!好一副懿德充盈的姿态!”

子路这时又忍不住了,握拳摇着手臂问孔子道:“我倒是想听听夫子您老人家的志愿。”孔子笑道:“我本人的志愿是依从颜子的计划,我愿意为他背负衣冠行李,做他的跟班随从。”作为老师,孔子居然甘做学生的随从,将他高捧成这个样子,你说子路与子贡还有什么理由不服呢?

当年齐宣王向孟夫子请教霸道,当时孟子很不屑,直接回答道:“仲尼之徒,无道桓、文之事者,是以后世无传焉。”孟子推崇的是王道,而不是霸道,所以他就毫不客气地直接搪塞回去了。真实说来,却有些高推过头了。我们看子路与子贡之志,尤其是子路的拓地千里,怎么不是霸道呢?只有颜回的理想——天下从此太平,千秋万代再无战患,才是真正不说桓、文之事的王道。

而说到王者之师,当数文、武的用武之道。周文王准备讨伐崇侯虎,战前先出告示:“我听闻崇侯虎蔑视、侮辱父兄,不敬长辈、老人,狱讼不公平,分财不均,老百姓用尽全力耕作,却得不到衣食,我现在要征讨他,只是为民请愿讨伐崇侯虎。战争期间不得滥杀无辜百姓,不得毁坏房屋,不得填水井,不得砍伐树木,不得抢夺六畜,若有不守军令者,杀无赦。”崇侯虎的人听闻文王的军令,全部缴械请降了。这叫王者之师,不战而屈人之兵。

周武王准备讨伐商纣,宣召姜太公上堂,请教道:“寡人想要不战便知道必胜,不占卜便知道吉祥,不是我管辖的人,也听从我的差遣,有什么办法吗？”姜太公答道：“有办法。如果大王广得人心，攻伐无道之国，那么虽未开战便知道必胜矣；以贤德之师攻伐不肖之徒，那么即使不占卜也知道吉祥；对方残害我方的百姓，而我方却给他们利益，那么即使不是我方的百姓，他们也会听从我们的差遣。”

周武王觉得这个想法很好，为了集思广益，又将周公宣召进来，请教道：“天下那些有起事欲望的人，都认为殷商是天子，而我周室是诸侯。如今诸侯攻伐天子，有什么取胜办法吗？”周公答道：“既然认定殷商是天子，我周室是诸侯，那就没有取胜的办法，怎么可以兴师攻伐呢？”武王愤然作色道：“你这话有什么依据吗？”周公答道：“我听说攻伐礼乐是乱臣贼子干的事，攻伐仁义是凶残暴戾之人干的事。国君如果失去了民心和法制，就沦为了匹夫。大王攻伐的只是丧失了民心和法制的匹夫而已，怎么是在攻伐天子呢？”周武王听罢大喜道：“你说得真对。”

当年孟子就曾对齐宣王说过：“君之视臣如手足，则臣视君如腹心；君之视臣如犬马，则臣视君如国人；君之视臣如土芥，则臣视君如寇仇。”无道的商纣早已经将臣民视同犬马、土芥，他在国人心目中早已经成了寇仇。所以周公说我们兴师攻伐的是一个失国失民的匹夫，而不是天子。而周武王开始时却拘泥于表面的君臣礼义，认为周攻商乃是诸侯攻伐天子，其思想没跳出这个窠臼。经周公这般点拨，周武王终于如梦初醒，于是兴师伐纣，与殷商在牧野展开了一场著名的战役，彻底将商纣灭了。

周武王占领了纣王的朝堂，但见堂上摆放着许多玉器，便问道：“这是谁的玉器？”那些降臣便说：“是从诸侯那里索取来的玉器。”于是周武王将那些玉器归还给诸侯。天下人听闻此事都称赞道：“武王真是廉洁不贪财的圣君啊。”周武王又进入纣王的宫室，看见了许多美女妃嫔，又问道：“这些都是谁的女人？”臣下答道：“都是诸侯进贡的女人。”于是周武王又将那些美女遣送回诸侯国。天下人听闻这件事又赞叹道：“武王真是一位洁身自爱、不贪图美色的圣君啊。”

周武王取代商纣后，将巨桥粮仓囤积的粮食、聚集在鹿台的钱财都散发给天下老百姓，将所有的战车都毁了，不再乘坐，将军队也解散了，然后将战马放到华山上，把运输粮草的牛放在桃林中，以告诉天下，从此不用兵，再无战争之事。天下人听闻这个壮举，都说武王推行仁义于天下，这是伟大的壮举。

鲁哀公向孔子请教攻守之道："作为小国，务在闭关自守；作为大国，务在攻伐拓土，其中有什么办法吗？"孔子不以为然，反驳道："如果朝廷崇尚礼义，君臣上下亲爱，那么老百姓都犹如君王的畜牧，那君上要攻打谁呢？如果朝廷无礼义，君臣上下了无亲爱，老百姓都是君上的仇寇，那君上要和谁一起守卫国土呢？"鲁哀公听罢觉得很受启发，于是废除了山泽的禁令，让老百姓可以自由捕鱼打柴，同时下调了关税、市场的租金等。这正是王道的治国理念。

39　孔子的陈蔡之厄

孔子周游列国,一直不得志。他到陈国的时候,听闻楚昭王有聘用他的意思。孔子觉得楚昭王是一位贤明的国君,是可以辅佐的人。于是他离开陈国,打算去楚国。途中必须穿越蔡国,孔子来到陈、蔡交界处的时候却出了大事。

原来,陈、蔡两国的大夫们听闻楚昭王要聘用孔子,担心楚王起用孔子这位大贤,楚国必将更强大,周边的小国更危险。如果直接杀掉孔子,楚国肯定不会放过他们,于是采用软禁的办法。陈、蔡两国调动了军马,将孔子师徒团团围困起来,打算活活饿死他们。

更要命的是,在此之前,孔子师徒一行在上蔡露宿时,便遭到了吴国游兵散勇的袭击,粮食几乎被抢光了。如今又被陈蔡大军围困,他们简直成了瓮中饿鳖,饮食全无。他们前后被困了七天,粒米未进,个个饿得头晕眼花,疲惫不堪,直到楚方闻讯率领大军前来解围,他们才脱离险境。

在此逆境中,孔夫子圣人的修养却得到了淋漓尽致的体现,真不是凡夫可比的。在这种随时都会死于非命的恶劣环境下,孔夫子安之若素,坚持讲习诵读,抚琴而歌,从不间断向弟子传授诗书礼乐。

率性而为、爱憎分明的子路深感不满,直接质问老师:“君子也有困厄的时候吗?”孔子慢条斯理地回答道:“君子即使困厄,也能镇定自若,毫不动摇;小人若遭困顿,便沉不住气,脾气变得暴跳如雷,原则全无。”

子路见夫子哂他,更不高兴了,又挖苦道:“大凡人积德修善行,上天便会报之以福;做恶不修善的人,上天便会报之以祸。如今夫子积德行善已经很久了,却遭受这种厄运,莫非夫子的德行还未修到位?抑或有些不可见人的隐晦行径?”

孔子听他这样说,并没生气,语重心长地说道:“仲由,你过来,你有所不知。你坐好,我为你开示明白:你认为智者无所不知吗?如果这样,那王子比干为什么被剖心而死?你以为劝谏者的话一定会被接受吗?那么伍子胥的眼睛为何会被挖出来挂在吴国都城的东门上？你以为廉洁的人一定会被聘用吗？那么伯夷、叔齐为何饿死在首阳山上？你以为忠诚的人一定会被任用吗？那鲍庄为什么连肌肉都干枯了？楚国的公子高一辈子怀才不遇；周朝的鲍焦，耻居浊世，入山守节，抱木而死；晋国的介子推入山避世被焚死……所以说君子学识渊博，深谋远虑，生不逢时的人太多了，难道只有孔丘我吗?!贤能与不肖那是才干，为与不为取决于人，遇与不遇那是时运，生与死那都是命；空有才华但生不逢时，他的才华是无法施展的。假如生逢时运，这有什么难度呢？所以当年大舜耕作于历山，而逃窜于河畔。他之所以能被立为天子，是因为他遇上了尧帝。傅说本来是一个背泥土、释版筑的建筑工匠，后来能成为王佐之臣，是因为他遇上了武丁。伊尹本来是有莘氏的家仆厨师，遇上成汤后却成为天子的老师。姜太公行年五十还在棘津渡口搞餐饮，行年七十在朝歌当屠夫宰牛，行年九十成为天子老师，是因为他终于遇上了周文王。管仲当年被蒙住了双眼反绑于囚车中，当他从囚车中释放出来后便被拜为仲父，是因为他遇上了齐桓公。百里奚是用五张羊皮交换过来的奴隶，却变成了卿大夫，这是因为他遇上了秦穆公。沈尹本来名闻天下，被封为令尹，但他让位给孙叔敖，是因为遇上了楚庄王。伍子胥开始时立了许多大功，但后来却被杀了，并不是他的智慧衰减的缘故，而是之前遇上吴王阖闾，而后来遇上吴王夫差的缘故。所以千里马困厄于盐车之中，并不是它没有千里之能，而是世人不知道它的本事罢了。假如它能遇上王良、造父这些伯乐，它难道会没有奔驰千里的马蹄吗？芝兰生长于茂林深处，并不会因为没人欣赏而不馨香。所以修持学问并不是为了通达，而是为了在穷塞之时不困顿，在忧患之时不颓废，知道祸福之端而不被迷惑。圣人眼光深邃，有他独到的见解。圣贤大舜能南面称孤治天下，是因为他遇上了尧帝。假如他生在桀纣的年代，能免于杀头的厄运就已经很不错了，还想奢望获得高官治理天下吗？所以桀杀关龙逄，纣王杀王子比干，当时难道是因为关龙逄无知，比干没智慧吗？这只是桀纣无道的大环境酿成的悲剧罢了。所以说君子博学深谋，修身端行，以等待时机，如此而已。”

这番大道理说出来，子路哑口无言，根本就没有反驳的余地，但他并没有因此而心服口服。有一天，孔子又在两柱之间抚琴而歌。子路见老师这副悠然自得的样子,饿瘪了的肚子顿时又被气撑起来了,他气呼呼地问:“夫子这个时候抚弦而歌,敢问合乎礼吗?”孔子并不回应他,而是继续抚琴而歌,直到曲终,才回答:“仲由,君子喜好音乐是为了不滋生傲慢的情绪;普通人喜好音乐,是为了不滋生惧怕的心理。这个不明白吗?你难道不理解我而追随我吗?”子路听罢很不高兴,抓过兵器便舞了起来,一连舞了三回,才走了出去。

如是一直到了第七天,孔子还是在抚琴整理音乐,吟唱不休,子路又忍不住了,满脸不高兴地问:“夫子这个时候整理音乐,是时候吗?”

孔子还是不回应,直到曲终弦歇才答道:“仲由,我跟你说,当初齐桓公的霸主之心,是他在莒国避难的时候产生的;越王勾践的霸主之心,是在会稽被困,委身入吴为奴的时候产生的;晋文公的霸主之心,是他在被骊姬迫害而逃亡的时候产生的。所以一个人所栖居的地方不幽困,那么他的思虑就不会悠远;他的身体不受到束缚,那么他的智慧就不会广大,你怎么知道我就不会有这样的际遇呢?”孔子说罢便站了起来。

第二天,楚军果然前来解救夫子一行。原来驻守楚国边邑的大夫叶公听说孔子被困,便率领军队火速前来搭救,并护送孔子他们平安穿越蔡国,进入楚国。

子贡当时牵着夫子的马辔说道:“我们这帮学生追随夫子遭遇这次险难,可谓刻骨铭心,永远都不能忘记。”孔子说道:“这个算什么呢?你难道没听说过这样的话吗?胳膊折断多次的人便成了良医。这次在陈、蔡之间遭受的危难,是孔丘我的大幸啊!你们跟随我遭受这次磨难,都是幸运的人。我听说,身为国君不受困厄便成不了明主,士人不受困厄便成就不了他的道行。过去成汤被拘禁在夏台,文王被拘禁在羑里,秦穆公遭受殽之战的惨败,齐桓公遭受长勺之战的惨败,勾践在会稽委身入吴为奴,晋文公被骊姬害得流亡国外十九年……所以困厄之道,是从寒冬到暖春,从暖春到寒冬,其中的更替只有贤人能意会而不能言传。所以《易经》说:‘困:亨,贞,大人吉,无咎。有言不信。’即使是圣人也很难让别人信服这个道理。”

陈蔡之厄,是孔子一生中最为艰难的岁月。其间,夫子的乐观精神,弟子们忠心耿耿、不离不弃地追随,是对师生情谊及孔子的人格魅力和感召力最好的诠释。

40 贤者之行，有道则仕，无道则隐

贤士君子能够通达时势的盛与衰，窥探事情成败的端倪，洞察治乱的时代，审视人情，知道去留之机。即使不得志，他们也不会在将亡的国家做事；即使贫困，他们也不领受昏君的俸禄。姜太公活到七十多岁，仍旧守困而不求显达；孙叔敖三次辞去宰相之职，却从来不后悔。为什么？因为他们不屑与不适合的人君苟且共事。后来太公与周朝契合而封侯，孙叔敖与楚国契合而封爵，并延续了十代；文种挽救了将灭亡的越国，让越王勾践成了霸主，却被当面赐死；李斯为秦国立了大功，最后却受刑被杀。上面这些人为国尽忠，为君分忧，为了国家的安全而不顾自身的危险，他们的贡献是一样的。但有的封侯爵，代代相传不绝，有的却被赐死或斩杀，这完全是因为他们所追求的理想与做事的方式不一样。所以箕子离开故国而装疯，范蠡离开越国而改名换姓，他们能够高瞻远瞩，洞察幽微，抛弃富贵权势，从而避开将要来临的祸患。对于那些暴戾淫乱的国君，哪位做臣子的为他做事能避开他的钳制而不遭受祸患呢？所以贤士其实不怕死，他们只是避祸而已。因为杀身成仁，不但无益于国家，反而彰显了国君的残暴。比干以死谏纣王，却不能纠正纣王的行为；伍子胥为吴国而死，却不能改变吴国被灭的命运。这两位因为强谏而死，仅仅彰显了国君的残暴，其实对国家并没有丝毫的裨益。所以贤能之人在遇上明主之前大智若愚，隐匿自己的才能，待到风云际会之时，君上对他言无不听，行不见疑，君臣两个如鱼得水，做臣子的一辈子都不会有祸患之忧。如果生不逢时，没遇上明君，又控制不住自己的情绪，悲悯乱世，忧心忡忡，故而奋不顾身，硬走那条行不通的路——与谗佞之徒斡旋，向无度量的国君自荐，而遭受到意想不到的横祸，结果自伤性命，这不是很糊涂吗？吕不韦、李斯这些人为国家考虑周全，几乎没有可以匹敌的对手，天下人都称赞他们是贤士。他们的功劳不可谓不大，地位不可谓不高。当国君亲小人而远贤臣，谗佞之徒用事时，他们明知道自己不会再被重用，却又不能弃位离开。当

初他们制敌立功的时候，毫厘的功业都不会错失；当他们避患去害时，连丘山那么大的祸患都视而不见。任凭自己的私欲积聚膨胀，最后遭受恶果，这难道不是被权势迷惑的缘故吗？所以《诗经》有云："人知其一，莫知其他。"

以上是刘向关于贤士进退行藏的观点，也就是老子所说的天下有道则仕，无道则隐。顺势而为，不要做无所谓的牺牲。

一介忠臣，如果没有遇到明君，即使勤于政治，尽忠报国，也往往身死于刀斧之下。不是说那些奸佞之徒就好过，他们虽然一时得逞，但害了太多人，最终是不会有好结果的。譬如伍子胥，精忠为国，对吴王夫差逆意死谏方休。结果他死后被挖了双眼，尸体被抛入江中喂鱼。谗害他的太宰嚭左右逢源，阿谀奉承，深受吴王宠幸。吴国被灭后，他也免不了身首异处，尸体沉江，头颅悬于越国的旗杆上祭旗。纣王时代，王子比干因为忠谏被剖心而死，奸臣费仲、恶来和崇侯虎等，处处迎合纣王，以为这样便可以安享太平。在武王伐纣的牧野之战中，他们无一例外地身首异处。所以，尽忠报国、忠谏逆君者死，奸佞误国、阿谀奉承者亦死。总的看来，正人君子的道路是很狭窄的，如果遇不上明主，在这条窄道上会陷入绝境，连逃生的出路都找不着。

当初孔子周游列国，但未被起用。有一年，他遭遇了陈蔡之厄，好不容易化险为夷，终于来到楚国，遇到了楚昭王。时来运转，他想大干一番而不得，这都是谗言可畏的结果。当时，楚昭王召见孔子，很看重这位大圣贤，准备让他执政楚国，并把书社的七百里土地赐予孔子，作为孔子的封地。当时大臣子西对楚昭王说："大王，您的大臣之中，有跟子路一样会用兵打仗的吗？出使诸侯的外交官中，有如宰予一样那么会办事的吗？司马、司徒、司士、司空、司寇这五大长官中，有如子贡一样有才能的人吗？过去周文王在酆城、武王在镐京这些小地方，却成功地将商朝灭了，自立为天子，而世人都称他们为圣王。孔子乃是天下的大圣贤，大王却将书社七百里土地封给他，又让子路、宰予、子贡这三位弟子辅助他，对楚国，这恐怕是个祸害呀。"

所谓各为其主，子西说这些话是无可厚非的，而且说得头头是道，不无道理。楚昭王一听，便打消了这个念头。孔子这样的圣人，都会被人君怀疑，一般的贤士就更不用说了。所以说圣贤是很难与国君契合的，谄佞之徒反而多能兴风作浪，祸害国家。故人类历史很坎坷，常有千岁之乱而无百年之治。

41　奇葩卫灵公

卫灵公在历史上闻名不是因为他的功业，而是他在男女问题上的奇葩癖好。他是让孔子感叹“吾不见好德如好色者也”的人物原型。但我们不能据此认定卫灵公是个一无是处的昏君。其实，他作为一国之君，在治国上还是有两把刷子的。

卫灵公之所以能上位，是因为他的兄长縶因祸乱被杀。卫灵公与其兄縶都是卫襄公的儿子，卫襄公的正室宣姜，与小叔（卫襄公的弟弟）公子朝通奸。公子縶厌恶齐豹、北宫喜和褚师圃这三位权臣，这三位权臣便联手奸夫公子朝一起作乱，杀了公子縶。当时卫灵公在平寿，闻乱返都，但时局已经失控，他只好外逃避祸，后在齐国的护送下，回国平乱接君位。

北宫喜见事态变了，于是见风使舵，反戈攻杀了齐豹，摇身一变，成了“平乱功臣”。而褚师圃、公子朝等祸乱之首纷纷出逃晋国。卫灵公稳定了局势，杀了宣姜，然后登上君位，那年他才十八岁。

且说北宫氏“平乱”有功，势力日益膨胀，卫灵公已觉得难以把控。于是他心生一计，与齐景公密谋，先派北宫结聘齐，再让齐景公找借口将北宫结捉起来，并发兵攻卫。而卫灵公将齐师侵卫的责任全部推到北宫结身上，趁机修理了北宫家族；然后再和齐景公缔结盟约，让齐国退兵。这出双簧戏既铲除了北宫氏这个心腹大患，又没有造成朝臣恐慌，而且还加强了卫国与齐国的外交关系，真可谓是一石三鸟的高招。

其后两年，为了报答齐景公，在齐国的一次战争中，卫灵公亲自率领五百乘兵车前去相助。途中要经过中牟，当时晋国有兵车千乘驻扎在中牟，这个拦路虎很可怕，卫灵公便让人烧龟甲占卜，但卜者却将龟甲烧毁了，占卜泡汤了。这时卫灵公却豪情万丈地说：“何足惧哉！我们卫国的兵车有中牟的一半，我本人也足以抵挡他们另一半，彼此正好势均力敌！”当时中牟见卫军入境，而自己兵力比对方还多一倍，所谓以逸待劳，正打算收拾他。这时在中牟逃亡的褚师圃却说道："卫国的兵力虽少，但卫君御驾亲征，其势不可挡。我们最好还是攻打齐国的军队。"中牟果然改变了主意，转头攻打齐军，收缴了齐国战车五百乘，其战斗力也不是吹的。可见卫灵公当时的确有英雄气概。

熟悉《论语》的人都知道孔子见南子而被子路质疑的故事。南子正是卫灵公的夫人。当时孔子来到卫国，寄宿在蘧伯玉家里。南子很仰慕这位声名显赫的大贤，于是派人对孔子说："各国君子不惜蒙羞与我们国君结为昆弟，必定先要见国君夫人，我愿见见您。"孔子推辞不掉，不得已去拜会南子。南子隔着细葛帏帐接见孔子，孔子进门后向她恭敬地行礼，南子也在帷帐中叩头还礼，身上的佩玉首饰相互碰击，发出清脆悦耳的声音。孔子出来后，子路十分不高兴，孔子便指天发誓道："我如果不是不得已的话，上天厌弃我！上天厌弃我！"过了一个多月，卫灵公与南子同坐一辆车子，由宦官陪侍走出宫门，并要求孔子坐在第二辆车上跟在后面走过过市。孔子觉得很失望，便说道："吾不见好德如好色者也。"于是他对卫灵公不再抱有希望，便告辞离开了卫国。

卫灵公最令人大跌眼镜的是他对南子的纵容。南子生性淫乱，与宋国的公子朝私通。而更让人不解的是，这事是对外公开的。更令人意外的是，卫灵公不但不加阻止，反而纵容南子，直接约公子朝到洮地相会，成全这对野鸳鸯。这种匪夷所思的事，实属千古罕见。

话说当时卫灵公的太子蒯聩正出使齐国，在路过宋国时，听见有人在唱歌讽刺他："已经满足了你们的母猪，何不归还我们那漂亮的公猪？"母猪是指南子，而公猪则是指公子朝。蒯聩深感耻辱，便对家臣戏阳速说："你跟我回去朝见夫人。夫人接见我时，我一回头看你，你就上前杀了她。"二人回去朝见南子时，太子蒯聩回头频频示意戏阳速，连续三次，戏阳速却临场退缩了。南子这时也觉察到了蒯聩神情有异，知道太子图谋杀自己，吓得号哭着逃跑，并大声叫喊："太子蒯聩想要杀我。"卫灵公闻讯奔来，连忙拉着南子的手登上高台，暴跳如雷，扬言要杀太子蒯聩。太子便连忙逃到宋国去了。

卫灵公另一桩流传千古的趣事是他与弥子瑕的暧昧关系。弥子瑕原本是晋国的臣子，后来到卫国做了将军。据史载，他"智足治千乘，信足以守之"，看来这个弥子瑕还挺有才华，深得卫灵公的厚爱。但这爱已经越界，两人玩起暧昧来了。弥子瑕长得实在太英俊，估计是玉树临风的翩翩少年，风姿跟卫玠差不多。

有一次，弥子瑕的母亲得了重病，他获悉此事时心如火燎，恨不得插翅飞回家里看望母亲。但皇室离家很远，弥子瑕顾不了那么多，也不向卫灵公请示，假传旨意直接驾着卫灵公的马车赶回家去了。按当时卫国的法令，私自驾驶国君马车的人是要被砍掉双脚的。卫灵公知道这事后，不但不怪罪弥子瑕，反而称赞道："你真是一个孝子呀！为了替母亲求医治病，竟然连断足之刑也无所畏惧。"

有一次，弥子瑕陪卫灵公到果园游玩，当时正是桃子成熟的季节，满园白里透红的桃子让人垂涎欲滴。弥子瑕伸手摘了一个熟透的大蜜桃，张嘴便咬了一口，觉得那味道真是好，于是又吃了两口，却突然想起了身边的卫灵公。脑子里闪过了有福同享的念头，他便将手中吃剩的一半桃子递了过去。卫灵公竟然毫不介意地接过来，将剩下的一半桃子吃掉了，并自作多情地感慨道："爱卿居然惜着口福将蜜桃让给我吃，你真是爱我啊！"这便是世传的典故——"余桃"的由来。

弥子瑕的年龄要比卫灵公大许多，过了些年月，面容便开始衰老。这时卫灵公逐渐丧失了对他的宠爱。后来弥子瑕因事得罪了他，此时的卫灵公不仅不再像以往那样迁就他，而且还要算旧账："你这家伙过去曾假传君令擅自动用我的车子，甚至不将我当国君看，将没吃完的剩桃子给我吃。现在恶习不改，还在做冒犯我的事！"

弥子瑕自始至终将卫灵公当成自己的朋友看待，在国君面前无拘无束。但卫灵公不一样，随着对方年龄的增长、相貌的变化，前后表现出宠爱和厌弃这两种截然相反的态度。

42 智者与船夫的对话

话说当年魏国的相国死了，惠施听闻这个消息，觉得机会来了，便千里迢迢前去魏国毛遂自荐。也许是急功近利的缘故，在坐船渡河时猴急过了头，他竟然掉进水中。船夫见客人落水，便急忙下水将他救上船来，然后问他："先生，您要去哪里呀，竟然赶得这样匆忙？"惠施说道："魏国现在没有相国，位置空缺，我得赶着去上位。"船夫便嘲笑他："你连船都坐不稳，如果不是我搭救你，你都淹死喂鱼了。你这个样子还要去魏国做宰相？省省吧。"惠施笑道："如果说到坐船撑舟楫，我是真的不如你；至于如何维护国家安定，保全社稷这些事，你跟我相比，就好像那些刚生出来，眼睛尚蒙蒙然未睁开，看不见东西的小狗崽。"

惠施口气有些大，人家救了他，一句感谢都没有，还嘲讽人家是尚未开眼的小狗，真是有些高傲过头了。但他的确有高傲的资本，他是春秋时代名家的代表人物，他提出了许多关于宇宙万物探索的哲学问题，他是一位很有思想的哲学家。其著作没有留传后世，但在庄子的著作中，有许多关于他的哲学思想的内容。惠施这次落水大难不死，真有后福：到了魏国后，他真的如愿以偿地做了魏国的宰相。他本人的政治理念是实施联合齐、楚，并尊齐为王的合纵政策。他本人自命不凡，但庄子很看不起他，认为他俗得要死，并杜撰了一个《惠子相梁》的寓言，专门讽刺、嘲笑他。故事是这样的：

惠施在梁国（魏国）做宰相，庄子去看望他。于是有好事者便对惠施说："听说庄子要来了，其目的是要取代你做宰相。"惠施听闻很惊恐，怕真的要掉官，于是下令在国内展开地毯式搜捕，要捉庄子，搜捕进行了三天三夜。庄子不用他捉，自动到府上"投案自首"了，跟他说道："听说南方有一种鸟，它的名字叫鹓雏，你听说过吧？鹓雏从南海起飞，一直飞到北海去，途中没遇到梧桐树不栖息，不是竹子的果实不吃，不是甜美的泉水不喝。当时有一只鹞鹰，正好觅得一只腐臭的死老鼠。它看见鹓雏从头上飞过，以为鹓雏要和它抢死老鼠，于是仰头盯着鹓雏，并大叫一声怒斥对方。现在你也想用你的梁国相位来恐吓我吗？"

另有一个叫西闾过的人，他名气没有惠施大，但也有类似的经历。有一次，他东渡黄河，船到中流时，他掉进了水里。船夫连忙将他扯上岸来，关切地问他：“先生渡河要到哪里去呢？”西闾过说道：“我要到东方去游说诸侯王。”这位船夫似乎还有些修养，不是捧腹大笑，而是捂着嘴哧哧地偷笑，边笑边说：“先生渡河落水都不能自救，又有什么本事去游说诸侯呢？”西闾过说道：“不要用你会而别人不会的本事来否定对方。你难道没有听说过和氏璧吗？它价值连城，但如果用来做织布梭，却比不上泥土烧制的布梭管用；隋侯珠是国宝，但如果用它做弹丸，却不如泥丸好使。那些著名的千里马，拉车载物日行千里之遥，是够快的，但你如果让它捉老鼠，却不如一只不值钱的野猫。干将、镆铘这些天下名剑，锋利无比，拂过钟面，时钟都不会发出声响，切割东西时如切无物，挥舞起来削铁如泥，它的锋利程度已经无可复加了，但用它来修补鞋子，不如两文钱的锥子称心。你如今划着桨，驾着小舟，整天生活在茫茫烟水中，面对汹涌的波涛、湍急的水流，这是你所擅长的本领。但如果让你跟我东去游说诸侯，面对国君，你那蒙昧无知的样子，跟还没睁开眼睛的小狗又有何区别呢？”

甘茂是秦国的上卿，有一次出使齐国，路上被一条大河阻隔，过不去了，便找船家帮忙载他过去。船夫问清了来龙去脉，便笑道：“这河面其实很窄，你竟然过不了河，还有本事替国君出使去游说吗？”甘茂说道：“不能这样说，你不知道世间万物各有所能吗？比如，谨慎而又忠厚老实的人，适合侍奉国君，但不能让他带兵打仗；骏马日行千里，为天下骑士所看重，可是如果让它去捕捉老鼠，那它肯定不如一只小猫；宝剑削铁如泥，为天下勇士所青睐，可是如果用它来劈柴，那它肯定不如一把斧头。用船桨划船，让船顺着水势起伏漂流，我比不上你；然而游说各个小国大国的君主，你比不上我。”

以上三位船夫，都犯了同样的毛病，自恃自己的一技之长为别人所不及，便将对方完全否定，认为对方干什么都不行，这种以偏概全地看问题的方式是非常可笑的。要知道“吾生也有涯，而知也无涯”，世界上任何一个人，都不是全知全能的。一个人能将自己的长处在相应的领域发挥出来，就是物尽其用。例如，当农民的因为当老师的不会耕田而认定对方不会教书，这就是无理取闹。隔行如隔山，如果自己不是内行，而妄加评论，通常会沦为笑柄。

43 君子的喜乐

依据佛学的说法,人生大抵是苦的,苦、集、灭、道四谛法中,第一谛便是苦谛。所以佛法教人要出离,不要贪恋这个痛苦的世界,通过修行跳出轮回,或超凡入圣位,或荣登极乐国土,超脱这个苦不堪言的娑婆世界。我们这些凡夫俗子,当然也会时时感到人生很苦,除了生、老、病、死、苦,还有求不得、爱别离、怨憎恨,等等,这些都是佛教中一一披露的,也是我们日常切身体会到的痛苦。所谓人生苦短,或者说不如意事常八九,可与人言无二三,人生不如意,大抵如此。

儒家文化却不是这样认为的。孔子一生,颠沛流离,很不得志,但他一直乐知天命,你很难从他的著作或言论中勾勒出一副愁眉苦脸的夫子相来,更多的是悠然超脱、怡然自乐的样子。哪怕是在被困于陈蔡之间,连续七天粒米未进,生死攸关的时候,孔子照样抚弦而歌,讲学不绝。《论语》开篇便是子曰:"学而时习之,不亦乐乎?有朋自远方来,不亦乐乎?人不知而不愠,不亦君子乎?"在夫子看来,日常做学问是一件很快乐的事,有朋友自远方来探访,也是很快乐的事,别人不理解我,误会我,我一样泰然处之,不会因此郁郁寡欢。这便是夫子为人处世的态度,也是他乐观、积极、向上精神的体现。所以佛眼观世如火宅,五阴炽盛,苦不堪言;夫子看世,发愤忘食,乐以忘忧,不知老之将至。儒家和佛家文化理念不同,苦乐感受自然迥异。假如一个人能怀抱儒家情操经世,又能以佛家觉悟为归宿,无疑是最理想的人生。

所谓君子坦荡荡,小人长戚戚。作为一位有修养、具有儒者节操的人,他心胸开阔,胸怀天下,对个人的得失荣辱并不会考虑得太多,所以不管顺逆祸福,都能泰然处之,自然就没有那么多忧虑和苦恼。而小人则不然,他凡事会首先考虑自己的利害,患得患失,心神不定,所以日夜在愁苦中,这是他的境界。

子路当年问孔子:"君子也有忧愁吗?"孔子答道:"没有。君子在修行的过程中，在达到目标之前，他以对目标的追求为快乐；如果修行已达到预期的目的，他又以修行成功获得的学问和领悟为快乐。所以他的一生都在快乐之中，没有一天是忧愁的。而小人则不是这样，他在没有达到预期目的时就担心得不到，一旦得到了又害怕失去。所以他一生都在忧虑之中，没有一天是快乐的。"孔子这个回答道出了一个道理：一个人快乐与否，完全是心态的问题，只要端正自己的心态，人便会快乐。所以颜回"一箪食，一瓢饮，在陋巷，人不堪其忧，回也不改其乐"，便是这个道理。

有一天，孔子游泰山，途中遇见隐士荣启期，此时的荣启期已经是耄耋之年、须发皆白的长者了。其人精通音律，博学多才，是一位很有思想见地的人。孔子见他身披一张鹿皮，用绳索胡乱地在腰间捆绑着，悠然自得地一边鼓琴，一边唱歌。好一副乐知天命的样子。

孔子觉得很好奇，在旁边静静地聆听，直至曲终歌歇，才小心地问道："先生因何这样快乐呢?"荣启期笑道："我的快乐很多。大凡天生万物，唯人为贵，我有幸生而为人，这是第一乐也；而人分男女，男尊而女卑，我又有幸获得男身，这是第二乐也；许多婴儿出生后，还未见过天日，或者还没脱离襁褓便夭折了，而我如今已经享年九十五，这是第三乐也。"

这位荣隐士真可谓是一位穷风流、饿快活的典型高士。孔子听罢连连点头称是，然后又不无惋惜地说道："以先生的高才，如果遭逢盛世，一定可以飞黄腾达。但如今怀瑾握瑜，没办法施展才华，总是一桩憾事。"

荣启期听罢却不以为然："古往今来，文化人多如过江之鲫，而能飞黄腾达者又有几人？贫穷是读书人的常态，而死亡则是所有人的归宿，我既能处于读书人的常态，又可以安心等待人生的最终归宿，还有什么遗憾的呢?"孔子听罢感叹道："真对呀！您真是一位能够自我宽慰、知足常乐的人哪。"这位荣启期因为高士形象，成了高士的楷模，竟然穿越时空，和西晋的竹林七贤同框。陶渊明有诗赞道："九十行带索，饥寒况当年。不赖固穷节，百世当谁传?"这首诗就是专门写他的。

孔子说："知者乐水，仁者乐山。知者动，仁者静；知者乐，仁者寿。"为什么说智者钟情于水呢？因为水的泉源连绵不断，不舍昼夜，好像蕴藏着一股用不完的力量。它依路浸润，不会遗漏任何一个小间隙，这里面蕴含着公平精神；它趋下流动，有如礼贤下士的彬彬君子；它奔流千仞之壑而毫不犹豫，这里面蕴含着勇敢气概；如果遇上障碍挡住了去路，它自然沉淀澄清，似乎乐知天命；如果有不干净的东西进来了，它会将其洗涤干净再让它出去，犹如善于教化的大宗师；世人用它来校正找水平，万物依赖它才能生长，失去它便会死亡，这里面蕴含着高尚的道德；积水成渊，浩渺无底，深不可测，其状犹如学问渊博的圣人。水通润于天地之间，国家赖之以成，这就是智者钟情于水的原因。诗云："思乐泮水，薄采其茆；鲁侯戾止，在泮饮酒。"这便是君子乐水。

那仁者为何又钟情于山呢？因为山高峻雄伟，云气蒸腾，受万民观瞻景仰。山上百草丰茂，乔木林立，飞禽荟萃，走兽休歇，宝藏孕育，奇人栖息，养育万物而孜孜不倦，任由四方索取而毫不吝啬。风云雾气通于天地之间，国家赖之以成。这是仁者钟情于山的缘故。诗云："太山岩岩，鲁侯是瞻。"这便是仁者乐山。

一个心胸开阔、寄情于山水、忘情于物我的人，其精神与天地相往来，其思想超脱于世俗的羁绊，他自然是一个快乐的人。

44 齐景公的迷信

诸葛亮在五丈原点七星续命灯续命延寿，这个故事世人再熟悉不过。故事虽然是杜撰的，但并非毫无根据，根据是什么，这里就不讨论了，但中国传统文化中有这套玩法。古代帝王通过各种方法企图让自己与天同寿的例子有很多。

话说当年的齐景公为自己在野外建了一座露寝台。这露寝台的作用应该是人在上面露天睡觉，以期在梦中与上天进行精神情感沟通。露台建成后，齐景公上去试验了一下，却没有效果。这时，大臣柏常骞便问道："这露台工程抢得很紧，赶着建成了，君上在上面露寝没什么感应吗？"齐景公说："是的。晚上周边总有一只枭鸟在鸣叫，那声音难听死了，我讨厌极了，所以没什么感应。"柏常骞说："请让我来厌禳，将它除掉！"齐景公便问："需要什么器具吗？"柏常骞回道："只需要建造一间新屋，在里面布置一捆白茅即可。"于是齐景公让人建了一间新房，建成之后又按要求铺上白茅。柏常骞当天夜里便在屋里做法事，第二天便问道："现在还听到枭鸟叫吗？"齐景公回道："只听见枭鸟叫了一声，之后便再也不叫了。"柏常骞于是派人过去察看，只见一只死枭在台阶下的地毯上张开翅膀躺着，已经死了多时了。

齐景公一看，眼睛一亮，顿时来了精神，便问道："行啊！你果然有两把刷子，以你的道行，能给寡人增寿吗？"敢情他一直想寿比南山，只是没有办法而已。柏常骞拍着胸脯说道："当然可以。"齐景公便问："能增寿多少呢？"柏常骞答道："天子九岁，诸侯七岁，大夫五岁。"齐景公一听自己能增加七年寿命，瞬间动心了，便道："那如果增寿成功，有什么征兆可以验证吗？"柏常骞答道："如果增寿成功，大地会震动。"齐景公一听，真是大喜过望，便下令让百官赶快按柏常骞的要求准备道具。

柏常骞走出宫外，在路上碰上了晏子，连忙上前行礼参拜，并将事情经过汇报晏子："我为国君厌禳杀了枭鸟，国君便问我是否能以道术延寿，我说可以。君上便让我做法延寿,我现在正急着去张罗这事。如今特向宰相汇报一下。”晏子听闻便说:“你这个主意真不错,居然能为国君延寿。但是我听说,只有国政和道德顺从神的旨意,这样才可以延寿。如今单凭祭祀便可以延寿吗?有什么兆头可以验证吗?”柏常骞答道:“如果延寿成功,大地会震动。”晏子便说:“常骞,当年我曾经看见维星灭绝,枢星散走,大地震动。你认为这也是延寿的征兆吗?”柏常骞低头深思了好一会儿,然后抬起头说:“是的。”晏子便说:“你这是胡扯,这样做没有什么意义,不做也没有什么损失。我们应该减薄赋税,不要耗费百姓的劳动力,并且要让国君知道这件事!”

除了祈求长寿,求雨也是古代很普遍的一种宗教活动。在农耕为主的封建社会,百姓主要靠天吃饭,古代的水利工程也相对落后,风调雨顺并不是经常有,而大旱或大涝往往更普遍。若逢旱灾,帝王亲自到郊外祭天求雨,这是很普遍的现象。

话说齐国有一年大旱,齐景公看见国内的庄稼都快不行了,便召集群臣问道:“老天已经很久没下雨了,现在庄稼歉收,民有菜色。寡人让人占过卜了,说是高山广水在作祟,寡人想稍微增加些赋税,集资祭祀灵山,你们看怎么样?”群臣听罢面面相觑,不敢回应。

这时晏子进言道:“君上不可以这样做,祭山是没有任何裨益的。那灵山本身就以石块为身,以草木为毛发。如今老天这么长时间不下雨,灵山也严重缺水,头发都枯焦了,浑身酷热,它这个时候比我们还需要雨水,它就不希望下雨吗?祭祀它有什么益处?”

齐景公说:“既然这样,那我改为祭祀河神,这样可以了吧?”晏子答道:“这也没必要,祭祀河神也毫无益处。因为河神本身以水源为国,以鱼鳖为民。现在老天这么长时间不下雨,水位已经严重下降,百川枯竭。它的国家眼看就要覆灭,人民将要死亡,它就不希望下雨吗?祭祀它有什么益处?”

齐景公见山河都不可祭,实在想不出更好的办法,于是问道:“那依您的意见,寡人该怎么办呢?”晏子道:“君上如果能从皇宫搬出来,露宿郊外,怀着虔诚的心,与灵山、河神一起共忧天下,或许会侥幸感动上苍,从而降雨!”

齐景公听从了晏子的建议,搬到郊外野营露宿,以虔诚的心向上苍祈祷,如是过了三天,天空果然大雨如注,旱情终于得到了缓解,全国的庄稼因此得救。齐景公事后感叹道:"真好哇!晏子的话难道没有用吗?他都是用仁德来引导寡人!"

齐景公的思想,可以说是几千年来人文观念的主流——崇神信鬼,说白了就是迷信。晏子就显得智慧多了,他就不信这种邪,认为只有升华自己的道德,积德行善,才能人天感应,获得好的回报。孔子说:"未能事人,焉能事鬼?""非其鬼而祭之,谄也。""获罪于天,无所祷也。""敬鬼神而远之。"如是种种,跟晏子的理念是相同的。圣贤从来不会为鬼神所迷惑,因为他们具有大智慧。

45 自诬取祸的晋平公

晋平公与师旷的故事,前面已经说过。前期他是一位很有作为的国君,到了晚年便好大喜功,大兴土木,刚愎自用且荒淫无度。作为音乐大师,师旷是一位耿直刚正的先知式大臣,常常直犯君颜,纠正了晋平公的许多毛病。

到了晚年,已经变得很自大,自以为天下霸主非他莫属,其实春秋五霸还轮不到他,只是他自视甚高,以霸主自居而已。有一回,晋平公到野外打猎,看见一只尚未断奶的小老虎,趴在旁边的树林里不敢动。他马上神气起来,觉得自己的天威都足以伏虎了,于是转头对师旷说:“我听说霸王之主行走于山林间,猛兽便会老实地蛰伏在地上不敢起来。现在寡人到这里打猎,那只乳虎便驯服得趴在地上不敢动,乳虎也算猛兽吧?”大家都知道师旷双目失明,但心里比普通人明亮多了。耿直的他,从来不奉承国君,只见他正色道:“在自然界中,一物克一物。鹊食猬,猬食鵔鸃鸟,鵔鸃鸟食豹,豹食驳,驳食虎;而驳这种动物,其形状极似驳马。我想今天君上一定是骑着驳马车出来打猎吧?”晋平公没办法抵赖,老实说道:“是的。”

师旷提醒晋平公道:“我听说,人第一次自诬,便会陷于穷困;第二次自诬,便会受辱;第三次自诬,便会死亡。如今乳虎之所以伏着不敢动,是因为你的骖乘是驳马,并不是你的道德仁义让猛兽驯服。君上何必要自诬取困呢?”晋平公听得面红耳赤,当然很不高兴,却无力反驳,只好不了了之。

过了一段时间,某日晋平公走出朝堂,但见一只像凤凰一样美丽的鸟儿在他头顶盘旋,好久都没有飞走。晋平公一见,霸主梦又犯了。他喜出望外地找到师旷,得意地说道:“我听说国君如果是霸王之主,便会有凤凰来仪之象。今天早上寡人走到朝堂外,有一只美丽的大鸟从天上飞了下来,环绕着寡人盘旋了一个上午都舍不得飞走。那应该就是传说中的凤凰吧?”师旷听罢又当头泼了一盆冷水:“我听说东方有一种叫谏珂的鸟,这种鸟的特征是羽毛纹理非常漂亮,而爪子是红色的。这种鸟非常憎恶同类,却特别喜欢狐狸。我想君上今天早上一定穿着狐裘走出宫外,被那鸟误认作狐狸,所以它才会绕着您依恋不去。”晋平公一听，脸又红了，只好老实说道：“今早是穿的狐裘。”

师旷听罢便叹道：“臣子已经跟您说过，第一回自诬会穷困，第二回自诬会受辱，如果是第三次，便会自取灭亡。如今那只鸟只是出于狐裘的缘故而绕着君上您不肯去，并不是您的道德仁义已经能感化禽兽。君上为什么一而再再而三地自诬呢?”晋平公听后哑口无言，心里十分不痛快。

又过了些日子，齐景公在虒祁宫的高台上设宴与群臣共饮，虒祁宫是晋国三大宫殿之一，与当时楚国的章华宫齐名。晋平公的脑子可能短路了，估计他要捉弄一下盲人师旷才解恨。他叫郎中马章在台阶上铺满蒺藜，然后让人宣召师旷过来饮宴。师旷应召来到台阶下，穿着鞋便要直接登阶而上。这时晋平公发话了：“古代臣子中，有穿着鞋直接登堂朝见国君的吗?”师旷听见晋平公这样说，便蹲下来将鞋脱了。因为他失明，也不知道地上有刺，所以他光着脚便往前走，一下便踩在蒺藜上。那蒺藜刺像针一样，直扎入脚板，痛得师旷跪了下来，膝盖顿时又被那些刺扎得鲜血淋漓，真是痛彻心扉，苦不堪言，使他不禁仰天长叹起来。

晋平公这时觉得玩笑开过头了，非常过意不去，便连忙起身走过去将师旷扶起来，帮他穿好鞋子，并赔礼道歉道：“刚才只是跟老先生开个玩笑，老先生何必这样忧伤叹息呢?”师旷答道：“我不是忧伤自己，我是忧虑腐肉长出了蛆虫，还得自己将它吃掉；木头长的蠹虫，反将木头自身给蛀蚀掉；庸人自己兴妖作怪，到头来残害了自己呀。大凡五鼎这些神器炊具，是不应该生藜藿的；国君的朝堂社庙，也不应当滋生蒺藜。出现这些妖象，不是国灭，便是人君自身要遭殃的预兆。”晋平公一听，吓得魂魄都散了，连忙请教道：“国师，那现在怎么办才好呢?”师旷叹道：“妖象已经出现，无力回天了。下个月初八，您应该召集百官，立太子为储君，君上您大限将至。”

晋平公很害怕，提心吊胆、战战兢兢地挨到了翌月初八，觉得自己好端端的，没什么事，便认为师旷在讲大话吓唬自己，顿时心里开朗起来。那块大石头终于放下了，他便得意地对师旷说道：“老先生认定今日是我的大限之期，如今寡人不是好好的吗?”师旷听罢不作声，拜别了晋平公，满脸忧愁地回府了。师旷到家刚坐落，皇宫那边便传来了晋平公死亡的消息。所以说师旷这位先知能通神明，并不是吹出来的。

46 牧民神器——礼乐

在中国传统文化中，古人认为，外界对人影响最深远的是声音。它也是让人变化最快速的东西。一首歌，一段音乐，一下子便能让人豪情万丈，或者悲伤流泪。譬如时人喜欢去歌舞厅或者去听明星的音乐会，音乐声一起，现场的人就疯狂起来。在佛教文化中，所有的修行法门，首推观音的耳根圆通法门。可见，在这个领域，认识是一致的。正因为声音对人的影响如此深远，所以古代圣人将道德教化融入音乐之中，音乐便成了道德的风向标。《诗经》有云："威仪抑抑，德音秩秩。"威仪便是礼，德音便是乐，合起来便是礼乐。所以君子用礼来规范外表，用乐来规范内心。如果内心偏离了乐，那邪气就滋生了；如果外在偏离了礼，那傲慢的品行便产生了。所以在古代，天子、诸侯的钟声是不离朝堂的，而卿大夫也以琴瑟之声为伴，其目的便是养正心而灭淫气。乐从体内生起，能让人心生道义善良；乐从外面生起，能使人温恭文雅；雅颂之声，能让人生起正气；和乐美好之声，能让人生起和气；粗粝猛贲之声，能让人生起怒气；郑卫之声，能让人生起淫气。所以正人君子对音乐的选择是非常慎重的。

话说子路有一次鼓瑟，有北鄙之声。所谓北鄙之声，也就是殷纣时盛行的音乐，被后世视为亡国之声。当时孔子听到瑟声，便感叹道："我总算相信了！仲由是个废才！"当时冉有正侍立在旁边，孔子便招呼他过来并对他说："冉有，你过来，你怎么不问为什么由先王制定乐曲呢？奏中央之声，以应中正之节；其声流入于南，不归于北。因为南方乃是生育之乡，而北方乃是杀伐之域，所以君子执中作为根本，务必以生长孕育为基础，他的音声温和居中，象征生育之气。而忧哀悲痛的情感不强加于心，身体不被暴厉荒淫骚扰。这样才是治世应存的乐风，是安乐的音乐。仲由那个小人则不是这样，舍本逐末，务必以刚强为基础，所以他弹奏的声音湫湫然而追逐梢末，乐声透着杀伐之气。内心无和节中正之感，体态无温俨恭庄之容。杀伐乃是乱亡奔北的作风。过去大舜造南风之声，他的时代勃然而兴，直至今天，王公大臣们都追述而爱不释手；而纣王制北鄙之声，他的败灭也倏忽而至，直至今天，都是王公大臣们的笑料。那大舜本是一介匹夫，因为他积正德合仁义，履中道而行善，所以兴旺发达；纣王本是天子，却耽于傲慢荒淫，性情刚厉暴贼，最终覆灭。仲由本是一介布衣、丑陋的匹夫，不但不在意先王的王道之音，反而喜好亡国之声，这样如何能保住七尺之躯呢？”

冉有将夫子的话转告子路，子路听后很惭愧地说道：“这是我的罪过！我是一个无能的小人，耳朵竟然耽于这种音乐，夫子批评得对呀！”于是他立马忏悔改过，连续绝食七天，瘦得皮包骨头。孔子见状便说：“仲由的过错已经改过来了。”

礼乐，在儒家学说中，是六艺中的两种，也是治理国家的神器。孔子有云：“天下有道，则礼乐征伐自天子出；天下无道，则礼乐征伐自诸侯出。自诸侯出，盖十世希不失矣；自大夫出，五世希不失矣；陪臣执国命，三世希不失矣。天下有道，则政不在大夫。天下有道，则庶人不议。”这几句话的意思是，天下有道的时候，制作礼乐和出兵打仗都是由天子决定；天下无道的时候，便由诸侯决定；如果政出诸侯，传承大约十代很少有不垮台的；如果政出大夫，缩短为五代；如果政出陪臣，一般最多三代便垮台了。天下有道时，国家政权不会旁落大夫之手，老百姓也不会随便议论国家政治。这是孔夫子对礼乐，也就是政治的看法。

那礼乐是在什么背景下产生的呢？古人认为，功成制礼，治定作乐。也就是说革命成功了，创立了国家，便需要制礼了。要将乱哄哄的社会稳定下来，那就要有礼乐的教化，所以说礼乐是用来教化众生的。孔子说，移风易俗没有比乐更好的了；稳定社会，治理百姓，没有比礼更好的了。所以圣王修礼乐文章，设立学校，铺陈钟鼓乐器，天子、诸侯都设立相应的大学，都是为了弘扬道德教化。

历史上，在这方面最有代表性的例子是汉高祖刘邦。刘邦原是一个通身流氓习气的小混混，他很看不起读书人。就算他后来成了跟项羽抗衡的汉王，他还是撒尿溺儒冠，对儒生极尽侮辱之能事。后来，他得了天下，问题也暴露出来了:那帮功臣在朝堂上饮酒争功,喝得醉醺醺的,然后发酒疯,或大呼小叫,或拔剑击柱,又打又闹,乱哄哄地成了一锅粥,闹得不可开交,俨然一群市井之徒在趁圩赶集,根本没将他这个皇帝放在眼里。这下流氓头子汉高祖也头大了。儒生叔孙通瞅准机会,便出来说话了:“大凡儒门中的人,你想与他一起争取天下是很困难的,但与他守成治理天下,则最合适不过。我希望大王让我与我那帮弟子一起帮您制定朝礼。”汉高祖咨询了一番,然后同意了。

于是叔孙通从他的老家山东将三十名弟子召集过来,另外又收编了上百名学人,专门组成了一队礼仪小组,参照先秦时代的礼乐,因地制宜地重新制定了一套朝礼,排练了一个多月,然后让汉高祖来观看。汉高祖看完演习,觉得可行,便让群臣跟着学习礼仪。

汉高祖七年(公元前200年),长乐宫建成。经过长达十个月的练习,诸侯群臣依照礼仪进行朝见,文武东西分列,尊卑井然有序。雁行朝拜,山呼万岁,汉高祖高高坐于龙椅之上,君临天下,威风凛凛,气吞山河,不禁感叹道:“朕今日终于知道做皇帝的高贵了!”于是汉高祖拜叔孙通为太常,赏赐黄金五百斤。这是一个典型的用礼乐将土匪装扮成士大夫的案例。

春秋战国是一个礼崩乐坏的时代,夫子感慨“无复周礼”。秦朝尚法家,焚书坑儒,自然谈不上什么礼乐。汉高祖从草根起事,短短数年之内夺取了江山,那帮跟他出生入死的功臣,大多也起于草莽。一群土匪坐于朝堂上,因为叔孙通,礼乐才重新登上大雅之堂。至于叔孙通制定的汉礼继承了多少周礼的成分,那就不好说了。

话说当年齐景公举行射箭比赛,以选拔勇士。赛事举行之前,晏子忙着张罗礼乐,准备隆重的开幕式。齐景公却觉得那些繁文缛节很烦人,他说:“这些选拔射箭比赛的礼节太繁杂了,寡人深感厌倦。我的目的是收罗天下的勇士,与他们一起去攻取别的国家,搞这么多没有意义的东西干什么呀?”晏子答道:“君上这样说不妥。如果君子无礼,那他跟普通人就没两样了;如果普通人无礼,那他跟禽兽就没两样了;世间弑君的勇武大臣比比皆是,杀害长辈的孔武有力的后辈也多得是。只有那些懂得礼的人,才不会做出这些以下犯上、大逆不道的事情。所以说，礼是用来驾驭人民的，而辔衔是用来牵制马的；无礼而能治理国家，我从来没听说过。”齐景公听后如梦初醒，连忙拜谢道：“你说得太对了。”于是齐景公重新整顿了选拔赛现场，将婴子奉为上客，整天向他请教治国之道。

婴子这段话，虽然不太中听，却道出了礼乐的本质。它的功能是驯化老百姓，让他们知晓礼义廉耻，遵纪守法做良民。这便是礼乐的价值所在。

47 古人的丧礼与祭礼

延陵季子(即季札)出使齐国,在回来的途中,走到嬴邑与博邑交界处时,他的长子因病身故了,于是他因地制宜,将儿子葬在那里。孔子听闻这件事,便说:“延陵季子是吴国最通晓礼乐的人,我得了解一下他对儿子的葬礼是如何操作的。”于是他让子贡前去观摩考察。

子贡来到现场,但见季札给儿子挖的坑深度不及泉水;死者是以当时穿着的衣服入殓的;棺材下葬之后,回填泥土封坟圹,高出地面的土堆并不高大显露;回封泥土时,季札袒露左肩,向右绕着坟转三次,边封土边号哭,并祝道:“骨肉回归于尘土,生命原本就如此。至于魂魄,则可以到任何地方去!可以到任何地方去!”葬礼完毕,季札收拾行装,起程回国。孔子听子贡的汇报后评价道:“延陵季子儿子的葬礼很契合古礼。”

儒家对于丧期有诸多要求,诸侯王死后的丧期是一周年,天子死后的丧期是三年。而对于子女来说,父母的丧期等同天子,也是三年,这是符合礼经的。但孔子的学生宰我认为时间太长了,并直接向孔子提出意见:一年就足够了。孔子对这个学生的意见很不满意,便问他:如果只守一年丧,你日常吃饭穿衣娱乐会心安吗?宰我说心安。孔子听后很生气,说:“孩子出生三年之后,才能脱离父母的怀抱。所以作为回报,子女也应该为父母守孝三年,以报答父母的养育之恩,这是天经地义的事。你如果觉得心安,那你就按你的想法去做吧。”孔子认为这个学生真是朽木不可雕。

话说子夏为父母守孝三年,三年丧期完毕之后回来见孔子。孔子便将古琴递过去让他弹。子夏接过琴,拨弦而弹,但闻琴声悠扬轻快,刚直从容。子夏弹罢解释道:“先生制定的三年丧礼,我不敢提前结束。”子夏的意思是,他的哀伤孝思其实早就结束了,只是出于礼教,不敢提前结束守孝罢了。孔子听后便说:“你的行为称得上是一位君子。”后来闵子骞也为父母守孝,三年丧期结束后回来见孔子。孔子也将古琴递过去让他弹。只见闵子骞拨弦弹琴,琴声凄切哀婉。弹完后，他向夫子解释道："先生制定的三年丧礼，我不敢逾期呀。"意思是说，他的哀伤情怀远远还未完结，但碍于三年之期，他只好按期结束了守孝。孔子便说："你的行为也称得上是一位君子。"

子贡见这两位同窗孝满归来，弹琴悲欢各异，而夫子的评价却一样，觉得很奇怪，于是问道："闵子骞的哀伤还没有完结，夫子说他是君子；而子夏的哀伤早就结束了，夫子也说他是君子。这令我感到很迷惘，到底是什么道理呢？"

孔子回答道："闵子骞的哀伤没完，但能够依照礼节按时结束丧期，所以说他是君子；而子夏的哀伤早已没了，但因为丧期未到，所以一直坚持守孝到期满，所以他也是君子。大凡三年之丧的规定，对于优秀的孝子来说，显得短了，让他结束丧期是他受委屈了；而对于不够孝顺的儿女来说，这是一种激励，能让他坚持守满三年的期限。"

关于儒家提倡的三年之丧，齐宣王曾问田过："我听说儒生丧亲守孝三年，丧君亦守孝三年。国君与父母，孰轻孰重？"田过答道："国君不如父母重。"齐宣王见他这样回答，心里很不是滋味，满腹怒气，愤然说道："那你为什么离开自己的父母而到这里来侍奉国君呢？"田过答道："普天之下，莫非王土。若没有国君的土地，那么我便没有地方来安置父母；没有国君给予的俸禄，我就没有办法赡养父母；没有国君赐封的爵位，那我就没办法彰显父母的尊贵。这一切都是从国君您这里获得的，而致用于双亲，所以说事君其实也是为了养亲，仅此而已。"齐宣王听罢，满脸的郁郁寡欢，却无话可说。

在现实生活中，像田过这样的员工并不多见，而像齐宣王这样的公司老板却遍地皆是。做老板的，恨不得你全部时间都花在工作上，将最后一滴血都奉献给公司。而做员工的，往往摆不正自己的位置，真把自己当根葱，好像公司没了自己就运转不了似的。其实一个正常运转的公司，无论少了谁，都照常营业。而家庭如果少了你，整个家可能就垮了。所以说，对于普通人来说，工作只是为了挣钱，为了生活，为了养家糊口。如果工作成了你的人生目标，你甚至把自己的身心健康与家庭幸福全押进去，老板当然很高兴，但你会很不开心。

儒家崇尚厚葬，认为只有这样才能尽孝。而历代的帝王将相、王公贵族，其陪葬之丰更是不得了。所以盗墓历来是个一夜暴富的行当。汉武帝时有位道家人物,叫杨王孙,他很反对厚葬,认为那是莫大的浪费。所以他走向了另一个极端:临终前立遗嘱要求儿子将他裸葬,以返璞归真。他的儿子不愿意,又不敢违命,便请父亲的好友祁侯缯它劝谏父亲。

祁侯缯它闻讯便前来劝谏道:“我听说王孙兄要求百年之后裸葬,如果真是这样,我认为非常不妥。因为这样的话,假如人死后无所知便罢了,如果死者有知,这样的做法如同在地下屠戮尸体一样,有何面目见先人呢?”杨王孙便说:“我这样做是为了矫正世风罢了。厚葬的做法对死者是毫无益处的,而世人却热衷于攀比,倾尽钱财埋于地下,任由其腐败。有的还遭人盗挖,今日埋而明日被挖,这与直接暴尸于荒野又有什么不同呢?何况死乃是生之转化,是一切生命的归宿;生命回归到它应到的地方,转化成另一种状态,这是生命在返璞归真。这个过程冥冥渺渺,看不见形状,听不见声音,是符合大道真义的。而那些用俗物装饰外表,向众人炫耀,以厚葬来改变天真的做法,让生命回不到它真正的归宿,转化不了形态,让生命失去了本有的自然之性。而且我听说,精神归属于天,而形骸归属于地;人的精神脱离形骸,彼此回归其真,这个便叫作鬼。鬼也就是归的意思。人死后尸体单独搁在那里,它难道会有知觉吗?用金钱布帛厚裹,以大量的珍宝陪葬,这是抢夺生人的财物。古代那些圣人依据人之常情,不忍心草草抛弃死去的亲人,所以制定了一套葬礼,但现代人早已经远远超越了这套礼节,葬礼铺张奢侈,所以我决定将自己裸葬,以期矫正这种世风。在过去,尧帝的葬礼是用空木为棺,并用藤条捆绑。他们的挖圹准则是,深不至泉,以免污染水源,浅不至于泄气,以免散发腐臭。所以圣人生的时候追求俭朴,死后葬礼崇尚简易,不增设那些无用的东西,也不做那些无益的减损。而现在呢,破费钱财务必厚葬,结果死人对此了无所知,而生人又不能使用,荒谬啊!这叫双重糊涂。”祁侯缯它听罢觉得有理,便肯定了杨王孙的观点,并劝其子在父亲死后按要求裸葬。

杨王孙的葬礼,可以说是对儒家厚葬之风的一次鞭挞。他的思想跟墨家的葬礼从简是一致的,与佛家的火葬亦有异曲同工之妙,在两千多年后的今天看来,无疑是进步的。

对于孝道,除了三年之丧,儒家还讲究祭祀前要斋戒。斋戒一般要求三天，主要是指心斋。斋戒者在斋戒期间，要时时念及先人生前的住所，思量其音容笑貌，思量其日常所为；这样连续斋戒三日，再开始祭祀。在祭祀当天，将要入户之时，先人的容颜仿佛就在眼前；将要出户离去时，仿佛听闻先人喟然叹息之声。先人的形体容颜，时刻在眼前；咳唾之声，不绝于耳；先人的嗜欲与好恶，时刻铭记在心。只有这样，才称得上孝子的斋戒。

对于祭祀的称谓，古人是很讲究的，不同的季节有不同的称谓：春季祭祀称作祠，夏季祭祀称作禴，秋季祭祀称作尝，冬季祭祀称作烝。此外，用的祭品也不一样，除了常规的祭品，还有特别之处：春季用韭菜和蛋，夏季用小麦和鱼，秋季用黍和豚，冬季用稻和雁。三岁之祭称为祫，五年之祭称为禘。祫是“合”的意思，禘是“谛”的意思，祫就是集合大众在祖庙祭祀，禘则是仔细审察先人的德行而判定出优劣的差别。圣王主持祭祀，一定沐浴更衣，斋戒精诚，专致追思。作为孝子，则祭亲如亲在；尚未登上祭坛，恍惚之间，先人的容貌如在眼前。而从四方来助祭的亲朋好友，空手而来，满载而返。这是古人祭祀的法则。

48 一块缺失科技的土壤

火药是中国的四大发明之一，是古人追求长生不老，在炼制丹药的过程中产生的副产品。最早的记载见于春秋时代的《范子叶然》："硝石出陇道。"我们的传统文化对这个领域历来是鄙弃的，所以中国古人不是没有科技头脑，而是当时的华夏没有科技土壤。因此火药在中国只能用来制造礼炮或者鞭炮，为新年渲染气氛。宋代已经出现了火枪，但总归在严格控制之列，发展不起来。这些玩意儿经阿拉伯人之手传到世界各地，西方人依此制造出先进的热兵器，反过来把清朝打得趴在地上遍地找牙，这是一个悲剧。

最热衷科技的，说起来应该是墨家。在《墨子》的记载里，鲁班与墨子斗攻城器械，结果连木工的大祖师鲁班都输了。可见墨家在这方面的成就非常了不起，传说墨子制造的木鸟，能在天上飞几天而不落地。此外，张衡的浑天地动仪，诸葛亮的木牛流马，如是种种，都是古人在科技领域的成就。但终究"万般皆下品，唯有读书高"，这些书，当然是指以儒家四书五经为代表的古圣先贤之书，是以个人道德修养与政治为主的人文经典。

人们普遍将古人鄙视科技的思想归咎于儒家。其实这是有失偏颇的。虽然说儒家也有这种思想，但在汉武帝独尊儒术，儒家思想作为历代封建帝国的指导思想之前，这种思想在华夏文明中就已经很普遍了。

这里有一个故事。话说春秋时代，卫国有五个男子，他们背着瓦罐从井里汲水浇灌韭菜园子。用瓦罐从井里捞水灌溉，有些农业常识的人都知道，这是很辛苦的活儿。就算从渠里挑水，也是劳动强度非常大的笨拙活儿。直到后来发明了水车，从低处往高处引水的效率才有了质变。且说那几个人从早到晚，折腾一天，也只能浇一畦韭菜。有一天，郑国大夫邓析路过这里，看见他们笨拙、效率低下地劳动，便下车教他们："你们可以做一种叫桔槔的机械，后端重，前端轻。用它来浇地，一天可浇上百畦而不觉得累。"

没想到这五个汉子异口同声地说:“你说的这个方法,我们并非不懂,只是不愿意使用。因为我们的老师教导过:‘机械之巧有它的好处,就一定有它的坏处。’你还是只管走你的路吧,我们一心使用瓦罐浇灌,并不需要更换。”

邓析大夫自讨没趣,只好走了。但他越走越觉得不是滋味,走了数十里,脸色越来越难看,一副很惭愧的样子。他是郑国大夫,也是一位思想家。在诸子百家中,他是名家学派的先驱人物。当时在他身边的学生很不高兴,对他说:“这几个粗鄙的野人算什么东西,居然敢顶撞我们的老师!只要老师您点头,我们这就返回去杀了他们。”看看,他那些学生跟孔子的弟子真不是一个档次,居然会因为话不投机就想去杀人家。邓析却没有那么糊涂,他制止道:“你们还是放了他们吧。他们那几个真称得上是纯正率真的人,是适合守卫国家的人选。”所以说邓析不高兴,不是因为那几个人不听取他的意见,而是因为自己认为工巧胜过人力而感到惭愧。

从这个故事看,无论是那五个灌园汉子,还是邓析,最终都认为“机械”是不对的,也就是将工巧发明等科技视作异端,基本上持鄙弃仇视态度。这种思想,几千年来一直贯穿于整个中国历史,帝王很害怕老百姓掌握这种利器而无法控制,以致江山难保。即使要用,也严格限制在皇室内,作为秘传,而民间肯定是不允许使用的。所以,古代科技进步缓慢不是因为古人愚笨,而是因为缺少科技滋生的土壤,即使有种子也发不了芽。因此,到了清末,当西洋火炮兴起的时候,我们只有挨打的分。

科技应用在民事上,无论如何发展都不过分。它不但解放了劳动力,还让人的生活发生质的改变。但在军事上的应用,就不是这样说了,利用得当,益处多多;利用不当,则后患无穷。所以老祖宗这种观念虽然迂腐,有点儿因噎废食的感觉,但也不能说完全不对。假如军事科技发展了,而人的道德水准没跟上,坏人掌握了这些利器,那往往是荼毒生灵的灭顶之灾。譬如现代军事科技已进入原子弹的时代,假如原子弹掌握在战争狂魔手里,那么人类将有可能毁于自身发明创造的原子弹。所以爱因斯坦说:“第三次世界大战我不知道用什么武器,但我知道第四次用的武器肯定是木棍和石头。”也就是说,科技的迅猛发展与失控,足以将人类文明彻底毁灭一次,使人类重新退回到茹毛饮血的蛮荒时代，一切从头再来。我们的古代圣贤应该想到了这一点，所以才对科技持否定的态度。科技是一把双刃剑，既能杀人，也能救人。尤其是在当今社会，全人类都在不遗余力地发展科技，你落后就要被人打压、欺凌甚至淘汰。人类已经踏上了科技这条船，你除了好好地驾驭它，已经没有别的选择了。

49 文质彬彬，然后君子

孔子说："质胜文则野，文胜质则史。文质彬彬，然后君子。"所谓"质"，也就是内在的质地；所谓"文"，也就是外表的文饰。孔子的意思，大抵是质地有余而文饰不足，就失之粗糙；文饰有余而质地不足，那就是徒有外表的浮华。相较起来，只有在质的基础上再谈文，这个文才有价值，否则便是华而不实的虚饰而已。假如无文饰，但质地挺好，那也不失其价值。孔子有一次卜卦，占得的是贲卦。他不禁喟然仰天叹息，心中大有不平的意思。所谓"贲"，也就是装饰得很华美、很光彩的意思。当时他的弟子子张在旁边看到夫子这种状态，觉得很奇怪，便向孔子请教道："我听说贲卦乃是个吉卦，夫子既然占到这个，为什么还叹息呢？"孔子便说："贲的文饰虽然五彩斑斓，却不是正色，所以我很感叹啊。我想作为质地本身的颜色，白色的应当是正白，黑色的应当是正黑。作为质地是怎样一个状态呢？我听说上过丹漆无须花纹，白玉无须雕琢，宝珠无须修饰，为什么呢？因为它们的质地绰绰有余，根本不用另加文饰来点缀。"这是孔子对于文与质的态度。

春秋时代，作为当时巨头的儒家，对于死人，崇尚厚葬、守孝三年；对于活人，崇尚礼乐华饰。另有一种极端的学说——墨家学说，跟儒家唱对台戏。墨家崇尚质朴，反对一切奢侈浪费，强调非乐、节葬、节用等一套以质朴为主调的实用主义，剔除了所有"多余"的华饰，坚持博爱，放踵以利天下。以现代人的眼光看来，践行墨家思想的人，基本上过着苦行僧的生活。墨子崇尚质朴，但不是说仅到此为止，在质朴的基础上，他允许进行文饰。在这一点上，他与孔子的观点其实是相通的。

墨子有一位弟子叫禽滑厘，他是一位颇有影响力的历史人物，当年正是他将孙膑从庞涓的魔掌中拯救出来的。话说禽滑厘有一次向墨子请教文质的问题，他问墨子："那些锦绣布匹拿来作什么用呢？"

墨子答道："真讨厌，这些不是我必须使用的东西。古代就有不用文饰的时代，夏禹便是。他那时的宫室是卑陋矮小的，饮食也简单，大殿只有三级土台阶，衣裳只用细布。那个时候，一切花纹是不会用的，他们只讲究质量坚固完好。到了殷商的盘庚时代，宫室便开始扩建，并且迁都殷。那个时候，茅草盖的屋顶都不加修剪，屋上的椽子都不砍削，生活极其俭朴，以改变天下人的观念。那个时候，一切纹彩丝帛有什么用处呢？作为普通的老百姓，他们不会别有用心，都是上行下效，如果上面的人君不好文饰，他们也不可能采用。夏禹与盘庚这两位国君以身作则，教化天下老百姓，所以他们兴盛于当时且名垂千古。那些纹绣布帛乃是乱国的君王搞出来的，其源起于齐国。当年的齐景公爱好奢侈，而不知节俭，虽然晏子在旁边时时以俭朴引导他，但还是无法完全纠正齐景公的习性。大凡那些奢侈的人怎么会有穷尽呢？纣王穷奢极欲，设有鹿台糟丘、酒池肉林，宫墙绘制文字壁画，柱子雕琢刻镂，殿堂铺满锦绣，室内堆满了奇珍异宝，宫内充满了美女倡优，钟鼓管弦之声终日不绝于耳，天下的财富因此而枯竭，最终不免身死国亡，为天下人所杀，这难道不是这些纹绣布帛滥用的缘故吗？如今正是凶年，假如给你一斛随侯宝珠，但不准拿出去变卖，只能作为装饰物；另外给你一钟粟米。这两样只能选其中一种，选粟便不能选珠，选珠便不能选粟，这两样你选哪个？”

禽滑厘说：“我当然取粟米了，这个可以疗饥救穷。”墨子说：“这就对了，何必去追求奢侈呢？滋长那些没用的东西，追求那些淫逸梢末，那不是圣人当前所应有的追求。所以必须在吃饱的基础上，再追求美味；保证在穿得暖和的基础上，再去追求华丽；保证在住得安稳的基础上，再去追求享乐。做那些可以增益长久的事，先质朴而后文饰，这才是圣人的当务之急呀。”

从墨子师徒这段对话中可知，墨子是一位纯粹的务实家，他将所谓的质完全做到了实处，然后再考虑外在的那些所谓“无用”的华而不实的文饰。虽然他与孔子殊途同归，但这途中各自的风景有所不同。如果完全依照墨子的理论去做，质朴有余而文采不足，物质生活得到保证，但精神生活乏味过头，这人生大抵有点儿灰暗。让普通人过苦行僧式的生活，当然不是人们愿意的，这也许是墨家后来迅速被抛弃湮灭的原因吧。

春秋时代，讲究质而不文的人，其实不少。一代贤相孙叔敖便不用说了，死后家徒四壁，连棺木都办不全，儿子靠打柴为生。而齐国的贤相晏子，当然也是不错的。齐景公奢侈无度，全靠他时时耳提面命才稍微收敛一些。齐景公有一次到晏子家去，见他家里简朴得要命，晏子妻子又老又丑，便提出要将女儿嫁给他。在普通人看来，做国君的乘龙快婿，是天上掉下来的大馅饼，但晏子拒绝了，说糠糟之妻不可忘，她将青春都奉献给我，我怎么可以抛弃她？晏子的人格魅力，由此可见一斑。还有一位质朴无华、为后人称道的君子，他便是鲁国的正卿季文子。

中国有句话叫三思而后行，这句话就源自季文子。他天生谨慎，凡事三思后再决定付诸实践与否。但孔子说他谨慎得过了头，说"再思"便可以了，因为考虑时间太长，犹豫得太久，往往会错过许多时机。季文子相鲁前后三十多年，辅佐过鲁宣公、鲁成公、鲁襄公三代君主。为了稳定鲁国局势，曾驱逐公孙归父出境。他执政期间，掌握着鲁国的政治和财富，大权在手，却一心为社稷，忠贞守节，克勤于邦，克俭于家。妻妾没件像样的衣服，马匹喂草而不喂粟。当时孟献子的儿子仲孙便嘲笑他："您贵为鲁国的上卿，妻妾穿得那么寒酸，马匹连粟都没得吃，凡是人都爱怜自己的子女。你这样吝啬，在别国人眼里，给鲁国丢脸哦。"季文子回答道："真的这样吗？你看国内那些老百姓，他们的父母亲都穿着粗布衣裳，吃着菜根蔬食，我怎么敢奢侈浪费呢？我听说人们具有高尚的品德才是国家最大的荣誉，没听说过炫耀自己的美妾良马会给国家争光。"

孟献子获悉此事，不禁大怒，将他儿子仲孙囚禁了七天。仲孙后来痛改前非，亦效仿起季文子的节俭来。于是消息不胫而走，在季文子的倡导下，鲁国朝野呈现出一种俭朴的风气，成了后世的美谈。

话说当时有一位很节俭的鲁国人，他平时用瓦鬲当锅煮东西吃。有一次，他觉得煮的东西吃起来很美味，于是用瓦盆盛了一碗，很恭敬地献给孔子品尝。孔子很高兴地接受了，并且吃得津津有味，犹如享受太牢之献一样。旁边的弟子觉得很疑惑，便问他："瓦盆是一种很简陋的餐具，煮出来的又是稀薄的膳食。夫子为何如此欢喜呢？"孔子回答道："我听说爱劝谏的大臣时刻想着他的国君，而享受美食的人时刻惦记着他的双亲。我并非因为这些食物丰厚与否而高兴，而是因为他觉得食物很美味的时候，能像惦记他父母一样想到了我。"

所送的东西贵贱不重要，重要的是送礼者那份心意。

50 智伯瑶的狂与豫让的忠

晋文公流亡十九年，回国登位后，那帮忠心耿耿的追随者，自然苦尽甘来，鸡犬升天，成了晋国轮流坐庄的六卿贵族。发展到后来，形成了臣重君轻，尾大不掉，晋国大权旁落六卿之手的局面。可以这样说，晋国在走周朝诸侯割据的老路，最后被三家权臣分了蛋糕。

晋国六卿开始有十一家世族，后来经过角逐，有的逐渐被淘汰出局了。到了晋平公八年（公元前550年），只剩下韩氏、赵氏、魏氏、智氏、范氏、中行氏六家。当智氏的掌门轮到了智伯瑶的时候，历史继续改写，首先是智伯瑶率领韩、赵、魏三家，将范氏、中行氏两家灭了。晋国六卿发展到此时，便只有韩、赵、魏、智四家了。其中最强大的是智氏，晋国的话语权就掌握在智伯瑶的手里。

晋国后期，权力分散到六卿权臣手中，国力明显下降。智伯瑶上位后，可谓是雄心壮志，力图恢复晋国中原霸主的地位，于是展开了对周边诸侯国的攻伐。智伯瑶这个人刚愎自用，狂妄自大，但的确是一位足智多谋的能人。在晋国对卫国的两次战事中，第一次，他无缘无故地送礼麻痹人家，第二次放逐太子入卫以图顺手牵羊。但这些诡计都被卫国的大臣南文子识破了，所以对卫国的攻略没有成功。

当时中山国有个叫夙繇的属国，它是智伯瑶吞食的目标，但苦于山路崎岖，行军困难而不得。智伯瑶便在礼品上做文章，他想了一条毒计：铸了一口大钟，钟的口径大小足可通过马车。钟铸好后，他便让夙繇的国君来取。夙繇国为了将这口钟抬回去，只好自己修路。结果这条送钟路真成了夙繇的送终路，道路修通后，智伯瑶便发兵一举将夙繇灭了。如果晋国自己修路行军，势必会引起夙繇的注意而严加防范。但智伯瑶让对方修通道路，然后在对方毫无戒备的状态下放马过去一举将其歼灭，这招太阴毒了。

智伯瑶这个人有个很大的缺点——口无遮拦，树敌太多，最终还是死在自己这张嘴上。郑国是墙头草，立场不坚定，他曾两次出兵攻打郑国。第一次，郑国连忙向齐国求救。智伯瑶听闻齐国救兵来了，觉得讨不到什么便宜，说不准还要蚀本，于是连忙撤了。他中途听说齐国领兵的是陈恒，就很来气。这位陈恒，又叫田常，也就是当年从陈国逃到齐国避祸而落地生根的陈国公子陈完(即田敬仲完)的后代。到了陈恒这代，陈氏已经靠玩弄谷斗——小斗入大斗出的勾当将齐国的人心收买完了。陈恒再往下传三代，便正式将姜太公传下来的江山窃取了。当时陈恒基本上已经掌握了齐国的国政，只不过篡位时机未成熟罢了。所以智伯瑶听说齐军的统帅是陈恒便很来气，于是特意派人过去奚落他："我这次打郑国，其实是想探究一下你们陈国灭亡的原因，顺便瞧瞧你们陈氏在齐国干的那些见不得人的勾当。"陈恒被气得暴跳如雷，说："我们陈国灭亡，你们智氏就有好下场啊！"他对智伯瑶简直恨之入骨。

第二次攻打郑国时势如破竹，直逼到郑国都城下，智伯瑶命令赵襄子攻城。赵襄子却另有打算：老子的兵马是带来给你当炮灰的吗？他于是死活不干。因为意见有分歧，最后不了了之，只好班师回晋。在庆功宴上，智伯瑶越想越窝火，便乘着醉意抓起酒杯直砸赵襄子，骂道："你爹怎么选了你这个废物当掌门啊？"赵襄子也不还嘴，只是说道："我爹选我是因为我能忍。"所谓忍者神龟，真让他赢到了最后。

此外智伯瑶还在宴会上公开戏弄韩康子，连和事佬也一起骂。这一连串的咒骂，将同僚都得罪了，使得智伯瑶被大家孤立。所以后来他落难时，家族被灭，也没人同情、帮助他。

因为晋国政出私门，犹如军阀割据一样，彼此各怀异心，相互掣肘，国力自然便分散了。当时越国灭了吴国，登上了春秋时代最后一位霸主的宝座。智伯瑶这下耐不住寂寞了，觉得要重振晋国的国威，称霸天下才行。但如何才能做到呢？他想出的办法是加强中央集团的力量，于是提出了四家分别上缴万户土地还给晋室的方案。他亲自做表率，首先向晋室交纳了土地。这万户土地对于偌大的智氏来说，应该不算什么；对于韩、赵、魏三家来说，上缴万户土地会伤元气。而且智伯瑶是晋国正卿，虽然说这土地名义上是交纳给晋室的，但还是在智伯瑶的掌控中，所以韩、赵、魏三家极不情愿。因此这里面就有好戏看了。

当时魏家的掌门魏桓子也不想割地,家臣任章却劝道:“我们割地,智伯瑶肯定会更加骄奢,而我们几家肯定会因为畏惧而抱团取暖,所谓骄兵必败,哀兵必胜,智氏一族死期便不远了!”魏桓子觉得有理,便割地上交。

韩康子本来也不愿意割地,也想拒绝,但家臣段规劝道:“如果不献出土地,智伯瑶必然会派兵攻打韩氏。韩氏献出土地后,智伯瑶会再向别人索取土地,别人不给,他必定发兵攻打。这样韩国就可以避免受攻,等待形势好转再另作所图为上策。”韩康子觉得有道理,于是也忍痛割了万户土地充公。

轮到赵襄子,他却拒绝割地。智伯瑶勃然大怒,便号令韩、魏两家跟自己一起,率兵攻打赵家。赵襄子当然抵挡不住三家的围攻,于是逃到晋阳死守。晋阳这块地方,是赵襄子他爹赵简子当年专门为赵家准备的后路。当年尹铎任晋阳的长官,他请示过赵简子,到任后做了一系列的“爱民”政策,谎报人口,减轻赋税,安抚百姓,与冯谖在薛地烧债券为孟尝君收买人心有异曲同工之妙。所以赵简子当年便叮嘱儿子,将来赵氏如果发生祸事,一定要选晋阳为避难所。

三家攻赵,赵襄子节节败退,逃窜到了晋阳,因为晋阳老百姓的心都被他收买了,自然团结一致,合力死守。所以三家攻了两年,都攻不下来。强攻不下,智伯瑶便将晋阳重重围住,准备用持久战的办法,将这座孤城活活困死为止。为了提高韩、魏两家的积极性,智伯瑶还向他们承诺:灭赵后,三家平分赵家土地。

有一天,智伯瑶巡视战地,突然发现晋阳城虽然固若金汤,但地势低洼。他心中一动,冒出水灌晋阳的妙计来。于是他当机立断,派军队驻守汾水堤坝,下令将堤坝挖开,引汾水灌晋阳。晋阳城一夜间便成了汪洋泽国,只剩下三块土地是干的。赵襄子怎么也没想到智伯瑶会来这一着,真是穷途末路。但赵简子和尹铎的德政在关键时刻发挥了巨大的作用,晋阳军民虽然身陷绝境,但还是一心抗争,并无哗变,晋阳城一时间还是拿不下来。

胜券在握的智伯瑶此时踌躇满志,他弄了一艘小船,带领魏桓子和韩康子一起巡视被淹的晋阳,看见晋阳城成了瓮中之鳖,满嘴跑火车的他一时得意,便哈哈大笑道:“呵呵,我今天总算知道,水能煮粥,也能亡国啊!哈哈!”所谓言者无心,听者有意,智伯瑶总归死在了自己那张嘴上。他这话让韩、魏两位掌门听得心里直哆嗦，他们互递了一下眼色，相互用肘捅了一下对方，便心照不宣。原来韩氏的安邑靠着汾水，魏氏的平阳靠着绛水，只要这两个地方被围起来，智伯瑶就可以依葫芦画瓢地收拾他们。

又过了两个月，此时晋阳城已经断炊，青蛙都爬上了灶台，百姓甚至易子而食。赵襄子走投无路，便问家臣张孟谈："这下如何是好啊？"张孟谈说："还是让我出城去，想办法游说韩、魏两家的掌门吧！"赵襄子也没更好的办法，便答应了。晚上赵襄子趁着夜色将张孟谈吊下城外，让他秘密潜入韩、魏两家的大营做策反工作。张孟谈果然能谈，为韩、魏两家分析了当前的局势，说如果赵氏亡，韩、魏亦必不保！所谓唇亡齿寒，这话击中了韩康子、魏桓子的要害，想起智伯瑶当日在船上说的话，他们心里就后怕。这时两家的家臣段规与任章也在一旁煽风点火，策反主人。于是两位掌门铁下心来，与张孟谈约定，三家共灭智氏，平分其地。

不能说智伯瑶帐下无人，其实他的家臣絺疵是一位很厉害的人物。智伯瑶在六卿中脱颖而出，也都是他一手扶持的。水灌晋阳时，他就断言韩、魏两家会反水。智伯瑶问原因，他便指出："这个是可以通过人情推理知道的。因为韩、魏之兵跟随我们攻打赵国，赵亡之后，唇亡齿寒，他两家必然自危。如今跟他们约定灭赵，三分其地，按目前的状态，晋阳城只有三个地方没遭水淹，城中百姓易子而食，已经撑不了几天了。但韩、魏这两位掌门不但面无喜色，反而忧心忡忡，这不是心怀异志要反水，又是什么呢？"这个聪明一世的智伯瑶也是活到头了，被胜利冲昏了头脑，他不但不醒悟，反而当着韩、魏两位掌门面把絺疵的话搬了出来，那两位掌门当然不会承认，反而反咬一口道："这是絺疵故意为赵氏进谗离间我们，让您怀疑我们，两家起内讧，从而放松攻打赵氏的目标罢了。我们两家怎么会放弃唾手可得的赵氏田地，而图谋反水冒险去做那些渺茫无望，根本不可能成功的事呢？"韩、魏两位掌门蒙过智伯瑶，便匆忙告辞走了。这时絺疵进来了，对智伯瑶说："主人为什么把我的话直接跟他们两位说呢？"智伯瑶说："你怎么知道的？"絺疵说："刚才我跟他俩打照面，看他俩的神色及低头急溜的样子便知道了。"智伯瑶始终没醒悟过来。絺疵知道继续待着如同等死，便请命出使齐国，逃离了是非之地。

狂妄自大的智伯瑶，因为好搬弄是非而四面树敌。他唯利是图，又听不进忠臣的劝谏，终归自食其果，给智氏一族带来了灭顶之灾。赵、魏、韩三家暗中达成协议后，在月黑风高之夜一起行动，将智伯瑶的守堤军士杀了，将汾水改道，引水至智伯瑶大营。智伯瑶在梦中惊醒，发现自家军队早已乱成一团。这时赵家从正面杀来，韩、魏从两侧夹击，智家军一下便溃不成军了。智伯瑶连逃跑都来不及，被抓住当场枭了首，之后智氏全族被灭，赵、魏、韩三家分了智氏的地盘，从而拉开了三家分晋的序幕，春秋时代从此进入战国时代。

说到智伯瑶，便不能不说他的家臣豫让。豫让也是春秋著名的刺客之一，可以说，是一位忠义之士。他起初先后在范氏、中行氏家族中做过家臣，但泯然众人，这两家主人都没看上他。后来，豫让投靠了智伯瑶，深得智伯瑶的赏识和重用，主仆关系很好。但没多久就发生了赵、魏、韩三家灭智氏的政变，而且赵襄子对智伯瑶恨之入骨，斩首还不解恨，直接给其头盖骨上了漆，当酒樽用。

当时豫让逃到山里躲藏起来，听说赵襄子如此污辱主人，他念及智伯瑶的知遇之恩，便发誓道："士为知己者死，女为悦己者容。智伯瑶如此待我，我一定要为他报仇雪恨，才无愧于自己的灵魂。"豫让毅然决定行刺赵襄子。

于是他更名易姓，化装成受过刑的罪人，混入赵襄子宫中修厕所，而阴怀匕首，伺机行刺。赵襄子某日上厕所，突然觉得心慌，于是警觉起来，下令将修厕工捉了。侍卫从他身上搜出了匕首，一盘问，知道他是豫让。豫让也不抵赖，直言要刺杀赵襄子为智伯瑶报仇。此时侍卫想杀掉他，但赵襄子摆手说道："放了他。他也算是个义士，我以后谨慎小心就是了。况且智伯瑶全族人都死了，他的家臣想替他报仇是可以理解的。他是天下的贤士啊。"

豫让大难不死，但他并没有因为赵襄子不杀自己而放弃复仇。为了报仇，他决定毁容，直接用漆涂身，让皮肤溃烂如癞疮，又吞热炭将声道烧坏了，让声音变嘶哑。毁容之后，他沿街讨饭，竟然连自己的结发妻子都认不出他来了。妻子不认得，但好友认出来了，便问他："你不是豫让吗？"豫让回道："是我啊。"朋友问清缘由，流着眼泪说道："凭你的一身本事，如果从一开始便假装委身为赵襄子做事，赵襄子一定会信任、亲近你。然后你再找机会杀他，不是一件很容易的事吗？何必这样作践自己呢！"豫让说："如果我委身为他做事，然后又杀掉他，这便是臣子对君主怀二心啊。我知道我现在这样做很难成功,我选择这个做法就是要让那些对君主怀有二心的臣子感到惭愧。”从豫让这些话来看,他的确称得上是一位有节操的义士。

豫让进一步踩点,摸准了赵襄子日常出行的时间和路线,提前埋伏在赵襄子必经的一座桥下。那日,赵襄子正要过桥时,其马突然受惊,他觉得肯定是有人要行刺他,便让手下去搜寻,果然又捉到了豫让。这下赵襄子有些恼火,便责问他:“你曾经不是侍奉过范氏、中行氏吗?智伯瑶消灭了他们,你却不替他们报仇,反而委身事智伯瑶。如今智伯瑶已经死了,你却偏要舍命为他报仇,这是什么道理呢?”豫让答道:“我当年侍奉范氏、中行氏,他们待我如普通人,所以我也以普通人回报他们。至于智伯瑶,他用国士的礼遇待我,我当然要像国士那样报答他。”赵襄子听罢很受感动,叹道:“您侍奉智伯瑶,已足以成名;而我之前也曾放过您,也算仁至义尽。这一次,您好自为之,我不能再纵虎为患了。”于是他下令兵士将豫让团团围住。

豫让知道这次生还无望,心愿无法完成,便以沙哑的声音请求赵襄子:“我听说英明的君子不会掩饰别人的美德,而忠臣则有为名声而死的大义。您上次赦免了我,天下都称道您的贤明。今日之事,我罪该当死,我请求您将身上的外衣脱下来让我斩刺一轮,以遂我的行刺之愿,我便死也瞑目了。”

赵襄子很佩服豫让这条讲义气的汉子,真将上衣脱下来,叫人拿给豫让。只见豫让拔出宝剑,反复跳跃斩刺赵襄子的衣服,把他的衣服剁成了一堆烂布,然后仰天大呼道:“我总算可以到九泉之下汇报智伯瑶了!”说罢,他便伏剑自杀了。

豫让自杀之日,赵国的志士仁人无不感动哭泣。那座桥后来也改名为豫让桥,载着他的忠诚侠义精神,沿着历史的长河,一路延续到今天。

51　用奢侈装裱起来的贤相管仲

俗话说英雄莫问出处，只要你有本事，就会发光发热。其实不尽然，人在世上，且不说一辈子命途多舛、怀才不遇，就算你风云际会，鱼跃龙门，往往也会因为出身低微，而不被周围的人看好；甚至你说的话、下的指令，下属都有抗拒之心而不肯执行，或刻意敷衍、怠慢，让人很苦恼。有的人甚至发迹了还很自卑，对过去讳莫如深，生怕别人知道他过去很卑微。

管仲乃齐国的贤相，他辅助齐桓公登上春秋首霸之位，其功业不可谓不高。在齐桓公与兄弟争位时，管仲是公子纠的人，在争位斗争中，几乎还要了齐桓公的命。齐桓公雄才大略，是个做大事的主，不但没有怪罪他，还听了鲍叔牙的建议，直接起用他为宰相，才有了后来九合诸侯、一匡天下的丰功伟绩。

在齐国历史上，作为老板的齐桓公与后期的齐景公都是以奢侈淫逸出名，但他们的大贤相风格迥异：晏子以清廉俭朴著称，而管仲则以奢侈越礼出名。

一方面孔子对管仲的评价非常高，说“微管仲，吾其被发左衽矣”，也就是说如果没有管仲，那我们现在大概只能披头散发，左扣着衣襟，沦为夷狄一样的野蛮人。所以说管仲辅助齐桓公九合诸侯、一匡天下，既安定了社会，又令夷狄外族不敢入侵，对华夏文明的保护有举足轻重的意义。

另一方面，孔子又对管仲提出了严正的批评。子曰：“管仲之器小哉！”或曰：“管仲俭乎？”曰：“管氏有三归，官事不摄，焉得俭？”“然则管仲知礼乎？”曰：“邦君树塞门，管氏亦树塞门；邦君为两君之好，有反坫，管氏亦有反坫。管氏而知礼，孰不知礼？”

孔子批评管仲小器，奢侈越礼。小器，主要是指管仲治国用的是霸道而非王道；生活奢侈犯礼，臣子越礼僭用诸侯才有资格使用的塞门与反坫。也就是说管仲修身、齐家、治国、平天下的功夫没达到儒家的标准。

话说回来，管仲生活奢侈，但有奢侈的理由，甚至让奢侈变得堂而皇之。

为什么这样说呢？也就是文章开头说的，因为身份卑微，说话没人听，所以必须抬高身价去搞行政，这是管仲的理由。

这是怎么一回事呢？话说齐桓公将管仲从囚徒中解放出来，便要委任他治理国家。管仲推辞道："身份下贱的人不能在权贵面前行使政令。"于是齐桓公拜他为上卿，这下管仲的地位高贵了。接下来在管仲为政的一段时间里，齐国的政绩并没有得到有效的改观。齐桓公觉得很奇怪，便追问原因。管仲又有了新的理由：贫穷的上级不能让富裕的下属听话。这个理由听起来有些勉强，因为历史上有许多高风亮节的高官，贫穷并没有减损他们的威望。孙叔敖就是最有代表性的例子，晏子也一样。尧、舜、禹及后来的汉文帝等帝王，日子都过得很清苦。所以这个理由也可以解读为管仲"要挟"齐桓公，索取财富，或者说管仲那一套政治理念本身就建立在贵使贱、富驭贫的基础上。

齐桓公是个很大方的君主，听管仲这样说，便将整个齐国一年所有的贸易税收全部赐予他，这个蛋糕真不小。又过了一年，齐国的国政依然无起色。于是齐桓公又忍不住追问原因，管仲摊牌道："我跟君上的关系疏远，无法控制那些皇亲国戚。"这个理由倒是挺现实的，所谓太子党，靠山都是国君，做臣子的哪敢随便动他们呢？齐桓公听他这么一说，便拜管仲为仲父，齐国很快便国泰民安了。经营了数载之后，齐桓公称霸天下，雄踞诸侯。所以孔子感慨地说："管仲虽然是位大贤，但如果没有获得这三样法宝，他也无法让齐桓公背北朝南，雄霸天下，让列国诸侯向北臣服。"

齐桓公拜管仲为仲父，仲父是什么呢？在封建时代，天子或诸侯乃是一国之尊，地位至高无上，那些被冠以"父"之名的臣子，其地位也不容小觑。这个可追溯到姜太公姜尚，周武王为了表示对他的尊重，尊他为"尚父"，说白了就是干爹。齐桓公尊管仲为"仲父"，与周武王尊姜尚为"尚父"是一样的，"尚""仲"是被尊者的名字。在辈分的排行中，恰好有孟、仲、叔、季的称谓，所以仲父跟叔父一样，是父亲的弟弟的通称，所以后来秦始皇尊吕不韦为"仲父"，也就是叔父。此外还有亚父，如项羽尊称范增为亚父，意思大抵是一样的。而刘禅将官衔与"父"直接融为一体，尊称诸葛亮为"相父"。这些都是高大上到无以复加的尊封。此外还有"假父"，那是对某种"继父"的一种蔑称，譬如嫪毐之于秦始皇就属于这个，内涵已经不是一类的了。

52 靡不有初，鲜克有终

儒家的大宗师曾子，三次拒绝出任大国宰相，一生清贫躬耕，著书讲学。晚年抱病，临终前夕，他那两个儿子守候在身旁，曾元抱着他的头，曾华抱着他的脚。曾子对两个儿子说道："我没有颜回的才华，能告诫你们什么呢？虽然没有什么能耐，但作为一位君子，他追求的是德才上的增益。但凡世上之物，多是花开得繁茂，结的果实却很少，这便是天道；而世上之士，夸夸其谈的很多，而用实际行动将其付诸实践的却很少，这便是人道。在飞鸟的眼里，高山也是很低下的，所以它将鸟窝筑在高山之巅；在鱼鳖的眼里，深渊是很浅的，所以它们在水底下的洞穴中藏身，飞鸟与鱼鳖最终都因为贪食诱饵而被捕捉。所以作为一位正人君子，如果他能够不因为贪图利诱而危害了自己的身体，那耻辱又怎么会因此而至呢？做官的，多是因为宦途成功后，放松了对自己的要求而堕怠；而疾病，经常因为稍有好转便忽视它，反而变得更加严重了；至于祸患，都是因为松懈懒惰而滋生；对父母的孝道，多是因为对老婆孩子的偏爱而衰减。如果一个人能仔细审察这四样东西，小心谨慎地持之以恒，做到始终如一，那就对了。所以《诗经》有云：'靡不有初，鲜克有终。'这是专门告诫这个的。"

历史上，开始时很有作为，轰轰烈烈地开创了一番事业，最后事业又葬送在自己手里的大人物，其实不少。比较著名的有项羽、李隆基等。项羽乘秦末之乱起事，数年间扫荡暴秦，一统天下。但他不听臣下劝谏建都关中，非要追慕衣锦还乡的虚名而返彭城，分封诸侯做西楚霸王，旋踵之间让刘氏迅速扩张，楚汉相争数年，此消彼长，最后落得无面目见江东父老而饮恨乌江的结局。

唐玄宗李隆基生性英明果断，才华出众，在位初期，励精图治，将唐朝推向了极盛之端——开元盛世。但泰极否来，他皇帝当得久了，便骄奢淫逸，头脑发昏，除了沉溺于杨贵妃的温柔乡，还宠信李林甫、杨国忠等奸臣，朝政日非，最后引发了安史之乱，大唐盛世因此崩溃，迅速走向衰亡。

明神宗万历皇帝，初期委任张居正等贤臣治国，在位前十年，国家蒸蒸日上，开创了万历中兴的格局。但在后期的二十多年里，作为皇帝，他居然再没上过朝，党争日炽，朝政腐败。虽然大明王朝没有葬送在他手里，但他死后仅二十四年，大明江山就随之易主。

黄巢、李自成等起义军，虽然辉煌一时，但都昙花一现，旋即烟消云散。以上这些例子都无一例外地印证了《诗经》那句话："靡不有初，鲜克有终。"所以说，创业难，守业更难，因为后者是长期性的，要求更高、更远。

53 倾盖如故引出的雅事

人生在世，遇上一二知己，并不是一件容易的事。俗语云“酒逢知己千杯少”，知己一相逢往往有相见恨晚之感。所谓曲高和寡，一般来说，境界越高的人，知己越少。因此有人说，圣人都是孤独的。孔子颠沛流离一生，很少有帝王能真正领悟、实践他的政治主张。可以说他是一位地道的孤独者，但不能说夫子一辈子都没有知己，至少他有多位老师及出色的学生，甚至朋友，他们是懂孔子的人。

话说有一回，孔子出行去郯国。郯国虽然是春秋时代一个很小的国家，但发生在这里的故事很精彩，这个随后再说。且说孔子在路上遇见了晋国的程子。程子，名本，字子华，是一位熟读三坟五典、八索九丘的大学者，性格豪迈，善于言论，名闻天下，却不肯为诸侯苟且做事，唯聚徒著书，著有《子华子》传世。当时晋顷公失政，赵简子主事。赵简子以重金厚爵去聘请他。赵简子是个什么样的人物，前文已谈及，他先是用加官晋爵的方式，聘请窦鸣犊和舜华为官，然后找理由将二人杀了，接着又准备故伎重演来对付孔子。所以孔子来到了黄河边，闻及此事，便作了《临河之操》：“美哉水，洋洋乎！丘之不济此，命也乎！”然后孔子折道而返了。

孔子不上当，程子也不上当，这两人毕竟与窦鸣犊、舜华之流不是同一级别的。所以赵简子大怒，以兵相胁，程子便逃离晋国去了齐国。齐景公不看好他，于是他在晏子那里住了下来，更名子华子。后来赵简子死了，赵襄子立，程子才重新回晋国，但这时他已垂垂老矣，终生不复出仕。孔子是什么时候遇到程子的？据程子自己的著作《子华子》中的记载，这件事在程子出逃齐国之前就发生了。程子说他在从郯国回来的路上遇到了孔子，彼此倾盖而语，包括孔子赠帛的细节，与《说苑》的记载如出一辙。他在著作中还说到后来拒绝赵简子的聘请，主要是受了孔子的影响。他跟孔子不期而遇，互相交流后，非常佩服对方。所以他听说孔子赴赵简子之邀临河而退之后，也谢绝了赵简子之请。

孔子和程子,彼此惺惺相惜,一见如故。两人直接在大道上将马车停下,扶着车轼侃侃而谈。你可以想象当时的画面:两位相互倾慕已久、满腹经纶的博学大家,在途中偶然邂逅。互道姓名,彼此喜出望外,不客套,也不讲究什么礼节。他们在大路中间勒住马车,相向扶着车轼,在清风煦阳下,从上午一直聊到日落西山,滔滔不绝,畅聊平生,有说不完的话,完全不觉时光之潜逝,不知不觉间,二人的车盖都倾斜得碰到一起了。这是一种怎样的知音共鸣,一种怎样的灵魂交流啊!这一幕给后世留下了一个成语——倾盖如故。后来邹阳在《狱中上梁王书》中又补了一刀"白首如新",便组成了一个完整的成语——白首如新,倾盖如故。

对于这种场景,我们有没有切身体会呢?如今的交通工具一般是不会有了,但在当年自行车作为主流交通工具的年代,经常会有这种事。两个骑着自行车的好朋友偶然在路上邂逅,彼此将车刹住,坐在车鞍上,一只脚撑在地上,另一只脚踩着车踏子,彼此相向倾斜着,便开始嘘寒问暖,谈天说地。那个年代,马路上好长时间都不会有一辆机动车经过,根本不用担心交通安全问题。这便是孔子与程子当年相遇时的情景。

孔子正聊得兴奋,突然想到要给知音送礼物,于是转头对侍立在旁边的子路说:"仲由,你去取一束锦帛送给程先生。"我们回头再说这位成天给夫子添赌的学生子路,他看见老师一时心血来潮,随性将车泊在大路上,言笑晏晏地和一个不速之客聊了大半天,心里很窝火。他对这位不速之客正恨得牙痒痒,突然听到老师叫自己取礼物送给他,心里更是不乐意。于是他装作耳聋,对老师的话充耳不闻。孔子等了一会儿,见子路没反应,又转过头来重复了一遍:"仲由,你去取一束锦帛送给程先生。"

子路见耳聋装不下去了,就干脆发作,气呼呼地说:"仲由曾经听说过这样的教诲:有节操的读书人是不会马马虎虎地在道路上停下来与人相会交谈的,女子是不会无媒妁之言而随便嫁人的。君子不干这种无礼之事。"

孔子听罢耐心地向子路解释道:"我说仲由啊,你难道没听说《诗经》里有这样的描写吗?'野有蔓草,零露溥兮。有美一人,清扬婉兮。邂逅相遇,适我愿兮。'这位程先生,乃是闻名天下的贤士,如果今日途中偶遇而不交谈相赠,彼此擦肩而过,这辈子也许再无相见的机会。所以说大的道德规范是不能逾越的,至于小的道德规范,还是要根据实际情况做相应的取舍,这样就可以了呀。”所谓成大事者不拘小节,就是这个意思。

这一幕让我们为夫子与程子的偶遇感到由衷的喜悦,夫子活泼可爱的形象也跃然纸上,而子路则俨然是一位刻板呆滞的儒生。圣贤的境界,大抵是相同的。在佛陀制定的戒律中,那些严重的杀、盗、淫之类的大戒是不可逾越的,而那些一般的戒律,是可以根据实际情况而逾越的。这跟夫子所说的“大德毋踰闲,小德出入可也”是一样的道理。

再说回来,上文所说的孔子要去的郯国,在今天的山东临沂郯城一带。郯国是少昊后裔炎族的封地,春秋时代,它是鲁国的附庸国。到了孔子所处的时代,郯国的国君是郯子。说起这位郯子,就有故事了。在《二十四孝》中,其中有一孝是“鹿乳奉亲”,说的正是这位郯子。传说郯子尚为太子时,父母因为年迈患了眼疾,太医用的药很特别,说要用到鹿奶。当时估计还不流行养鹿,所以鹿奶不容易得到。郯子生性善良,不忍心围猎射杀母鹿取奶而饿死小鹿,于是他想出一个办法,自己披着鹿皮扮成鹿,混入鹿群中,和母鹿混熟了,然后趁机挤奶。但有一次差点儿出事了,他在鹿群中准备挤奶,这时猎人围捕过来,误将他当鹿,便要弯弓射杀,吓得他赶忙将鹿皮脱了站起来,现出本来面貌。他向猎人讲明了来龙去脉,从此他的孝行闻名天下,一直流传下来,被编入《二十四孝》之中。

郯子除了善良慈孝,还有一个光环——学识渊博。话说他在鲁昭公十七年(公元前525年)第二次朝鲁时,鲁昭公盛情款待他。席间,大夫叔孙昭子向郯子咨询远古帝王少昊氏以鸟名作为官衔的历史渊源。于是郯子侃侃而谈,以述祖德。他说:“我的祖先少昊初上位时,有凤来仪,因为这是个吉祥的征兆,便拜鸟为师,以鸟名来称述各类官职。”

郯子意犹未尽,进一步深挖道:“少昊是我们的高祖,所以我知道其中的道理。当年黄帝以云来记事,所以他以云为百官命名;炎帝以火记事,所以他以火为百官命名;共工氏以水记事,所以他以水为百官命名;太昊氏以龙记事,所以他以龙为百官命名;我的高祖少昊因即位时凤凰来仪,所以他以鸟为百官命名。譬如凤鸟氏掌管历法,故凤鸟氏也就是历正。凤凰是吉祥的神鸟,它出世则天下太平,它是知道天时的。历正是主管历数、正天时的官,故称凤鸟氏。玄鸟氏是掌管春分、秋分的官。玄鸟是类似于燕子的神鸟,它们春分来而秋分去,所以掌管春分和秋分的官为玄鸟氏。伯赵氏是掌管夏至、冬至的官。伯赵就是伯劳鸟,它夏至始鸣而冬至止啼,所以这个官职用它命名。青鸟氏是掌管立春、立夏的官。青鸟是三足神鸟,它立春始鸣而立夏止啼,所以这个官职以它命名。丹鸟氏则掌管立秋、立冬。丹鸟也就是鷩雉,它立秋飞来而立冬离去,所以这个官职用它来命名。以上这四种鸟都是凤鸟氏的属官。祝鸠氏也就是司徒,因为祝鸠鸟以孝顺闻名,所以用它命名主管教化的官职。自颛顼帝之后,因为远古的事情失于文字记录,只能从近古开始。人事管理的官职,从此便以人事来命名,而不像远古那时用龙、鸟之类来命名。"听完郯子这番高论,我想熟悉《千字文》的人,大概都知道其中"龙师火帝,鸟官人皇"的内涵了。

郯子的博学当场折服了当时在座的所有人,当时孔子尚年轻,在鲁国任职小吏,他听闻郯子这番高论,便专门前去参拜求学,成了郯子的学生。如今曲阜孔庙内的《圣述图》内有一幅插图《学于郯子》,讲的就是这个故事。

孔子向郯子讨教过"问官"之后,感慨地说:"我曾经听说过'天子失官,学在四夷',的确如此!"也就是说,远古那些官制的学问,都保存在四方的蛮夷小国那里。为什么这样说呢?因为随着中原文明向前推进,许多远古文明在时代的变迁更替中逐步被人遗忘,从而湮没于文化的历史长河中。而那些边远的蛮荒之地,因为文化更替缓慢,处于一种相对静止的状态,所以远古的东西反而很好地传承了下来。反观今天的民间文化和地域文明,其中许多都是远古文明的活化石,是非常有历史价值的,譬如方言就是其中一例。